人　马　座

纪　事

刘全德

著

图书在版编目（CIP）数据

人马座纪事 / 刘全德著 .—北京：人民文学出版社，2016
ISBN 978-7-02-012017-8

Ⅰ.①人… Ⅱ.①刘… Ⅲ.①长篇小说—中国—当代 Ⅳ.① I247.5

中国版本图书馆 CIP 数据核字（2016）第 222023 号

责任编辑 仝保民 陈 黎
装帧设计 陶 雷
责任印制 苋 屹

出版发行 人民文学出版社
社 址 北京市朝内大街 166 号
邮政编码 100705
网 址 http：//www.rw-cn.com

印 刷 北京天正元印务有限公司
经 销 全国新华书店等

字 数 230 千字
开 本 710 毫米 ×1000 毫米 1/16
印 张 18
印 数 1—8000
版 次 2016 年 10 月北京第 1 版
印 次 2016 年 10 月第 1 次印刷

书 号 978-7-02-012017-8
定 价 36.00 元

献　词

告诉我们，父亲，我们在何处漂泊？
告诉我们，善人，我们又是何人？

我们真幸运：对于我们，我们大伙
生活原来如此温存。

——歌德《浮士德》

目　　录

神话卷

传说卷

第五章　变戏法

第六章　没有影子的人

第七章　肿胀的溪流

第八章　棋盘山下

神话卷

第一章　从乌鸦到文明

乌鸦与魔鬼

我现在要说的乌鸦，只是关于乌鸦的传说。

乌鸦住在森林里（这个谁都知道）。

森林里挂着闹钟一样的鸦窠。

乌鸦诞生在这样的闹钟里：头发乌黑，度过童年；头发乌黑，结婚了。规规矩矩地捉虫子、打架、搞对象，也规规矩矩地老了。

看来，它这一生，会在乌鸦的躯壳里结束。

然而——我是说“然而”——有那么一天，一觉醒来，脑袋上冒出一绺白发。显然，这是个与众不同的标志。既然连发型都变了，那么，枯燥的生活，是不是也该改变一下？

它是这样说的：“将来，我一定要看一看魔鬼。”

这个愿望有点出格，对不对？

魔鬼可不是假山、池塘和稻田，谁也没见过！

而没见过的东西，必然是危险的！

分析来，分析去，还是摸不着魔鬼的头脑。顿时，乌鸦家族的成员惊慌失措了。魔鬼，谁知道呢？它是像圆圆的土豆，还是像瘦长的竹子？假如它跟老鹰那样，长着恶狠狠的眼睛，嘴里叼着一把刀子，岂不糟糕透了？

光是这么想一想，就够可怕的。

“看呐，魔鬼来了！”

“它来了……”

“它真的要来了!”

谣言跟暴雨一样,多那么一滴就酿成灾难。

森林里的气氛不太对头。大家吃饭、睡觉的时候小心翼翼。看啊,危险潜伏在草丛里!草丛里潜伏着危险!

麻雀们的集体散步早就取消了。一片树叶打在头上,把朱鹮太太吓得脸色苍白。至于树洞里的鼹鼠,再也不到空地上交流小道消息了。那条小道横亘在乌鸦门前,一看就像魔鬼的大尾巴。

魔鬼住在乌黑的想象里,有鼻子有眼。现在,如果谁要说它子虚乌有,那大家还不信呢!你把它说出来,你就得负责!

乌鸦必须为自己辩解了。

乌鸦是怎么说的呢?它知道,它应该这么说:魔鬼嘛,是有的。不过,一点都不可怕。魔鬼算个屁!有什么好怕的?

说完了这些,乌鸦又提出一个全新的观点:我们一定会喜欢魔鬼的。

那个时节,大家正在吵吵闹闹。谁也听不见谁。

乌鸦只得压低了嗓门,用洋葱头才有的辛辣与神秘的语气,用国王才有的自信和骄傲,说了这么一番话:它仔细计算过魔鬼与这片树林的距离。按照它的估算,穿过树林,越过那条河,就能遇见魔鬼——魔鬼是一种超级巨大的虫子。

“我们可以把型号小一点的魔鬼抓回来,种在后院里,随便吃!”

闻闻魔鬼的气味,能多活二十年。吃上一口,可以多活三十年。

“什么,三十年?”一说起吃,鼹鼠们和乌鸦一样,激动得要飞起来。

好极了!妙极了!

大家都忘了一个事儿:谁都无法越过那条银白色的河。

河面太宽了。即使把所有的乌鸦绑在一块,做成火箭,也只能到达河心。

接下来呢?接下来,就是掉到水里,被淹死,或者被吃了呗!

想到这里,乌鸦们面面相觑,各自打起了小算盘——

那条河汇集了所有的星星。

而众所周知,游在河里的星星最最最喜欢美味的乌鸦肉。

经过白乌鸦的解说,大家都多多少少地爱上了魔鬼,但……大家更爱惜自己!

“这个好办,我会想办法的!”

乌鸦梦想家用这句慷慨激昂的话结束了演说。但它显然对自己的“办法”把握不大。因为它放弃了乌鸦们最熟悉的拍胸脯、做保证的动作,转而伸出翅膀,想要摸摸自己的下巴。乌鸦是没有下巴的。乌鸦摸下巴,好比蚂蚁划船——那都是身临绝境的表现。

乌鸦们叹了口气。“散伙吧! 散伙吧!”大家离开会场,各奔东西。

第二天,大家都把这事儿忘得八九不离十。

对明天的向往,到天明就习惯性地结束了。这才是森林里的生活!

光阴如梭,寒来暑往,白乌鸦总在惦记着魔鬼。

现在,“魔鬼”不再是一个词儿了。它已经变成乌鸦的追求,或者叫向往、迷迷瞪瞪的幻梦,等等——随便你怎么说吧——它活了过来,钻过乌鸦的喉咙眼,驻扎于灵魂的深渊。要是往那深渊里扔一块石头,准能听到扑通扑通的回响。

为了满足这份违背本能的沉重的好奇心,乌鸦鼓起勇气,宣布它要制造一辆火车。

火车? 那又是个什么鬼东西! 难道比刚刚腐烂的松鸡肉还好吃吗?

接着,大家就发现了一个怪事儿:只要逢着空闲,乌鸦总是坐卧不安,腰里掖着把小斧头,在树林里乱转。做记号,砍树枝。看到一排可以做铆钉的石头,愈发兴奋。这类废品很快就把家里的大仓库堆得满满的。三个孩子练习俯冲的场地就这么没了。小乌鸦怨声载道,乌鸦太太一筹莫展。

过一阵,乌鸦太太又发现了一个令人吃惊的变化:家里的老掌柜动不动就长吁短叹,但它不是跟以前那样吵吵着糖炒栗子不够吃,而是埋怨生命太短,时间不够用。

供乌鸦先生舒张歌喉的舞台，早已长出荒草。

草丛里，一个跟树墩子一样粗壮的怪物一天天长大。

“这就是火车！”它告诉惊慌不安的太太。

“等到出发那天，我们就会幸福的。”

乌鸦太太觉得更不安了。

谁都不理解这位胸怀大志的乌鸦。

只有小儿子的鼓励来得实在：“坚持一下，把它搞出来！我给你送饭、打下手！”老乌鸦抚摸着小乌鸦的脑袋，觉得很抱歉。

下雨了。乌鸦先生枕着栗子壳做的香喷喷的枕头，无法安眠。

养家糊口，加上急切的心情，让乌鸦先生的白头发越来越多。

在它的后半生，大约有一百座森林议论过一个笑话。

火车已初具雏形。

乌鸦太太去世了。乌鸦先生呢？也老得走不动了。

火车是个笑话。魔鬼则是个更大的笑话。

乌鸦临终前还在说：“有了火车，我们就可以出远门；有了火车，所有的乌鸦都会衣食无忧的。”

三个孩子齐声说：“有了火车，还可以吃到香脆多汁的魔鬼。”

“对的。”老乌鸦点点头，挠挠头顶的白发，感到一丝凄凉。同时，它能更强烈地感受到魔鬼的召唤。啊，那个美好的声音！光是在睡梦里听一听，就叫它心里暖洋洋的。

但，也许，说不好，这声音只是一个幻觉？所谓“魔鬼”从来就不存在？

它打个寒战，否定了昏庸而悲惨的意念。假如这就是真相，乌鸦会伤心死的。它憋屈了一辈子，绝对不想认输。就这样，它最后看了一眼草丛里的火车，表情凝重起来，终于说出四个字：

“呱，呱呱呱！”

翻译过来，那意思就是：孩子们，出发吧！

四厢小火车

现在,我们不得不说实话了。

那时候,既没有上帝,也没有魔鬼。

一切都跟你能设想的那样美好。更美好的是:无须关心远方的事情。

只有黑色的小乌鸦,还记得那辆火车。

它戴着司机帽子,坐在驾驶舱里,发动了这辆时间机器。火车小得像流星,即将驶过一个又一个站台(车上没有乘客,路边没有指示牌)。

在火车出发前的一分钟,小乌鸦的两个哥哥还在争吵。

"这样下去,会有个结果么?"它们一边嘀咕着,一边上了车。

乌鸦的小火车,共有四节车厢。二号是炎热的夏季包厢,属于那个金乌鸦;四号车厢是永远冻结的冬季包厢,属于那个银乌鸦。

一号车厢挂着一幅神秘的画,画着一排大树。树叶就是春天和烟囱。

三号车厢黑洞洞的,藏着不可说破的秘密。我们暂且把它叫作锅炉房吧。

小火车尖叫一声,用单一的黑色为动力,出发了!

乌鸦开着小火车,跑得很快。画布上的大树擦亮了火石!烟囱开始冒烟!在地上,在天上,火车像黑色水滴,旋转着,蒸发在金黄而芳香的空气里。

火车在奔跑。火车日夜奔跑。据说,车里还播放着一首歌:

一只乌鸦,一只乌鸦,
开火车,开火车。
要是魔鬼上了车,
火车就要爆炸了。

列车终点站

终于，一个叫作“远古”的流浪汉进入三号车厢。他是临时雇用的锅炉工。

每次到达一座森林的肺部（它的肺长在左上角，在沙地和湖泊交界的地方），车厢里的那幅画就要休息一下。因为站在那幅画上的供应煤炭的大树们说，它们都得睡午觉，还得研究一下路线问题（你可以不相信最后这句话，但这个绝非微不足道的现象每天都在发生）。

这一来，烟囱也乐得清闲，抓紧时间清理肚子里的烟灰。要不然，它看起来就跟倒霉蛋没什么区别了。你要是走到那里，凑巧碰见这一幕，千万不要惊讶。

这在以前，简直司空见惯。

火车停下来，安安静静地。三只乌鸦依次敲敲锅炉房的车窗，问道：

“你是魔鬼吗？”

远古答道：“我不是。”

“你是魔鬼吗？”

远古再次回答：“我不是。”

这个问答游戏重复了一次又一次。某一天，远古有些心烦，终于答道：

“是的。我就是魔鬼！”

“那么，你得下车喽！我们到终点了！”

上了车，下了车。在列车的终点站，有座白房子。

房子周围黑咕隆咚，依稀有棵梧桐树。这棵树凌空飘浮，被树冠上的火车燃成一团大火。这里似乎就是老乌鸦想象过的很远的地方。一切都在哗哗燃烧。

远古琢磨了一下，对自己说：“看来，这棵树喜欢用火车孵化孩子。”

话音刚落，火球爆炸了。一只凤凰从火里飞出来，衔着太阳。一只锦鸡,咕咕叫着,衔着月亮。最后,大树上还飞出一只乌鸦,长得跟灰扑扑的扫帚一样。它刚要穿过远古的身体,就散架了,成为一团难看的阴影。

远古落脚的地方,刚好就在影子上,把它踩疼了。阴影再次飞起来,想要回到火球里,可是,那熊熊燃烧的火光把它赶得越来越远。

两个哥哥各有收获,都漂漂亮亮地复活了。只剩下这个辛辛苦苦、出力最多的小乌鸦,两手空空,一无所有,还变成了黑漆漆的影子。它平生第一次感受到委屈的滋味——那滋味跟臭泥巴一样。

"为什么?为什么?我开着火车,却得到这个结果?"

大火球没有回答(大概听不懂乌鸦的语言,也可能是没有嘴巴)。

"魔鬼,我恨你!你听好,我恨你!"

远古注意到:大火球驶过水面,头顶上的两根触角呜呜呜叫,跟发疯的蜗牛似的,消失在视野里。与此同时,火球也照亮了过往,使他永恒地看清了自己。

远古是个艺术家

远古对眼前的一切感到莫名其妙。他隐隐约约地意识到,自己似乎进入了一个谜语。

或者说:他迷路了。

远古定居下来。他的影子也跟着定居下来。白房子外边只有"气"。这是因为他的影子经常跟他怄气。于是,远古不得不小心翼翼地放牧着影子,沿着陡峭的山坡放牧它。这影子什么都吃,胃口好得出奇。简直没有什么是它不曾吃过的。有一次,它在吞食一座森林的时候,被花椒树呛了一下,便低下头连连咳嗽,差点把远古甩到山谷里。远古和他的影子分开了。影子越长越大,到处漫游,终至于无边无际。

于是,远古再也看不到它。

远古叹了口气,开始独自生活。那时候,他唯一的游戏是打水漂。

石头又扁又平,栽进水里,变成鲤鱼和鲫鱼。

天气很热。远古在水草里游来游去。水草打着喷嚏，吐出些珊瑚虫。

远古用红珊瑚堆积成轮船和城堡，堆积成虚拟的宫殿、公主和公爵。可惜，他建造的沙滩宫殿一碰就倒了。今天，如果我们去参观那些远古留下的遗址，大概就会注意到这么个事儿：小公主没有指甲油和印花裙子，大公爵也没有杀人如麻的宝剑。总之，世界是个饥肠辘辘的漏勺，什么都没留下。

远古的脸映在水底，在那城门上的镜子里，摇摇晃晃。

远古爬到光秃秃的山顶上，跳舞，像蛐蛐一样跳舞。太阳是红彤彤的大锅，而月亮则是个凉飕飕的大锅，隆隆响着，滚过来，滚过去。

他把它们都叫作“鸦呵”，对着它们“鸦呵、鸦呵”地大喊。

这下你就能看出来了：他的性格很躁，一着急，甚至会啃掉床腿。

正因为这样，他缺了两颗门牙，而且只能睡在三条腿的钢丝床上。

他长着大胡子，个头很大，饭量也很大。

他不啃指甲，不刷牙（因为没有牙刷），也不关心天气预报。

到了晚上，他孤单得半死不活。

每天起床后，他一定会照一照镜子，还要用石头刀片修剪多余的胡子。

先对着那面珊瑚镜子，欣赏自己英俊的鬼脸——他认为自己英俊得像一道闪电——尽管那闪电里没什么花边新闻，但他还是感到心花怒放。

接下来，再耗费一个小时刮胡子——他用胡子测量风向和太阳的高度。刮胡子用的乳膏挂在下巴上，满是白沫，滑溜溜的。但它既不是肥皂，也不是牙膏，更不是你在电视广告里见过的那种东西，而是皂角树分泌的甘油。

刮完胡子，他用一口大锅做饭。

一天下来，他要打理九遍胡子，吃九次饭。

掉落的胡须和饭粒（都是红色的），他会随手扔进池塘，喂鱼。

远古终于不生气了。他不知道自己是怎么来的，也不知道明天要去哪里。没有人回答这些问题。看起来，小火车也一去不复返。但是，那又怎么样呢？

第二天，他就开始劳动：蹲在河边打石头。累啊，累得满头大汗。

石头五颜六色，有的软，有的很硬。

石头敲成小石头，小石头碎裂为更小的石头。

接下来，他把自己的烦闷刻进石头，变得越来越快活。

他是个石匠。他是个雕刻石头的手艺人。五角星、六角星、七角星、八角星。草木、花朵、云彩。鸟，以及河流。肚子瘪瘪的鱼、虾米和虫子。大脑门、耳朵、刮胡子的刀片。他把这些事件都刻画在石头上。

远古的感情进入了对应的地方，使它们快乐。石头上的草木有了轮廓，便开始生长，开花结果；石头上的鸟有了轮廓，拍拍翅膀，扑棱一声，飞到草丛里；星星飘在树梢上，被虫子啃得凸凹不平；白云离开远古，迷迷糊糊地游荡着；至于那些河流，就别提了，它们三天两头发大水，把远古冲到下游。

在下游很远的地方，生活着更多河流。大的河流共有九条，结成一个蛛网。

凡是你能想到的，那时候都有了。但是还有一点，你要牢牢记住：远古创造的一切很少保存下来，它们几乎都被大鸟毁掉了。

创造三个巫师

所有的鸟都很奇怪，对不对？大鸟更奇怪。我们姑且将其称为九头鸟吧。

九头鸟家族，经常拜访远古这位孤单的艺术家。

它们说，自己住在森林边上。

今天，我们都知道：九头鸟来自彩虹消失的方向，身上背着一座小火山和长满花草的土坡。火山烧起来的时候，就是九头鸟出外游玩的季节。

大鸟的屁股喷出白烟，飞来飞去。幼鸟在山坡上打滚，捉虫子。

九头鸟驮着山坡和孩子们旅行，且不停鸣叫。它们的叫声曲折而悠长，永远包含三个音节，咯咯咯、叽叽叽、咕噜噜，就像巫师的咒语。因此，远古把它们的孩子叫作“巫师”。咯咯咯巫师，叽叽叽巫师，咕噜噜巫师。

远古喜欢这些可爱的小鸟。他仿造出三个小鸟般的巫师——刻在石头上。

如此一来，远古就和九头鸟一样，有了三个石头做成的孩子。不过，他那段时间感冒了，带病工作的成果实在差劲（这就提醒我们，生了病，就要老老实实卧床休息，千万不可逞强）。你看，那些刻在石头上的巫师们看起来呆头呆脑，大耳朵，长舌头，短腿，肥肥胖胖，烂泥巴一样的塌鼻梁，连六分都打不了。

巫师们快要出生了，急不可耐的嘴巴里吐出绿色烟雾。

远古决定：应该瞒着九头鸟，训练它们，教它们说话。

用针刺破指尖，滴血认亲，它们就开始眨巴眼睛。

再用嘴唇亲一下石头，那三个呆瓜就欢天喜地地蹦出来。

干活时，它们站在他的肩膀上，驱赶蚊虫。休息的时候，远古的大胡子迎风摆动。傻瓜巫师跳到胡子上，翻跟头，唱歌。

巫师们住在珊瑚做的镜子里。碰一碰镜面，他们就醒过来，跟着远古唱歌。

歌声飞出镜子，把快乐带到远方，传递给彩虹彼岸的九头鸟。

> 九头鸟是傻瓜，巫师是傻瓜！
> 你们都是傻瓜！我也是傻瓜！

这首歌的意思是：当个傻瓜真的是太好了，太好玩了！

巫师们唱着这首歌，飞遍寰宇。万事万物掌握了同一个旋律，同一个名字。

呱，呱！呱，呱！在这乌鸦般的节奏里，世界欣然应答。

小偷按照这个旋律行窃，将军按照这个旋律行军；山羊按照这个旋律啃青草，姑娘按照这个旋律找对象；历史开始转动，大山开始轰鸣。夏天生锈了,风儿睡觉了,蝎子咬住自己的尾巴了,无论怎样,这旋律是永久性地扩散在空气里,不会消失,像一滴香水沉入大海,像一粒种子迷途知返。

巫师住在蓝色的镜子里。巫师们演唱同一首歌谣。

宇宙有了开头和结尾。宇宙在歌唱的节奏里运转。

以前,远古只能跟九头鸟说说鸟语。现在好了,他可以跟傻瓜们说点自己的话。九头鸟再次来访的时候,双方已经没法交流。因为远古说的是刚刚发明的"傻话"。他说的话有十八个音节:叽里咕噜,咕噜咕噜,咯里叽里咯里叽里咕噜。

九头鸟觉得这种语言太复杂了,因为复杂而显得非常可笑。它们发现远古的胡子里藏着三个玩具,也在学着远古的样子嘀嘀咕咕。这就越来越搞笑。但是,等到它们看清玩具的模样后,便大为光火。

它们立刻明白了"傻瓜歌"里唱的意思!

它们认定:那是它们的孩子。远古把它们的孩子打扮成傻瓜,抢走了。

于是,远古就经常要和九头鸟打仗。

这场战争成了三方参与的娱乐,即:聪明人,鸟人,以及傻瓜。从那以后,参加战斗的成员,总不外乎这样。

远古接受了巫师们的帮助,用箭杆木做成的弓射出石弹。这一招,让九头鸟猝不及防,吃了大亏。它们的羽毛落在地上,变成白头翁和癞蛤蟆;爪子上的血滴在树上,变成有毒的蜘蛛、会结茧的卵(雨天里孵化出蜻蜓,旱地上孵化出蚂蝗)。九头鸟吃了败仗,跑开去,很不甘心地骂道:咯咯咯!叽叽叽!咕噜噜!我们的邻居是小偷儿,我们的邻居是小偷儿!

时间的模样

打跑了九头鸟,远古觉得非常愉快,打石头打得更带劲了。

这一天,远古结束工作,走回鼓起屋脊的白房子。他的房子远在山顶,像一条大鲸鱼。现在,它成了一座酿酒的房子。九头鸟溜到院子里,拼命搞破坏。它们在门前的草地上拉风箱，烧锅炉。四面八方的空气聚集在风箱里，发出呼呼响的声音。青铜做的大锅里装满了远古要吃的粮食。九头鸟在里边偷偷地加了点作料。这口大锅架在两山之间。一座是太乙山，一座是太甲山。升起的蒸汽是七色彩虹，熬出的液体是清亮的溪水、银河的支流和天池里的琼浆。倾倒的酒糟填满沟壑，让远古醉入梦乡。远古大喊一声，惊动了九头鸟。

它们衔着远古的衣领，像箭一样起飞。穿过九十九座森林，回到大河对面的住处。远古被它们埋到了树根下。

远古的镜子和刮胡须的刀片，也成了九头鸟的战利品。

照过镜子的九头鸟变成了老太婆。刮过胡子的九头鸟变成老头子。

看守远古的打手，是一只猫。它的尾巴扫到海面上，轻轻摇一摇，大海就会疼得上吐下泻。它要是打一串哈欠，牙缝里残留的腐烂气味儿能把过路的兀鹰呛得晕死过去。醒来，就成了近视眼的猫头鹰。

压在远古头顶的树木浑身橘黄。这是一棵爱吹牛的橘子树。

它用树根死死地黏住远古。

这棵树是会说话的。一天到晚吹牛皮。所以，大家才叫它“牛皮树”。

远古动一动，牛皮树跟着动一动。远古睡觉，它也跟着睡觉。

牛皮树上结出了一颗长得跟闹钟一样的钻石。于是，远古就被掏挖出来，关进这颗巨大的钻石。钻石在山顶上随风摆动。牛皮树摇晃着同样的节奏。当树和钻石构成一条直线，风中必定飘来好听的谣曲。谣曲里的故事像火苗一样，闪出暗红色微光。噗的一声，远古消失了。后来，有了这样一首儿歌——

一二三四五，金木水火土。
六七八九十，大鱼吃小鱼。
太乙山，大石头，万物生长在远古。

从此，远古的生命就封存在石头里。

白天在燃烧。黑夜也在燃烧。看守远古的家伙都困得睡着了。

包裹着远古的石头滚下山，犹如婴儿逃离着火的记忆。

熊熊大火中，远古融化了。但远古的心脏还活着，在石头里蹦蹦跳跳，凭着感觉跑动。那石头跟在霸王龙后边，像霸王龙一样庞大；跟在沙土后边，像沙土一样轻盈；跟在流水后边，获得流水的欢快；遇到风，它就成了一阵风；遇到冰雹，它化为冰雹；在山洞里跑，是黑暗的光；在树叶上跑，是奔腾的马。它记住了马的形象。因此，也就有了作为一匹马的感觉。当这大石马撞击在天柱山上，皮开肉绽，那些碎石便聚拢起来，堆成一匹摇着尾巴的小红马。

小红马从石头的包围里伸出四条腿，涉过河水，不停奔跑。

马蹄敲打着陨石，马尾巴扫过彗星的脊背。它跑过四季，使春夏秋冬连在一起，就好像拥有四节车厢的小火车。小火车冒着白烟，驮着春天的树木、夏天的白云、秋天的山和冬天的雪，日复一日地寻找自己。

这就是小红马的心意。这就是时间的模样。

当我们抬起头、看望天空的时候，就会相遇。

时间越过越久。有三个巫师来到今天的天柱山下，寻找失踪的小红马。他们只找到了尸体。它腐烂了，但怀着希望、不断奔跑的心脏却化作石头鸡蛋。

鸡蛋的外壳上留着一道摔伤的细纹。

巫师们俯下身子，听见它的心脏嘀嗒有声。没错，这就是远古的后代。在这小小的鸡蛋里，他们依稀听到熟悉的笑声，还有那个巨人像山峦一样吞吐万物的呼吸。于是，三个巫师围着鸡蛋坐下来，念起咒语，把盐水、唾液和血淋洒在裂纹上。七天以后，鸡蛋开口说话了。

“你是谁？我是谁？我们在干什么？”

一个巫师答道：“我是咯咯巫的后代，一位医生。你是我未来的病人。我正在用岩石上的盐水救你，好使你顺利出生。”

鸡蛋说：“如果是这样，我就不出来了。”

另一个巫师说："我是咕噜噜的后代，一位教师。你是我未来的学生。我用舌头下的唾液教你说话，好使你顺利出生。"

鸡蛋还是那句老话："如果是这样，我就不出来了。"

最后一个巫师说："我是叽叽巫的后代，一位杀手。你是我未来的雇主。我把刀锋上的恐惧送给你，让你感到快乐。"

鸡蛋高高兴兴地说："这还差不多。那么，我同意你们把我生出来。"

在他们的看护下，鸡蛋长大了，长成一个大鸡蛋。

大鸡蛋继续生长，成为一个更大更大的鸡蛋。等到鸡蛋大得遮天蔽日，无法直视，以至于覆盖了小红马生前跑过的所有地方，鸡蛋就撞见了一个面目晦暗、令人恐惧的阴影。阴影哈哈大笑，钻到鸡蛋的心窝里，挠它的痒痒。

而且，鸡蛋的倒影里还现出一个男人和一个女人，他们有着魔鬼的面孔。

但后悔已经来不及。

巫师们早就不见了。

鸡蛋明白，他们早就知道会这样，但为什么不肯提醒它一下呢？

实在想不通！鸡蛋气愤得缩作一团，它的心都要伤透了。不久，那破碎的小心脏一分为二，左边是蛋清，右边是蛋黄。一条看不见的起隔断作用的小路，跟斑马线一样，曲曲折折地横在二者之间。

走在这条路上的人，即使迎面瞪视，也互相看不到对方。

哎哟，这是谁的安排呢？

孩子是这样生出来的

蛋清里住着一伙人，都是男的。

男人们是四方形的，跳进四方形的池塘里，靠打渔为生。他们用一根木棒敲打水面，每天只能收获一条黑色的小鱼，却累得满嘴冒泡儿。

蛋黄里住着另外一伙人，都是女的。

女人们是圆形的，所以，就在圆形的池塘里打渔。她们用一个石臼敲打水面，每天收获一条白色的小鱼。

那些爱惹事的魔鬼，一动不动，暂时化作浮萍上的气泡。

男人和女人的池塘紧紧挨着，隔开水塘的小路窄得跟橡皮筋一样，但他们就是谁也看不见谁（鬼才知道，这是谁的安排呢）。

那个时节，天上不停打雷。终于，一条黑鱼听到一个热烈的声音。它无法抑制自己的兴奋，便偷偷跑出去，跳进了邻近的池塘。

它的眼睛闪闪发亮，它的眼睛也闪闪发亮。

追赶的脚步清晰可辨，就在岸边的草地上。黑鱼胆怯了。它说，希望找个地方躲一躲。

环顾四周，已无路可逃。

于是，白鱼张开嘴巴，让它跳进自己的肚子。那情景，就像袋鼠揣着一个小崽子。白色小鱼成了大肚子的鱼。追兵近了！它心里好着急啊，一使劲，跳到空中。飞呀，飞呀，高过了山顶。到处都是黑乎乎的，天空好像中了毒。原来，这是肚子里的小黑鱼使它怀孕了。那感觉，可不就跟中毒一样？大白鱼腹腔里一阵剧痛，跳进银河，分娩出一匹马、一株灵芝草和一条叫作阿尔法的鱼。

马在岸边奔跑，灵芝草在山上开花，只有阿尔法守在母亲身边。

这无名的母亲耗尽了生命。

它垂垂待毙。在那昏暗无光的意识里，一切都模模糊糊。它像刚刚睡醒的盲人。它依稀想起那条黑鱼，还有它们一起经历的逃亡。真是一次有趣的逃亡。它们甚至还为这次意外搭上了性命呢。它的耳鼓加倍灵敏，听到波浪不断鸣唱：

生命包在火里，
我们来自哪里？
生命落在水里，
我们来自哪里？

鱼儿吐出泡泡，
马儿穿过泡泡。
鱼儿吐出泡泡，
鸟儿穿过泡泡。

这是早熟的孩子——阿尔法在歌唱。它礼赞生命的幼稚的歌声环绕着水面，反复回响，拂过芦苇、树叶，以至于河水，激起涟漪。那濒死的母亲平生第一次品味到养育生命的滋味。狂风抱着石头，扑通扑通地敲打着堤岸，给那白色的波涛做着伴奏，小马在悲鸣，还有灵芝草的啼唤。古老的银河，诞生了新的歌手。在那些蒙昧的日子里，地面有了哒哒奔跑的马蹄，草叶上有了振动翅膀的身影，而小小的阿尔法也渐渐长大，成为银河的尊神。

天地像一面打开的窗子，收容了流浪的万物。

母亲闭上鱼的眼帘，吐出最后一个泡泡。这是它生命的句号。

彼时，它的身体迸裂成蓝色的泡沫，缓缓升起。

河水没收了它的灵魂，散入清风、白露和无所不在的晚霞。

由此，天和地分开。星辰在天上闪亮。大地在火里漂浮。

远古消失的山脚下，鸡蛋壳破了。破裂的碎片，成为十二个星座。又过了很久，蛋黄里的女人走到门外，发现外边来了一伙自称“男人”的妖怪。男人的翅膀宽大而坚硬，脑袋上顶着一撮红色卷毛。他们是来要债的，索取那条逃亡的黑鱼。

双方饿着肚子打了一架。然后，又和好了，结为亲家。

阿尔法潜伏在银河深处，观察着男人和女人，择其善者，教会他们十八个音节的语言。它促成人和万物的联姻，导致世界越来越复杂，从中诞生了神话、传说，以及我们将要读到的这些故事。

那时候，男人对女人的石臼很好奇，而女人则对男人的木棒很诧异。

“请问，你那破石臼是干什么用的?”

“我的石臼是给你那长着黑毛的木棒准备的。”

“请问,你那木棒是干什么用的?”
“我的木棒是打渔用的。”
“胡说！除了打渔,它就不能干点别的好事儿吗?”
“除了打渔,它还能让你的石臼生出孩子。”
第二天,孩子们就生出来了。孩子们就是这样生出来的。
那时候,人们一抬头,就会看到高处。天是蓝的,地是黑的。
在打渔和打架的地方,人类生儿育女,并且创造出日历、财富和记忆。
这就是今天的人马座。
人类刚刚出现的这段历史,只能用“远古”来称呼了。

早期文明和“大麦粒”先生

远古时期,食物短缺。人马座的居民为了扩大食物来源,便克服各种困难,驯化野牛、老虎、兔子、斑马和羚羊。

有句话叫“画地为牢”。人马座的居民照此办理。在林子边缘挖了很多深深的坑穴,等着野牛、老虎和羚羊跳进去。驯兽师搬个小凳子,坐在陷阱边,对野牛、老虎、羚羊们讲道理,讲学问,劝其乖乖听话,直到它们弄懂为止。额头上长着红点的野马归顺后,享受到最高待遇,还成了人马座的图腾。

最初,人马座的贵族都是人首马身的特殊物种。

为了解释这个奇怪的现象,国王玛吉斯一世对家族中的人说:“我们这个星座的名字里带有一个‘马’字,所以说,我们肯定是这些神马的后代。”

历史也的确是这么记载的。

历史还记载了远古时期文明发展的情形——

由于驯服了牛、虎、羊、兔、马,人类就顺势发明了刀具和犁铧,以及屠夫这个职业。和屠夫功能类似的是祭祀仪式和国家。国家产生后,又发明了国王,而国王则发明了他的王后和王妃。那些能和野兽交心的凳子上的演说家后来成为我们星座的巫师、医生、理发匠和路边的摊贩、发明家、软件工程师等，级别最高者则进入王宫，成了国王的资政大臣。

吃了上述五种动物的内脏和肉类，人变得越来越聪明，先后创造了五个文化品种。在一月份创造了象棋，在二月份创造了拉链和酷刑，三月份和四月份里分别造出磨盘与指南针、等级制度，五月份则创造出牛棚、成语故事、榨汁机、谎言和几何学、注射针头、监狱等。水落石出的时候，人们用马鬃拧成绳子，把沼泽里的雷电引到山上，推动风车急速旋转。模仿风车唱歌节奏的星际轨道车随之打造出来，载着国王、王后外出访问。

贵族和普通人的等级有了差别。国王与臣仆住在带暖气的大厦里。普通人住在监狱旁的茅屋里，看守比金子还要珍贵的河流。看守河流，为的是不让其他动物飞过去喝水。

接下来，人马座的居民剪掉了龙和蛇的翅膀，把它们关在针尖大的池塘里，四周围满了铁丝网，还通了电，冒险跑出去的都会被高压线打死。用这种办法收摄了龙与蛇。

至于鸡、狗、猪这三种认死理、一根筋的生肖，人们是用绳子把它们制服的。尤其是那些不听话的鬃毛狗，见到绳子吓得眼都红了。

在这三种动物里，最难以驯服的是猪。它的强悍是你今天根本意想不到的。猪的祖先，是一种外号叫作"鹌鹑"的野猪。它跟鹌鹑一样，个子很小，从脚趾到脊背只有三十公分那么高，但却长着一对带刺的翅膀，性情凶猛，难以对付，经常把宫廷里的学院派驯兽师搞得灰头土脸。后来，在它们的交配季节到来的时候，驯兽师求助于一个外号叫"大麦粒"的博物学家（他的眼睛像大麦粒一样，坚硬而狡猾）。"大麦粒"先生不负众望，用鱼的鳞甲和鹅毛笔蘸着彩色墨水造出一本书。这本书很大，大得就像拳击训练场——甚至，比一夜暴富的钱包还要大。摊开，铺在地上，有一万多平米。这本书把野猪们最理想的配偶赞美了一番，还把富有魅力的母猪形象拍成照片，叠放在书页里。公猪们扑在书堆里撕咬着，疯狂了。驯兽师悄悄围上去，把它们放翻在地，用绳子捆起来，还剪掉了那对讨厌的翅膀。过了大约有一百光子年吧，它们的后代就驯化了，跟那些野牛、老虎、兔子一样，吃得太好，个子长得又傻又大。只要贪吃，肯长个子，身体和大脑就会失去平衡。如此，再加上绳子的束缚，没有一个不老实的。

驯化十二生肖中的猴子也是很费劲的，因为它比人还狡诈。猴子只有一个弱点，就是神经线路中的自制系统发育不完整，在光学图谱上呈现为“V”字型，其情绪波动只有激动和消沉这两个极端表现，就像一个醉汉的脑电波走向。这和正常人类的“W”型制动系统相比整整少了一半。针对这一点，人马座的居民发明了一种液体麻醉剂，装在核桃壳里，摆放到大路上，又把它注射到木瓜、香蕉和红丢丢的苹果里，诱引猴子来品尝。猴子当然知道这是圈套。它们聚在大路边，跳着脚骂人。骂够了，它们还是忍不住诱惑，少少地用了一口。那东西下了喉咙，钻到胃里，散播到四肢百骸，暖洋洋的，一点危险都没有。猴子们商量了一下，决定再来一口。就这样，很快醉倒在路边。人们高高兴兴地走过去，把它们拴成一长串，带回去剥皮、卖肉，剩余的就拴起来，养着。等到猴子营养过剩，个头长得比绵羊还大，也就集体沦陷了。

话说，驯服猴子的时候，“大麦粒”先生已经无法参与。起初，他是国家图书馆的馆长，兼任国王玛吉斯四世的政务秘书，学问渊博，备受推崇。但他打小爱管闲事，对看不惯的事儿总要多说两句。足智多谋的埃利斯家族刚刚兴起的时代，大麦粒先生迅即失去宠幸。他被埃利斯家族秘密告发。罪名是成立的：在一次私人谈话中，他讽刺了国王宠爱的第三十三位王妃。按照惯例法的规定，大麦粒先生被挖掉了一只眼睛，又被割掉舌头，驱逐到首都比邻星西郊一个叫“兴奋岛”的海域。

那个荒岛其实一点都不兴奋。岛上有皮粗肉厚的走兽和惊诧莫名的乌鸦，还有突突冒烟的火山石，舍此而外，到处静如死水。大麦粒先生在海浪和烈日的陪伴下，度过凄惨的后半生。说实在的，你要是参观过他的故居，就什么都明白了。

他蜗居在山坡下，以收集草籽和炙烤蚱蜢为生。他用芦苇杆在泥地上书写人生感怀。这种通俗易懂的文字形态被称为楔形文字。就这样，这位独眼圣人发愤著书，写了一部叫作《人马座寓言故事集》的杰作，使自己的名字(而不是佝偻、残破的身躯)留在世间。

如果没有他的著作,也就没有我们眼前整理出的这些故事了。

大麦粒先生用芦苇杆制笔,用一种叫作“墨汁鬼伞”的蘑菇制作墨水,用甘草、杜衡、芦苇的叶子作为书写材料。他是笔墨纸砚的发明人,人马族史前期的第一个著述者。他生前的言谈也被弟子们整理出来,附在书的后半部分。这部兴趣广泛的博物学著作,是人马座最初的经典。

大麦粒先生又是最早主张动物教育的人,希望动物和人一样,平等地接受教育。在他去世之前的若干年里,弟子们聚集在山下,陆续开办了十二所接纳动物的学校,把大麦粒老师受到嘲笑的理想变为现实。这种一视同仁的混合教育,是大麦粒先生留给人马座的一大传统。

在他的教育下,那座海岛上的乌鸦成为最聪明的鸟类。

它们停在他的肩膀上,诵读著作,共同计算命运的最小公倍数。

如果我说:乌鸦还会吟诗作画呢,那显然没人相信。但我不会这么说的,对不对?我要说的是一个大家公认的事实,这就是:在夜深人静的时候,交给乌鸦一片芦苇叶子,它能很快写出你的名字、地址,包括你内心闪过的秘密。

靠着这个手艺,乌鸦发了大财。这些现象,你不能否认吧?

和现实一比照,历史课本上的这位国民教师真是迂腐而可爱。

他说:“即便是感冒病毒,也需要人类的关爱。”

“上天折磨你,就是因为他爱你!”

他又告诉我们:“假如有人打你的左腿,你要把右腿也送上去。”

“不磨不成佛;不痴不成材;不犯罪不知道法律的尊严。”

和平,天真,守规矩,热爱幻想式的一团和睦,此即北纬12.5°学派的最大特征。

因为大麦粒先生隐居的地点在北纬12.5°。于是,他的后人便沿着北纬12.5°传播他的学说,并且扩充、续写那部寓言故事。

这个学派的《寓言故事集》,成了一部永远写不完的书。

四条腿打败了两条腿

“人能征服一切,唯独不能打败四条腿的同伴。”

这句话喻指人无法压制鼠类,也是北纬12.5°这个宗教学派的预言之一。

的确,经过漫长的历史演化,只剩下鼠还没有屈服。劝说、绳子、美食、指导交配技术的书籍、麻醉剂和毒药,能用的招数都用上了,鼠不为所动,照样在野地里疯跑。

它们坚决不肯让脑袋长大,迎合人给它套上绳子的愿望;又坚决不肯长肉,随时能通过饿肚子来缩小体型,从缝隙里逃生。

后来,人马座一万七千三百六十五年的时候,教育学家做出了把鼠类从动物学校开除出去的决议,语言学家也不甘落后,发明了“鼠目寸光”这个词儿。

国王的内臣在路口贴出告示,讽刺鼠类与人为敌,描述它们偷鸡蛋、啃床腿、拖走油瓶等等自甘堕落的丑态。在发动语言攻势、设法激怒它们的同时,人类又用最先进的电脑科技造出一款数码牢笼,总计有十三个。在这种笼子里,任何生命都活不过一个月。

笼子的原型是监狱和池塘。它的发明实在是一件大事。

在驯化动物的过程里,人类的想象越来越发达,而这种想象的极致就是为了对付鼠而发明的笼子。笼子诞生以后,很快派生出与之有关的大量事物,组成一个全新的文明秩序。这就是鸟笼、鸡窝、羊圈、牛棚、窗子、水井、浴室、计算器、珠子、眼药水与牙签,以及袜子和大圈椅、官衔、照相机、毛笔等。

人马座居民准备用笼子和鼠抗衡。

时任国王玛吉斯·阿里兴致勃勃地签署了王室第八百八十号指令。

如果鼠能不吃不喝,在笼子里扛过一个月,或者成功脱逃,就算是在这场较量中获胜了。获胜后,鼠可以得到保持自由、免受驯化的永久豁免权。否则，人类将把鼠钉在历史的耻辱柱上。

人的想法，鼠类是最清楚的。它们开会研究了一下，决定派出十三勇士，进入笼子，迎接挑战。按照协议，战场选在神圣的天柱山。这座山在靠近银河的平原上，突兀高耸，山顶有一块巨大而平坦的露天山岩，周围环拱着真神阿尔法的家族石像。石像共计十三座，巍然屹立。在这里决斗而死，也算是值了。

挑战当天，山顶方圆五十米内，安置了一万个高能摄像头，实行三十六小时实时监控（人马座的一天包含三十六个小时）。

每座石像前摆放了一个笼子，大有请君入瓮的意思。十三位勇士在众目睽睽下踏入笼子。注意，是“踏入”，而不是爬进去！

有机玻璃制作的笼子四壁透明，只在顶部预留一排呼吸的小孔。它是智能化的，会随着挑战者的身体变化自动调节大小，逼迫其中的关押者卧伏不动。红色的灯笼高挂在山顶，昼夜照耀。上边安装着各地电视台的摄影转播器材。

不出七天，十三位勇士的身体就极度难受。再过七天，只剩下六位还在坚持战斗。一个月后，大限将至。在挑战结束前的四小时十八分钟，十三勇士全部一命呜呼。

王室公证人迫不及待地宣布了鼠的失败。

御林军把它们的遗体解送到营养研究所。

夜深了。一片寂静。研究所的主任——戴着辣椒帽子、披着麻布围巾的咯咯巫女士脸色苍白，状若夜叉。她站在熬制骨胶的滚滚沸腾的大锅前无休止地加入作料，研制一种可以让生命复活的神秘胶原蛋白。从昨天晚间八点开始，她已经连续工作了将近四十个小时。这项成果总计要用到四万四千四百四十一种不同分量的动植物原料，还要时刻不停地搅拌，真是累极了。一切都必须在四个小时内（午夜钟声敲响之前）独立完工。差一秒都不行！

大功即将告成。

现在只差最后一味药，就是十三个因愤怒而死的老鼠的左半边耳朵。

目前，距离人鼠大战的活动结束还有两小时零十八分钟。十三个小老鼠静静地躺在不远处的角落里，那可爱的尖耳朵一看就知道是很好吃的。这让咯咯巫的心里按捺不住。可是，按照约定，在契约时间结束前，她无权把鼠的耳朵掺和到大锅的混合物里。咯咯巫女士已经瞌睡极了。根据以往的经验，她清楚地知道，在这最后关头，她需要小憩三十分钟，为最后的冲刺积蓄能量。否则，只要一睁眼，眼泪就会顺着长长的眉毛往下淌。她要去隔壁房间睡一会儿。离开前，又不放心地看一眼墙上的闹钟，确认下时间。她念了句咒语，把最后一只箭毒蛙和七根孔雀翎扔进黏稠的锅里，充任催化剂，猛烈搅拌几下，才哈欠连天地离开房间。

锅里的液体不停旋转，像一列顺时针跑动的火车。整个房间都在向外扩散出绝对难闻的花椒壳烧糊了的气味儿。

一刻钟后。墙上，雕刻着咯咯巫头像的闹钟居然提前敲响了午夜。

最后一下敲得极响，甚至把窗外站岗的昏昏欲睡的槐树都惊醒了。它睁开老花眼，惺忪而朦胧的视野里只有黑漆漆的夜空。这个夜晚长着灰白色斑点，显然极不寻常。四下里连个鬼影子都没有。恰在此时，一条小青蛇沿着窗台爬进来，顶翻了窗台上冒着黑烟的倭瓜灯。

直到那时候，谁都不知道：咯咯巫女士聘用的高大健壮的老槐树其实是个聋子，对任何响动都毫无觉察。

尽管如此，在南瓜灯倾倒以前的短暂间隙，老槐树和小青蛇都无比诧异地看到，一只老鼠——是的，的确是一只经过认证但没有“死掉”的小老鼠——在最后一下钟声里苏醒了，咬破笼子，摘下闹钟，准备逃出生天。

这是一只长着蓝色睫毛的小飞鼠，名叫“巴克”。

它挨个查看了那些玻璃罩，试图找到残活的同伴。

“爸爸，醒一醒！”

“哥哥们，醒一醒！”

哪里还有回音呢？它们的身体早就僵硬了。

小飞鼠低下头，擦了一把眼泪。

它纵身一跳，在黑夜的掩护下不见了。

小笼子和大笼子(咯咯巫的房间)都被抛在身后。清冷的空气一泻而入。

这空气比地狱里的悲叹都要冷!

大家回味着小老鼠咬牙切齿的诅咒。

锅底的木柴激动起来,跳动着热烈的火苗。

连老槐树都在叹气,自言自语道:“国王陛下,你要小心啊!”

第二章　关于国王的那点事儿

猫的葬礼

为了向玛吉斯国王复仇,小老鼠巴克登程上路了。

它要去寻找传说中那个叫作“命运”的老太婆。

老太婆善于纺织。她住在一个黑白混搭的世界里。

那儿只有两种颜色。

白的是山峰,黑的是山谷,编造出 S 形道路,U 形道路,一字形道路。维修这些道路的命运老太婆住在橘子盆地。她用闪电缝补道路,还把砧草搓成绳索。

后院里拴着几个倒霉的魔鬼,饿得又干又瘦,跟铅笔头一样。

橘子很大,魔鬼很小;院子对面的湖泊弯弯曲曲,连接着各个方向。

八个橘子与一个魔鬼,加上一碗湖水,就酿成了可怕的暴风雨。它们的比例是 8 ∶ 1 ∶ 8。暴风雨堆积在墙角的袋子里。橘子和湖水太多了,魔鬼却只有一点点。袋子的委屈只有被关在里边的魔鬼知道。在橘子水的腐蚀作用下,它们的身体饱受折磨,差不多跟袋子一样难受——内部酸痛,外部肿胀。

那时节,天气阴晴不定。

临近黄昏,老太婆就该感冒了。老太婆的丈夫,名叫“幸运”,是一个行动迟缓的老头子。他倒出一杯暴风雨,让老太婆一饮而尽,以治疗她的伤寒症。

老头子说:“这饮料……把它叫作什么好呢?”

老太婆说:“八加一,就是九。我们把它叫作‘九’吧。”

“什么?叫作‘酒’,这倒是个好名字!”

这几句闲话,都让家里的猫听到了。它对这个养在袋子里、叫作“酒”的家伙嫉妒得发狂,决定把“酒”带到没人知道的地方,好好教训一下。

老头儿的猫真是个调皮鬼。它背着墙角的皮袋子,爬到箭杆木上,用尖利的牙齿咬那袋子里的“酒”。睡在袋子里的魔鬼受到很大惊吓,它勉力打起精神,把这只猫推得飞起来,摔断了脖子。

猫捂着脖子,躺在地上,看见那棵箭杆木树笑得前仰后合。猫便诅咒道:

> 魔鬼,魔鬼,聪明的魔鬼,
> 认准箭杆木,快快发慈悲。
> 魔鬼,魔鬼,大个子魔鬼,
> 品尝品尝蘑菇,大树连根铲除!

大个子魔鬼听到咒语的召唤,便骑着山羊,大摇大摆地应邀而至。

它把骷髅挂到树杈上,作为标记。随后,一头扎进树荫下的蘑菇田,狼吞虎咽。结果……悲剧了!它吃得太多,吃坏了肚子。

那天,橘子落地,波浪鸣叫,大路上灰尘四起。老太婆大步流星地跑过去,揪住窃贼,扔进湖水。

大家很快忘了那棵树的事儿。

只有那只猫念念不忘。它央求主人惩罚箭杆木树。

在猫的葬礼上,老头子说:“我的猫爬到树上,摔断了脖子。它是一个听话的小猫,它从来没有摔断过脖子。”老太婆一听,哭了起来。

一只穿山甲走过来,问道:“老太婆,老太婆,你为什么哭得这么伤心?”

老太婆告诉穿山甲:“我的老头子说,他的猫爬到树上,摔断了脖子。它可是个听话的小猫,它从来没有摔断过脖子。”穿山甲一听,也嚎啕大哭。

一条长着翠绿色翅膀的公主恐龙飞过来,问道:“你这尖嘴硬壳的怪物,你为什么哭得这么伤心?”穿山甲答道:“老太婆说,他的老头子和猫从树上掉下来,都摔断了脖子!”公主恐龙哭起来,手里拿着玻璃瓶,一边飞一边收集她自己的眼泪。就这样,哭哭啼啼,一直来到地狱边缘。看守地狱的大狗正在路上溜达,问道:“你这冷酷无情的小公主,你为什么哭得这么伤心?”

公主恐龙把瓶口对准眼眶,以防泪珠掉落地面。她说:“老太婆和她的老头子,还有她家的那只猫,都从树上掉下来,摔断了脖子!”得到答案后,这个叫作“问到死”的大狗也禁不住哭起来。

它把探得的惨相告知了三个朋友。它们是乌鸦三兄弟,力大无比。乌鸦飞到箭杆木所在的地方,砍倒这棵树,并且瓜分了果实。树上结出的果子共有三种,金色的,银色的,还有黑色的。

大树倒下了,枝叶簌簌作响。对岸的木匠,用一截树干做成大弓,用得到的树枝做了七支箭,轻而易举地杀死七种来犯的敌人——沿着树干爬过来的老太婆、老头子、穿山甲、恐龙、大狗和金乌鸦、银乌鸦。只有那只黑乌鸦机灵,一见势头不对,掉头就跑。

战斗结束后,木匠被推举为国王。国王死了,把神弓传给儿子。儿子也成了国王。顺便提一句,大树倒下,还把远古的石头房子砸到九泉之下。木匠国王和他的子民死后就住在那里。

被射杀的七个亡魂不眠不休,构成闪亮的北斗七星。

星光普照的地方,便有七重颜色,七个节日,七种语言,七样情感。

银河边静下来。只有魔鬼喜欢光顾那里。

爱唱歌的魔鬼

今天,我们都知道,魔鬼喜欢在银河上唱歌。

它们的老祖先，正是那个困在袋子里的小鬼。

根据《寓言故事集》的记载，它最终变成了白色的大鸟，栖息在黝黑发亮的芦苇荡。它的爪子比烟囱还粗。由于在橘子水里泡得太久，它的眼神像灯泡一样恍惚。

早晨，魔鬼待在北斗星下，焦急地等着小飞鼠巴克。

要知道，这可是它成为魔鬼后的第一笔生意！

芦苇的叶子枯黄了。从绿色到枯黄，再从铺天盖地的黄泛出绿色。芦苇从随风摇摆，吐放出紫红的穗子。黄昏时刻，魔鬼鸟听到巴克的脚步声，于是，它高兴地唱出尖利的歌声，以至于河水扬波起浪。

"请问，你是命运女士吗？"

芦苇上方的长嘴鸟正在巡视水面。看见巴克，它露出一丝不易察觉的笑容：

"你说的那个老太婆，她……她……她……已经完蛋了！"

巴克失望地说："看来，我找错人了。"

魔鬼飞了起来，在巴克的头顶打着旋："别急着走啊，我是专门帮人复仇的好心肠的魔鬼！我们可以谈一谈！谈谈怎么复仇才舒心快意！这是一笔好生意，好生意！"

巴克撇了撇嘴，说道："就你这小身板，怎么帮我复仇呢？"

魔鬼大笑起来。笑声像山谷里的寒风，刮起一阵又一阵冰雹。

随着笑声，魔鬼的身形急剧膨胀。这时候，阳光已隐没在地平线下。

魔鬼扛着锯子，飞到太阳的背后，唱起那首葬礼歌儿：

魔鬼，魔鬼，聪明的魔鬼，
认准人马座，快快发慈悲。
魔鬼，魔鬼，会飞的魔鬼，
品尝品尝蘑菇，世界连根铲除！

巴克看着太阳，惊讶地张大嘴巴。

太阳就像一个蘑菇圈儿，那庞大的圆盘被魔鬼锯掉了一半，血流如注。

芦苇的枝叶苍白无光，好像还在回味着魔鬼的歌声。

风暴静止了。魔鬼应巴克的请求，讲起复仇的事情。

魔鬼讲述十二星座的来历

现在，你想必了解我的能力了！那么，我可以先做个自我介绍吗？

从职业上说，我是一个商人。这是我和我的同类最大的区别。你看，我是很和气的，根本不喜欢穷凶极恶的行为。但你应该知道，商人，是有独特哲学的高尚群体。在我们看来，这世界上的一切，归根到底都是一桩生意。一个人的好与坏，一场战争的结果，归根到底，都和价格有关。所以，我的朋友啊，当谈到钱的时候，希望你保持耐心，保持注意，不要觉得不好意思。

别急。我就要进入正题了。

这个故事值十四个金币。

（没有现款吗？我给你记账吧，但要追加三分利息。）

好的。看在金币的面子上，你要听好：人马座来自一团永恒的大火。

那火烧得旺旺的，害得我们患上季节性红眼病。

不过，一想到美味的烤肉，这大火勉强可以原谅。

在我们出生之前，大火球就在没头没脑地燃烧。有一次，我那可怜的老爸把一只走了霉运的熊扔进去，想美美地吃一顿烤熊肉。结果，你猜怎么着？我们刚把盘子、餐叉、凳子和采集的调料摆好，它却从火场里跑出来，成了大熊星座——大得我们无从下嘴。鬼才知道，这火球哪来的仁慈！

后来，我们又先后把好多长着蘑菇头的动物放进去做烧烤。有成功的时候，也有失败的时候。要照我自己的印象，似乎是失败的时候居多。

不过，这可没什么丢脸的。在我看来，受点累，吃点苦，总比绑在老太婆的院子里被她腌成橘子味的暴风雨来得清爽——更别提她家那只可恶的猫了！被它抓住，我们总是落得断胳膊断腿！

我承认，在怕猫这一点上，我们有增加交流的必要。

但我们现在还不能算是朋友！别忘了，你是有求于我的！

我不是啰唆……只是提醒你，要注意自己的身份！

看我这记性！说到哪里了？猫——老太婆——橘子，还是火球？哦，大熊星座，那我知道了！长话短说，那就继续说“烤肉”的事儿吧。

话说，从一月到十二月，在整整一年里，我们流着涎水，忍饥受寒，皮糙肉厚，不辞辛劳地收集着食物。过后，还要运输到烟火丛生的大火球那里加工处理。

必须声明一下：我们是一个讲面子、守秩序、吃熟食的族群。

说话要有条理，吃饭要坐得端正笔直。这是我们的祖训。

哪怕是一片海草、一粒沙子，抑或又湿又黏的乌云，我们都要烤熟了再吃！

在我们的世界里，语无伦次和胡吃海喝一般来说都是不允许的。

一切吃，都必须是自愿的。我们愿意吃，对方也愿意给我们吃。

（说完，又插入一句赞美诗：“这是我们魔鬼最高尚的地方！”）

我们总是根据集体商讨的分工来做烧烤。那段时间，我每天都要披星戴月，可谓勤勤恳恳，我满怀感情地把一只鸡、一口羊、一头猪、一条失恋的蛇投进火里。我的兄弟则在中午行动。他负责把马匹、眨巴着眼睛的猴子、成袋的袋鼠、骨架大得吓人的恐龙投进火里。

到了晚上，我的亲戚和邻居又满怀虔诚，把热爱牧草的牛、受了伤的蟋蟀、会弹琴的海狗以及那些迷路的小老虎、杂七杂八的蔬菜和目不识丁的纽扣投进火里。

遗憾的是，我们烤了很多，吃到嘴里的却极少。

妈的，那些动物似乎都受到了火的庇护。我刚才说的十二种动物，是十二种吧？总之，不管那些无聊的数字了。它们乘坐着大火球，升到半空，成了万众敬仰的星座，而我们则老是饥肠辘辘。我们烤熟了十二星座，老天却罚我们饿肚子！

这不公平！不公平！说到这里，我得喘口气儿！

你打问的人马座，就是一匹马变成的。我敢肯定！

至于是哪种没有良心的马，你只能去问那个死老太婆了！

哦，你还要过问她和国王的联系吗？

这个就更贵了！揭露他人的隐私，这是犯罪行为……为此，我收你三十个金币！

魔鬼讲述国王的秘密

国王的祖先叫作玛吉斯，意思是“大山”。

玛吉斯跟着母狮子，长到十七岁，坐上雪橇，出门寻找父亲。

在冰雪覆盖的原野上，出现了九头鸟。它像雪人一样，蹲坐在茅草房前，爪子上挂着一盏昏沉摇曳的油灯。油灯里的油，是用心尖上的脂肪提炼出来的。

“你能把你的心截一半给我吗？我需要一点灯油，照亮回家的路！”

孩子摇了摇头。

那只九头鸟遭到拒绝，便喋喋不休地诅咒起来：

玛吉斯家族的国王，
你将杀死自己的父亲；
玛吉斯家族的国王，
你将死在儿子的手里！

孩子轻蔑地笑了笑，踏上雪橇，跑得无影无踪。

雪橇停在渡口。划船的人，是个背着二胡的老头子。

“那座城叫什么名字？”孩子问道。

“颓败。它叫作颓败之城。这是我给它起的名字。”老头儿答道。

“你要去哪里？”老头儿一边划船，一边闲聊。

“我要去对岸的城市，寻找我的父亲。”

“他是个怎样的人？”

孩子随口答道：“他是城里的国王。长得很高，富有而健壮！”

老人嘲笑道：“高大的人会变得像我这样瘦小，富有的人会变得像我这样贫穷，健壮的也会像我这样，被岁月打垮，一天比一天羸弱。”

那孩子有些吃惊，顿时抛开幻想，说：“你这是什么意思？”

老人稳了稳身子，道：“我说的是远处的一座大山。高大，但是被挖倒了根基；富有，但是被剥夺了财宝；健壮，但是只能向人类乞讨！整个自然界，都将遭到命运的奴役，包括你和我！”

“你是什么人？”孩子问话的时候，脸色有些苍白。

“你可以认为，我是你的父辈；你也可以说，我是一个疯子！”

孩子接触到那个刻薄、无情的眼神，觉得被冒犯了尊严，脸孔涨得通红。他拔出宝剑，厉声说道：“没错，你是个疯子！”说完，就刺了过去。

老人一声不吭，倒在血泊里。

孩子低头看了看。他发现，那老人的前额上覆盖着漂亮的棕红色的发卷儿，就像奔跑中的枣红马。而且，他还是第一次注意到，一个人居然可以流出那么多的血，凝结在一起，像开满鲜花的地毯一样，那么大，那么柔软，把老人和他的二胡完完整整地裹在里边。

老人一动不动，看着蓝色的天空，俨如一幅撕裂的壁画。他甚至还动手弹了一下二胡。一阵风吹来，孩子揉揉眼睛：他真的弹了一下！用那僵硬的食指，勾起两根琴弦！

二胡发出单调的音响，就像大山在呻吟：“来哟，来哟！”

孩子进了大城，跟着制作车轮的师傅做学徒。

师傅说，很久以前，有三个巫师站在城门洞前，预言城内会发生一场瘟疫。破除瘟疫的唯一办法是驱逐国王，罚他到远处的那条河上做三年苦力，摆渡那些受苦受难的人。即便如此，做了船夫的国王还是会死在儿子手里，而新国王的后代则会重复遭受同样的命运。

"划船的国王叫什么名字?"

"玛吉斯,神圣而不可战胜的人。这个名字的意思是'大山'。"

那孩子带着困惑,询问了很多人:"杀死国王的人,一定是他儿子吗?"

箍车轮的师傅说:"预言里就是这么说的。"

做烧饼的师傅说:"预言里就是这么说的。"

卖石斑鱼的人说:"预言里就是这么说的。"

寡妇这么说。大厨和仆人们这么说。

王后把这孩子召过去,拿起一面放大镜,仔细地看了看他的手指、头发以及瞳孔的颜色,说:"依我看,你根本不是他的孩子。你没有枣红色的头发卷儿。不过,既然预言里这么说了,那就让我们静下心来,等等看。"

不久,城里爆发了瘟疫和大饥荒。饿死了很多人。那三位巫师又现身了。

他们宣告说:"除非把真正的国王囚禁到山洞里,饿上一百天,否则,饥荒是不会消失的。"老国王的一个儿子进了山洞,不到十天就死了。

灾情越来越严重。国王的法定继承人一个接一个死去。

最终,老百姓把小木匠推选出来,送进山洞。

奇迹出现了! 他捱过一百天的时限,安全地走出山洞。

人们匍匐在地,高喊万岁。大家给他起了一个新的名字:"饿而不死。"

王后说:"好孩子,看来,你是个有来历的人。不过,你没有真正的国王那样好看的头发卷儿。"

过了一周左右,城堡南边的河面倒下一棵箭杆木树。一个模样古怪的老太婆,像蜘蛛一样沿着树干爬过来。她的眼睛像灯泡,闪着蓝莹莹的夜光,喉咙里发出龙卷风的吼声,靛青色的雷电轰轰交鸣。随行的动物和魔鬼嗷嗷乱叫,就像世界末日要提前到来似的。

列队出战的人都被吓跑了。只有小木匠留在河边,对着狂风暴雨。他连着射出了六支箭,肚子里极饿,便站在河边等着,张嘴吞下了龙卷风。

咸咸的，正合口味。还捎带着吞下了随风乱跑的石头，以及粉碎石头的闪电。老太婆见此场面，吓得吐出舌头，僵在那里。小木匠射出第七箭，命中了老太婆的耳朵。

这一次，连惊带吓，要了老太婆的命。

小木匠成了国王。

然而，每到夜深人静，国王耳边总是传来那个奇怪的声音："来哟，来哟！"

国王越来越害怕。老王的悲剧总是出现在他的梦里。

晚年时期，他不肯放过自己的儿子。王子们被投到火里，或者扔进滚滚激流。到最后，臣民们忍无可忍，把国王驱赶到荒凉的兴奋岛上，关了禁闭。

王太后的弟弟即位为王。这是一个更加残暴的人。

新任国王有个著名的外号，叫作"卡的死翁"。他即位的时候，牙齿松动，须发斑白，但却喜欢人们把他当作活力无限的年轻人。凡是用不尊敬的眼神看过他的人，都要遭殃。国王亲自动手，往你的嗓子眼里塞进去一盘核桃。对，是一盘，而不是一个！卡得你要死不活。这个酷刑，最后甚至落到了王太后的头上。王太后死的时候，疼得翻着白眼。

人们再次起义，推翻了用核桃来维持的统治。

新国王是玛吉斯家族的嫡系远亲。是为玛吉斯二世。

他一上台就宣布，以后要像一个国王那样来统治国家，而不是像一个特务头子。就这样，玛吉斯家族最终逃脱了命运的宰制，延续到目前这位阿里国王。

阿里国王，也是一个顶顶可怕的人。为什么呢？因为他很长寿。

通常来说，长寿是件好事。可是，他的长寿却很可怕——他活了整整两千个光子年！在这样漫长的统治期里，连孵化恒星的上帝都会失去耐心的。

总之一句话，你要对付的这个人，绝不像表面看起来那样衰。

现在，让我们带上账本，去找这位自命不凡的国王吧。

对了,出发之前,你可不可以先给我一百个渺小的金币作为定金?

这不是我自己贪财。我要用它收买一个老巫婆。

实话告诉你,没有钱,我什么都做不了。

真的,这可不是我挖苦你:这个数字,连收买花生米那么大的良心都不太够。哦,你答应了?你把手伸进口袋了?天啊,这就是货真价实的金币么?

好的,成交了,成交了。我的朋友啊,我真心喜爱的小老鼠啊,你的笑容真是够甜的。你比天使好看一百倍!此话绝非恭维,更不是无聊的吹捧!你的心肠真是太好了,好得赛过一百个魔鬼。

不过,你还别说,捧着一百个金币,连风景都变得更美了。你倒是说说,是不是这种感觉?金子啊,金子啊,有了这点金子,足以让阉割过的公鸡报晓打鸣。要说这世上真的有魔鬼,那就是它了!你看看,它能让吃奶的婴儿指挥世界大战,令断了腿的兔兔活蹦乱跳。怪不得上帝那么聪明!我敢发誓,天堂是用金子做成的!换成是我,我也会跟上帝一样,躲在金子做的云层里,不给人看到的!

这是一桩生意,一个有趣的、美好的事业。

看在老老实实的金币的面子上,我会主持正义的。首先,我会遵照你的嘱托,祝福祝福那位国王:希望他的家族历尽折磨。让他的长寿像毒药一样不可救药。

玛吉斯六世——最长寿的人

国王玛吉斯六世的本名叫阿里,即玛吉斯·阿里,不折不扣的传奇人物。他的徽标是狮子,因为他脖子上的鬃毛像狮子一般粗硬,而且,也像狮子般勇猛。

为了保证玛吉斯家族的纯正血统,国王规定:他的权力是世袭的。

有了议会以后,这一点没有改变。

玛吉斯国王很长寿。

他有不计其数的儿女。但是，早先生育的王子和公主都没能熬过父亲，匆匆忙忙地离开人世。国王的耐力超过了石头，而他的子女却只是血肉之躯。

国王懂得节约之道。他每天最多吃四顿饭，早饭、午饭、下午饭和夜宵。他不像一般的人马座贵族那样吃素。因为他是国王嘛。每顿饭必须有四个肉菜。一天下来，大致要消耗一百斤面粉的糕点，四十斤大米做的主食，另配蔬菜三十三种，菌类九十样，水产品若干。仅此而已。

国王喜欢外出办公，在旅行的马车上批阅公文。他每个季度正式出游一次，每个月至少远足三次。为了体现节约原则，随行人员只有十位嫔妃、二十位厨师、三十个讲笑话的来自地球的侏儒，以及一百个宫女，御林军四百，侍从二百，另选最可信赖的辅政大臣若干。在他的统治进入晚期，埃利斯伯爵是不可或缺的。至于那些自愿、自费陪行的人，国王懒得去统计。往少了说，那些鬣狗般赶着来献媚的家伙大概不会低于一千三百人吧。把这群需要吃喝拉撒、需要欢乐和热闹的人组织在一起，构成一个和睦的团队，是一件很头疼的事儿。

不过，你放心，国王用不着操心这些事儿。

埃利斯伯爵会妥善解决的。

业余时间，国王偶尔也会玩一玩。备选的游戏约有八十个项目。他经常参加的是十九种，例如：马球、板球、垒球、乒乓球、排球等球类游戏，以及砍断头、拧脖子、剪舌头、断腿、下油锅、冰桶游戏、跳杆儿、爬山、带赌注的猜谜和打地鼠。棋类则是七个子儿的国际象棋。

就这样，玛吉斯·阿里在首都比邻星的宝座上认真工作，把他的统治延续了很长时间。

衰老的滋味

玛吉斯六世自称“上帝”。但他很清楚，和上帝相比，他只是一个普普通通的躯壳。

人是会老的。而衰老，是上天的安排。

国王也老了，时常呆望着天空。

在这孤孤单单的世界上，玛吉斯国王感到极度空虚！

国王在晚年打开《人马座寓言故事集》，试图重新理解荒唐的过去。

星辰悬在楼上，婴儿来到世间；一阵风吹来，乐器跳跃着，奏出动人的歌声；高高的山岗，挂着白色绒毛的果子熟了，从芳香的枝头跌落到老人的怀里；四季运转，周而复始，把生命接到地平线这边，又送往无尽的远方。

这些平凡的幸福，都是他最新的发现。

零点播报的钟声，把玛吉斯国王从冥想中惊醒。

新年到来了。他喝下咯咯巫诊所送来的黏稠药水——如你所知，这种旨在长寿的药剂缺一味配料——暂时恢复了往日的精神。

国王需要长寿，国王渴望长寿。但是，长寿药水缺少了鼠耳的灵敏，导致国王变得迟钝。

这是晚年痴呆的迹象。

一件大事不可避免地发生了，这就是预想中的“国王之死”。掌握核心权力的贵族成员开始慎重地讨论此事。一股特殊的前所未有的气味儿进入了国家政治生活。国王感受到了。但他无法逆转历史的意志。

大街上回荡着一首儿歌，像飘带一样，牵引着轻盈的孩子们。

脚步声惊动了阴冷的国王。倒是快活，一群小老鼠！

国王闭着眼睛，想象着快活与奔跑的日子。他显然听到了那首歌谣：

巴克，巴克，
它们离开了；
藏在地底下，藏在传说里，
藏在乌鸦的车厢里。

藏在春天里，

眼睛看不见；
藏在秋天里，
耳朵听不见。

国王睁开眼睛，就好像刚刚见到世界的婴儿。但很快，长寿药水的力量就失去了一部分，然后，药性开始衰减。国王感受到逐渐昏黄的绝望。肩膀开始酸痛，肋骨吱呀作响，留在心上的记忆像雪花一样，飘来飘去，随时有可能遁灭。国王看看满身药味、一脸皱纹的咯咯巫，感到自己更老了。

"药水对我失效了吗？"

咯咯巫很无奈地点点头，回答说："是的，陛下，这是我的能力极限。祝您长寿！"

国王再次问道："长寿药水真的对我失效了吗？"

"是的，陛下。祝您长寿！"

国王说："我刚才做了一个梦，是和你有关的……你想知道吗？"

"是的，陛下。祝您长寿！"

国王说："以后禁止再跟我说这句话了！这对我简直是个讽刺！"

窗台上等候着的乌鸦书记官听到指令，匆匆忙忙记下"禁止……"这样的字句。咯咯巫不解地问道："陛下……这不是您亲自规定的么？无论什么人，跟您说的每句话末尾必须有'祝您长寿'的祝福……"

国王拍拍手，说："你的耳朵需要修理一下。我刚刚发布过新的法令，你没有听明白吗？"

"是的，陛下。"

国王说："我梦见一只白色的大鸟，它的眼睛像灯泡一样，瞪着我，把我弄得心神不安。然后，我还看见一个蓝色的老鼠进入你的房间，盗走了你的忠诚。你知道这个梦是什么意思吗？"

"不，陛下。我不知道……"咯咯巫突然嗅到一股危险的气息。她的长指甲不由得碰在一起，发出"咔"的一声，把刚刚飞到书架上的乌鸦书记官吓了一跳。

国王那狮子般的眼睛瞪得更大了。

他死死地盯着咯咯巫,一刻也不肯放松:"那么,你为什么还活着呢?"

咯咯巫的瞳孔在恐惧中散光了。

国王挺直身子,逼视着咯咯巫:"我听说,最近这段时间,你把我定制的长寿药水送给了埃利斯伯爵,而给我准备的却都是假货,是这样吗?"

咯咯巫辩解道:"国王陛下,您肯定误会了。伯爵大人拿走的是药渣子。"

国王眯着眼睛想了一阵,突然问道:"我让你管理我的身体,你却把它当作儿戏……他给了你多少钱?我是说,背叛我的代价是多少?"

咯咯巫嗫嗫嚅嚅,半天说不出话来。

国王吼了一嗓子。那气势就像雷电滚过胆小鬼的屋脊。

"赶快!我要听实话!"

"报告国王陛下,是一百个金币……"

国王大笑起来,狮子般的卷毛抖个不住。他说:"我不相信,玛吉斯·阿里就这么便宜吗?我可是一个国王啊,宇宙间最有权力的狮子王……"

咯咯巫忘记了害怕,终于说出一句实话:"伯爵大人说,您的财务非常吃紧,早在三百年前已经破产了。所以……只值这么多!"

玛吉斯国王捂住心口,感到有点儿难受。过了一会儿,他喊道:

"来人啊,把这个老妖婆给我杀了。"

一个侍卫从台阶上走下来,把刀子架在这位神学家兼医学研究者的脖子上。

咯咯巫看到国王即将做出一个砍头的手势,不禁气愤地喊叫起来:"陛下,我可是您唯一的家庭医生,为玛吉斯家族服务了三千多年。难道说,这就是我得到的回报吗?"

国王眯起眼睛,想了想,终究还是把手一挥。

惨叫过后,咯咯巫的躯体化为一道青烟,盘旋在庭院里。而她的头则掉在台阶上，来回跳动，嘴巴里兀自发出一阵阵狂怒的呼啸：

“杀了我，你会后悔的！”

侍卫们四下追逐。咯咯巫的头急速旋转着，扑向国王。这时候，那只黑乌鸦悄然无声地飞过来，衔起咯咯巫脑袋上的小辫子，消失于茫茫夜空。

“来呀，把她负责的动物学校的学生们都赶出去，解散了！”

御林军队长跨上战马，攀到一个高台，用旗语发出国王的指令。

学校上空冒出黑蘑菇般的烟突。火光翻卷着乌云，照着国王的脸。

国王耸了耸肩，说道：“命运就是这样，反复无常！”

现在，只剩下他一个人坐在王座上。他继续翻看着《人马座寓言故事集》，时不时地陷入沉思。不知道过了多久，他对侍卫们说：“你们都走吧，不要让我心烦。”

王宫里暂时安静下来。他合上《人马座寓言故事集》，揉了揉昏花的眼睛。就在这个时候，他弄懂了那个叫作“远古”的人：“谣曲里的故事像火苗一样，闪出暗红色微光。噗的一声，远古消失了。”

三周以后，玛吉斯总算接受了“自己即将消失”这个事实。

他看见死亡像阴云一样飘过夜空，把毛茸茸的影子投射在围墙下的花丛里，清晰、寒冷而又令人振奋。夜莺在花间歌唱，风铃不停地摇荡。

恍惚中，缠绕在心头的幻觉又迸发出来。他看见妻子从门外轻轻地飘进来，俨如一柱轻烟。她想要偎依在他的肩头。不用说，她还带回了远方的消息。

他走上前搀扶，她便一如生前那样感激地看着他。她的身体像柔软的河床，她的手指像河边的柳条，而声音则像枝头的铃铛，清脆、动人。

玛吉斯颤声说道：“亲爱的，你莫不是我那日思夜想的捷琳娜王后，我那飞走的小鸟儿？现在，趁着我还能听到你那温和、慈悲的声音，给我讲一讲你经历过的事情吧。”

她告诉年迈的丈夫：“方才，在走过宫门前的一块空地时，我似乎听到阵阵尖叫，也不知是吉是凶。”

老国王激动地问:“是不是小孩子们饥寒时的号哭?”

王后呆了一下,点点头。

国王的脸色顿然变得灰蒙蒙的。

他扔掉手中的权杖,让妻子在椅子上端坐,接受一个国王发自内心的忏悔。他跪在地上,带着哭腔说道:“亲爱的,你知道吗,我是一个有罪的人? 当年,为了保住到手的王位,我怀着狮子才有的狠心,杀掉两个年幼的弟弟,亲手埋在苹果树林的正中间。从掘开大地的那一刻,从我这里开始,我们这个王族便再次跳进魔鬼的怀抱……多年来,他们就睡在那片苹果树林里。每到冬天,收殓枯骨的地方总是传来夜枭般的啼唤。这声音近来日益频繁,让我头疼欲裂。我想,这是在召唤我去陪伴他们吧。”

听到这个坦白道出的秘密,王后一语不发。

玛吉斯国王站起来,向前走了几步。王后叫了一声:“慢! 你听,就是这个声音!”国王侧过耳朵。果然,他再次捕捉到妻子所说的那个尖音。然而,那声音似乎不在院子外,而是近在眼前。

甚至,就卡在他内心的某个角落,轰隆隆地鸣响着。

恰在此时,国王被瓷器跌落、摔碎的声音惊醒过来。坐在他面前的哪里是昔日的捷琳娜王后,而是一位素不相识的女人。他收起了自己的忏悔之态,拔出床头悬挂的宝刀,怒喝道:“你是什么鬼怪,敢来戏弄我这老迈的灵魂?”

那端坐之人早已吓得脸色煞白,跪下来泣诉着说:“尊敬的国王啊,难道您真的认不出我了吗? 我是每天都来给您送药的侍女呀!”

可是,老国王因为她窃听到自己内心的声音,依旧感到不爽。

门外的珠帘在鸣响。国王掩住心口,默默走开。宫女偷眼一瞥,看到这个老人显得痛苦而可怕。

凌晨时分,“王后”又出现了,想要跟国王倾诉衷肠。

国王警惕地看着前方。

过了一会儿,幻影消失了。

国王轻轻地敲着沉闷的胸口,暗自侥幸。

国王被激怒了

厨师候在门外。

看到国王起床了，他们便端着精美的餐盘，鱼贯走进寝宫，把食物轻轻巧巧地放置到国王身边的桌子上。盘子里的两枚牛心抹过鲜红的茄汁，做得美味而营养。一瞥之间，竟让他蓦然警觉到是两个年轻人的心脏。炙烤过的羊头躺在嫩绿的草叶上，眼珠是淡黄色的，直直看着他怎样拿起刀叉。

玛吉斯忍住适才的不快，用刀子切开牛心和羊头，草草品尝了一下。

接着，厨师们端上来一条体型硕大的鱼。这条鱼来自银河，鳞甲是银灰色的。

就在国王要吃它的时候，那条鱼突然在椭圆形的盘子里跳了一下，把汤汁泼洒到国王的脸上。国王无法保持风度了。他轻轻地放下刀叉，站起身来。

这叫人难受的早餐，实在是无法消化。

"让厨师长过来一下，跟我说说这是怎么一回事！"

可是，侍奉早餐的几个厨师已经吓得走不动了。

国王越发感到懊恼，怒吼道："你们非要让我发火才高兴吗？"

恰在此时，国王听到了一声偷笑！

扭头一看，那个令人讨厌的宫女居然还没走！

国王失去耐心，要爆炸了。从夜间到白天，所见所闻的一切简直都是噩梦。他挥动出鞘的刀子，砍倒熊熊燃烧的蜡烛。那飞速流淌的火焰让他回想起战场上日甚一日的屠戮，于是就更加发狂了，不由分说地扑向那个可憎的宫女！

那宫女长得小巧玲珑，穿着蓝色的裙子，挽着高高的发髻。她掂着裙裾一角，在王宫里灵巧地躲避着玛吉斯的刀锋。每当他追到眼前的时候，她总能脱身而出，绕着桌子、椅子、衣架、屏风、倚着柱子的塑像到处飘动。

等把她逼迫到一个死角，玛吉斯已经累了。他拄着刀把，像等待出击的猎豹一样伏在那里，一动不动，想看她这下怎么办。然而，就在一眨眼的工夫，她缩成了毛茸茸的蓝色小球，钻入一道细细的墙缝。莫不是一只古灵精怪的老鼠么？再要细看，就不见了！

侍卫和宫女们都被惊动了，齐齐赶来。

大臣们也来了。大家夺下玛吉斯的刀，又协力扑灭蔓延的烈火。

经过这个躁动的昼夜，国王对身边的一切恢复了一些警觉。国王说："你们看见那个宫女跑到哪里去了吗？"

大家都问："她长的什么样子？"

"你们不是看到了吗？她穿着一件蓝格格的裙子，像小偷一样敏捷，像我的首辅大臣埃利斯伯爵一样狡猾。"

大家都在摇头，因为王宫里根本不存在这个人。

埃利斯伯爵来了："国王陛下，听说您身体康复了？我需要送上祝福呢！"

看到伯爵，国王的心情似乎还没有平静。

"伯爵大人，你最善于评定一个人的价值。那么，你告诉我，我现在值多少钱？只有……一百个金币吗？"

伯爵听到这句话，脸色一下子变了。他的反应十分迅速，当即就知道有人给他上眼药水了。他没有马上回答国王的问话，而是在国王的左右来回搜索。他的眼睛像探照灯一样发亮。除了国王和伯爵，王宫里还有十七个人。被扫视过的人都低下头来，躲避着他的质疑。

国王注意到了，便勉强笑道："大家放松一下，我是跟你们开玩笑的……"

伯爵说："国王陛下，您很清楚，我向来诚实而守法。只要有脑子的人，都知道这条律令：臣民是无权评价国王的。我很想知道，是谁这么大胆……"

国王说道："咯咯巫告诉我的。"

"她现在在哪里？"

国王说："哦，我的书记官已经把她送进地狱了。"

伯爵看了看那位乌鸦书记官。它在书架上嘎嘎尖叫："确实如此。"

伯爵的腰杆顿时直了起来。

他微微一笑，说："尊敬的国王陛下，您一天的伙食费都不止一百个金币呀。"

国王说："伯爵，现在好多人都认为，我只值一百个金币！"

乌鸦在书架上大笑起来。国王身边的人来回看了看，也跟着笑一笑。

官员们的笑，是分品级的。有的可以笑二分之一，有的可以笑三分之一。

没有品级的，可以随便笑。级别越高，笑得越少。为了掩饰内心的真实，有的特权大臣只能抿下嘴角。这种意味深长的笑容最高贵，必须专门练习。

伯爵厌恶地皱了下眉头。

那些衣冠楚楚的随侍人员吓得低下头去。

难道说，他们刚才笑得不太对吗？

伯爵沉下脸，好像自言自语地说："我明白了。在背后说我坏话的人可不止一个呀！"他抬起头来，一字一顿地说，"国王陛下，请允许我辞职吧。您身边既然有了这么多人才，我留在这里……恐怕就没什么大用了。"

国王急忙说道："伯爵阁下，你是国家的栋梁，这一点从来没有改变过。而且，你也很清楚，我随时都需要你帮我打理私人财务啊！"

伯爵还是坚持辞职。

国王说："伯爵，难道你还在为当年的屈辱怨恨我吗？"

闻听此言，大殿里静得跟上帝的嘴唇一样。伯爵不敢提起辞职的话题了。

有的人可能还不知道这是怎么回事。那么，且让我们回顾一下历史吧。

当伯爵还很年轻的时候，触怒过玛吉斯·阿里国王，被罚了杖刑。侍卫们接到命令，把伯爵的裤子脱了，按倒在王宫外面的台阶上，当众打了三十下竹板。

国王下令，任何人都不得求情。

在所有的臣民里，只有伯爵那怀着孩子的媳妇敢来求情。

“国王陛下，请您放过他吧。他是您的财务主管啊。”

国王一怒之下，把这大肚子女人赶到地狱里，永远不得露面。

刑罚结束。伯爵把掉落的皮肉默默地收集起来，埋到自家祖坟里。

在埋下血肉的地方，长出过一棵桑树，被他砍了；还长出过一棵桐树、一棵棕树、一棵夹竹桃，统统砍掉了。他用桑树做了一张床、两把椅子，睡在上面、坐在上面。他还用三个树根做了三把夜壶。

伯爵似乎跟活死人一样，难得露出一点笑容。

伯爵从来不报复别人。但自此以后，连国王也不敢轻易招惹他了。

因为谁也不想变成床、椅子或夜壶什么的。

接下来，那个可疑的“王后”总在夜间出现。每当临走的时候，她总会对国王说：“你已经很老了，为什么还不愿意跟我走呢？”王后说完，转过身，环视着这个埋在阴影里的宫殿，脸上带着疲倦而失望的表情。她走到院墙外拐弯的地方，又紧跟着走到苹果林里，只留下一个黑黑的影子。当晴朗的日光焕然出现的时候，连影子也凭空消失了。

太阳出来后，以拖把一样的光芒扫荡寰宇。

秋天来了，玛吉斯感到越来越衰弱。天是青灰色的。蓝色的葡萄架秋风瑟瑟。紫葡萄一串又一串，就像透着光泽的琴键，随风歌舞。它们唱给苹果树的歌声沉入心底，使衰迈的人类觉得欣慰。

在老妇人哆嗦而颤抖的嘴唇上，在那些枣木拐杖上，总会开出淡黄色的小花来。以前，母亲还活着的时候，喜欢把另一个人的事情讲给玛吉斯国王。那也是一位国王，也叫玛吉斯，玛吉斯的先祖，被大鸟诅咒过的远古少年。

最后一句总是这样的：“玛吉斯国王扇动飞鸟一样的翅膀，前往一座孤岛,再也没有回来过!”

在暗淡的回忆往事的日子里,玛吉斯国王终于感知到善的力量。

他每天都会无声无息地走过那些历史悠久的街道。天热了,街道上的石板路变得软绵绵的。

在那一段时间,一只蓝色的老鼠代替了“王后”,时常出现在玛吉斯凌乱不堪的梦境里。他被它吸引着、领导着,周游了自己的一生。最后,他看见自己停在一户人家灯光昏黄的屋檐下。打开房门的主人看到国王的脸,惊叫了一声。这是玛吉斯国王只在童年时见过一面的舅姥爷,这位胡须银白的舅姥爷看起来还是那么快活。他们一直往屋子后边走,走过一条漫长的沙土路,又走过一片茫茫的盐碱地,穿过一个枯黄衰败的芦苇滩,昏昏沉沉地来到一条河边。有一座紧邻着河流的院落,就像一艘平底船。舅姥爷敲了敲门,喊道:“我是舅舅,我是舅舅!把门开开!”一个弯腰弓背的狸猫一般的老妪走出来,和他们打招呼。国王和老妪互相一看,都高兴得喊叫起来。原来,这正是国王多年不见的母亲。她和记忆中一样,很是消瘦。母亲把他们让到屋里,坐下来喝茶。说了一会儿话,舅姥爷告辞走了。

玛吉斯国王忽然想起来,母亲很早就去世了,自己莫不是在地狱里待着?想到这里,他情不自禁地伤心难过,哭了起来。母亲把一块蓝色的小石头放到他手心,让他跟着石头发光的方向一直走,不要回头。

她交代道:“人们常说,‘一块石头落了地’。我交给你的小石头,就是你心里的那颗石头。石头落地,人就安生了。”

在回去的路上,国王看见两个长着猫眼睛的人在打架,那两个人请他过去评理。国王没有搭腔,匆匆走了过去。

等到重新走回那个灯光昏黄的屋檐下,身边飞速跑过一个人,把他甩在后边。那个人的两条腿很短,但跑得极快,就像亡命奔逃的兔子。接着,又见到另一个人,满头白发,候在路边的盐碱地里。芦苇在风中吐着白絮。那人哭喊着,跟在后边走了好久,拉着国王的衣袖,并叫出了他的名字。玛吉斯不为所动,心里却越来越惶恐。

石头上的光芒消失了。

他把手中的小石头放在那户人家的屋檐下。

他惊奇地看到,石头一落地,就变成了一个毛茸茸的小老鼠,哧溜一下,拐进一条幽深不测的小巷。

他忍不住回头一看,却看见自己正在做梦,梦见一只老鼠。

老鼠正在画着白色的圆圈,每个圆圈里种着一棵苹果树。

黑黝黝的陶罐和黑黝黝的果树在后院里组成一个大锁般的圆环。

苹果树深处似乎老是有一个细若游丝的呼唤,吸引着国王想要打开果树下的罐子,一探究竟。侍卫们接到指令,把罐子都挖了出来,摆放在院内。

这个诡谲的夜里,国王听到一阵尖细、锐利的笑声。

在这个星座上,他继承父业,开疆拓土,统治过整整两千个光子年。

作为一个国王,他莫不是活得太过长久了?

国王睡不着了。他点上灯,从床前走到窗边,隔着窗棂,看着院子里一声不吭的黑罐子。在月光下,罐子占据了庭院的四个角落,围出一大片明晃晃的水样的空隙。

他趁着夜色,挖开那块空地。在本该埋着棺木的苹果树下,空空如也。弟弟们的尸骨不翼而飞。玛吉斯想,他们肯定是去往另一个世界了。一只老鼠跳出地穴,把他吓了一跳。老鼠的视线灼灼发光,闪得人睁不开眼睛。那天蓝色的注视深不可测,让国王感到晕眩、恶心。

他们为什么不看好自己的东西呢?

为什么要把老鼠这种不听话的动物放回来,和他作对呢?

慢着,这老鼠的眼睛为什么很像那小宫女的眼神呢?

国王抬脚追过去,老鼠钻进屋子一角的砖地。在严严实实的砖铺地面上,它是怎么找到一条逃生之路的?国王走过来,俯身查看。有一块大理石砖头松动了。揭开这块砖,下边是一个茶杯粗细的通道。

这不正是那个宫女消失的地方吗?

隔天夜里,那只老鼠居然又爬出来,还引来许多同伴。屋子里到处都是悉悉索索的微音。到了后来，动静越来越大。爬过屋梁的声音，争食、打架的声音，无所不备。这终于把伟大的玛吉斯国王惹烦了。他撩开蒙着头的被褥，大吼一声，脸色苍白地坐到床头，抓起刀，指节因为过度用力而咯咯响着。

屋里静了。

国王抬头看时，夜很黑，灯很亮，屋子的过梁、桌子、地面一片虚白。

他叹了一口气，躺下再睡。

不大一会儿，令人心烦的事再次发作，比刚才更过分。国王叫醒了值班的大厨，让他们提上几桶水，跟在后面，来到鼠洞前。他扛着一把铁锨，很滑稽地蹲在洞口看了看，横下心来，一直挖下去。

老鼠没再露面。

玛吉斯国王似乎陷入了疯狂。浇水，挖掘，山呼海啸，满地狼藉。

这条鼠洞越过墙根下一摞砖石的封堵，曲折逶迤地来到院子外，在旷野里消失了。下午，返回身来，他们发现了鼠洞的分支。这些巢穴明显是他们出门追踪的时候才挖出来的。小老鼠露面了，皮毛闪着鬼魅般的蓝色荧光。厨师们哗然惊呼，用手中的铁锹连连猛击。老鼠掉头缩回去，往洞的更深处钻爬。

国王的头上汗如雨下，感到甚为虚弱。人们把滚烫的开水连续不断地灌入鼠洞。

那条沸腾的溪流在洞口咕嘟嘟冒出一些气泡，无声无息了。

纵向竖立的鼠洞不动声色，竟似一口深不见底的黑井。

闻讯而来的侍卫往深井里倒了几桶煤油，又将一个火把扔了进去。

一点反响也没有！

咯咯巫与咒语

过了很久，洞穴里涌出烟雾。

咯咯巫盘着满头小辫的脑袋，在烟雾里飘浮。她的座驾是一只乌鸦，瘦长的双耳变成了怪手，高高地举着那本形影不离的绿色封皮的笔记本。

现在，她再也不是国王的医学顾问，而是一个失去约束的女巫。和所有的女巫一样，她的下巴尖瘦有力。在最激动的时候，她再也不会哭泣，只能哈哈大笑。同样，和所有的女巫一样，她的笑声是黑褐色的，像电锯一样刺耳。

连她的尖叫，也充满怨毒："国王杀人了！国王杀人了！"

伴随着混乱的叫嚣，一只白鸟扇动翅膀，在高空里喊话：

"你们听好，这是魔鬼的心愿，这是一条来自地狱的用蛇涎制作的咒语：

兄弟杀死了兄弟！
国王杀死了国王！
只要你们见到毒蛇，
生命就会终结！"

这声音听得甚是分明，乃是鸟鸣一样的咒语。

侍卫们顿时两股觳觫，大眼瞪小眼地互相看着。不知是谁率先发出一声充满恐怖的喊叫："天啊！魔鬼来了！"大家不约而同地逃到王宫外面。

国王没有逃。

"来吧，现身吧！"玛吉斯·阿里攥着拳头，大吼大叫。

烟雾和声音倏地不见了。

国王手脚酸软，动弹不了。他往左右一看，发现自己孤立无助。

魔鬼协议

国王下令，把人马座所有的蛇消灭掉。养蛇的人一律处以极刑。跟蛇有关的都要消除。例如：长条形的食品列入违禁名单，包括长条面包、长条豆腐、长条粉丝、长条状的桥梁、指南针、蚯蚓、瓜果、字母、符号，乃至于思想路线、艺术联想，都是不允许的。电线扯断了，丝瓜藤再也见不到，关于蛇的成语和词条退出字典，连“舌”字和“射”字也禁用了。

国王暗自高兴。他觉得，自己终于可以摆脱诅咒。死神何时到来，他都是欢迎的。两千年！整整两千个光子年！他觉得活腻了，是真心实意地感到腻烦。但他绝对不想被鼠辈们诅咒而死。

一个月后，国王把能发布的禁令全部发完。他放心地坐下来，打了个盹。恰在此时，一个低沉而阴暗的声音在耳边响起：“你这呆瓜，你这棺材瓤子，你这貌似完美的鳄鱼，你那可笑的一生还需要回味吗？”

这充满讥诮的提醒让国王激动得头皮发火，鼻孔冒烟。

“你对死亡的期盼，无非是更大的贪婪而已！好人，你永远不会死掉的！”

国王倏地站起来，环顾周边。这个世界已经变得阒寂而空洞。他现在没有火气了。仔细看去，书桌上的《寓言故事集》正在结冰，他的宫殿正在结冰，冰溜挂在紫红色的柱子上，严霜铺满地面。结冰闪着末日审判的寒光。于是，他注意到：屋子里庄严得跟坟墓一样。

“你这个骄傲的、一无是处的傻瓜，你当真觉得：自己的一生很完美吗？”

“你是谁？”

“我是谁，似乎并不要紧吧？再说，像你这样的暴徒，传播瘟疫的害虫，不妨抽出一分钟的时间，仔细想一想，你关心过别人的死活吗？”

国王瞠目结舌。他已经感知到，那个声音不是来自别处，恰恰源于他自己的耳朵。似乎有一个魔鬼钻了进去，在那里兴风作浪呢。

国王说：“你敢出来，跟我见一见吗？”

这时，那个沙哑的声音说道：“不是我不敢出去，而是你无颜以对：你这个披着国王外衣的不折不扣的伪君子，危害他人的跳蚤！你喜欢谁，谁就要倒霉！仔细想想，是不是这样？你的贪生怕死、骄奢无度，大家都很清楚。如果没有权力的庇护，如果没有长寿药水，你早就死翘翘了！总之,我们最英明、最伟大的国王啊,你的一生,无非是个顶着‘国王’之名的傀儡木偶而已,药罐子而已,毫无乐趣,毫无生机。如此看来,你既不是人,也不是神。总而言之,言而总之,叽里咕噜叽里咕噜,你是个傻瓜!”

“我不需要听这些没用的。”

“错!你是个傻瓜!”

“我只需要知晓统治之道,管理好我的王国即可。”

“像你教诲儿子时所讲的吗?你是个傻瓜!”

“我当然知道什么是正确,我当然知道什么是错误!”

“正因为你知道得太多,你才成为傻瓜。我敢肯定,你这一生,将以傻瓜的模样留在历史上!”遭到如此彻底的否定,还是有史以来的第一次。国王彻底没招了。

他小心翼翼地问道:“那,我该怎么办?”

屋子里好一阵沉默。

“欲知前生今世,需要一百个金币!”

国王照办了。金币放到桌面上,眨眼之间,竟然不见了。

“好了。从现在开始,我答应,把你从永生中解救出来。”

“怎么救呢?”

那个声音又沉默下来。过了很久,终于说道:“把你的一个儿子变成毒蛇,流放到地狱的最西方;让他内心的爱永远冻结,像蛇一样沉睡在情感的荒原。”

这下,国王可以确信,跟他说话的家伙的确是魔鬼。

“怎么样,成交吗?”

国王再也不愿经受生命之苦,急切地想要摆脱眼前的折磨。

他点点头,说:“成交!照你说的办吧!”

国王问道:“我什么时间才能等到死神的召唤呢?”

“不要着急,死亡自会到来。不要等待死亡,像你一贯喜欢的那样,采取行动吧。把你母亲交给你的蓝宝石放到天柱山下,把你的大儿子绑在石柱上,淙淙流淌的溪水会把他带到蛇的灵魂深处。接下来的事情,就交给我吧。”

国王与其说是将信将疑，还不如说太无聊，需要一点乐子。

蓝宝石放进溪流、王太子绑定到石柱山的那天，哈雷彗星扫过人马座西南角，引发了一场地震。

第三章　蛇是一个谜语

蛇的出生

地震过后，天柱山下的溪水冲洗出一批鹅卵石，形状和色彩好似凝固的鸡血。它在水中质地柔软，容易变形，上了岸以后，经过风吹日晒，就会越来越坚硬。

内部含有鸡血的石头是会孵化的。要孵化这种石头，需要一只两岁半的雌绵羊。当天狼星第一次现出光明的秋夜，子时，让绵羊正对着处女座的方向卧下来，一动不动地卧在石头上。九九八十一天后，石头化生出四个物种。

据研究，这四个物种形貌各异，但同属一类。

最先孵化出来的是给人马座王族引渡灵魂的修罗鸟。它甫一出生，就头也不回地飞向下界，地狱最西边的城市，寻找一个叫作洛阳的地方。抵达以后，修罗鸟会在邙山上寻觅一处向阳的坟地，在墓地边的桑树上定居，耐心等待复活的灵魂。回归人马座以前，它以烟雾为生。秋雾茫茫的时分，修罗鸟飞出邙山，结伴出现在洛阳郊外的田野里，在洛河两岸吸食着邙山周遭飘浮的晨雾。这时候，最好不要招惹它们。无意中撞见这一情景的路人会被攻击，丧命于棋盘山下和紫阳镇周围。他们的尸体则被怒气冲冲地抛在镇东头的乱坟岗上。久而久之，低洼处溢出一股灰白色水流，汇成石灰质的小溪。

每逢初夏，紫阳镇的溪水里会爬出一种四条腿的小动物，当地人把它叫作“曲曲虫”，因为它的躯干布满皱纹，瘦弱而弯曲，就像被翻开肚皮的蚯蚓。它长着鲶鱼般的大头，腮边带着两撇白胡须。曲曲虫沿着洛河两岸常见的大叶杨树往上爬，一直爬到树枝分岔的第一个关节，停住，盘成一个圆球，吐出黏稠的、白亮亮的丝线，把自己包起来，裹成一个蝉蜕一样的硬硬的甲壳。在饥饿的时节，小孩子不顾大人的警告，把甲壳打开，觅到曲曲虫的一窝卵。这些虫卵跟鱼籽一样美味。吃了以后，人就会眼睛通红，迎风流泪，严重的还会大小便失禁。要解除毒性，必须到山上采集新发的薄荷叶，和曲曲虫的甲壳放在一起捣烂，搁在一块瓦片上，用文火焙干，研成末，就着灰白色的溪水连喝三次。治愈后，仍会留下些后遗症，比如间歇性肚子疼、梦魇、盗汗。

十八天后，第二个物种出生了。这是一种青绿色的小鱼，带着脚丫子，生活在银河岸边。逢着旱季，小青鱼就会活动在陆地上，像青蛙一样蹦蹦跳跳。这鱼没有鳞片，而长着蝌蚪一样的斑纹，通身滚圆，脊背上有一只椭圆形眼睛。窥察到危险后，小鱼便会在附近找到一个坑坑洼洼的地方，跳进去。把头抵着坑底的土疙瘩，一动不动，脊背上的眼睛也瞬即阖上。

紧接着，鸡血石里孵化出双腿修长的仙鹤。刚出生的仙鹤，外观和小鸡一模一样。它飞到河边，啄食青绿色的小鱼，把它们逼得跳下银河。不管刮风还是下雨，仙鹤都会守在岸边，气定神闲地等着小青鱼露面。

自从有了仙鹤，银河岸边的隐士孤灯先生就多了个伙伴。他为什么被人们称为“孤灯”呢？因为他非常喜欢打铁，不管刮风还是下雨，只要空闲的时候，他都会在一盏孤灯下工作，拎起那柄一百多斤重的大锤，嘿哟嘿哟地敲打着砧板。不用说，砧板上准搁着一块顽铁，等着点化。经过长久的锤炼，铁块发生了改变，有的变成巫师手里的拐杖，在世界各地展示人马座的神奇；有的变成宝剑、斧钺和仪仗队的旗杆，在骑士们的队列和庆典仪式上大出风头；还有的铁块成为刀叉、餐盘，镶上了金银，进入王宫，神气活现地站在国王的餐桌上。给孤灯先生拉风箱的助手叫“大力神”。他是一个长着马脸的胖子，据说还是贵族的后代。大力神的腿又粗又短，活像个狗熊，而且像狗熊一样喜欢蜂蜜，总是忍不住舔自己的手掌。

孤灯先生停工的时候，大力神就站在铁匠铺门口，看着来来往往的行人，活像个门神。如果只看背影，他的确像个披着大褂的榆木做成的门板，方方正正，结结实实。假如仙鹤也跟大力神一样，在铁匠铺的门外站着，那就说明孤灯先生要歇业休息了。孤灯先生最喜欢的一只仙鹤叫"风筝"，它飞起来的时候像白羽毛的瓦片风筝。它能用嘴巴叼着毛笔画画，在纸上画出山水、桃花和航船的模样。每逢歇业休息的日子，孤灯先生就带着大力神和仙鹤们去鬼城附近的公园游玩一番。在公园里，仙鹤会跳到盲诗人的七弦琴上，踩着琴键跳舞。它们弹奏最多的一首歌谣正是孤灯先生写给亡妻的。

以下就是歌谣中的一些片段：

盲诗人的七弦琴啊
讲述着金黄色的秋天
原野广阔而安详
小天使扇动透明的翅膀
过了地狱啊，又过了天堂
蜡质的嘴唇上吐着火焰 照亮北方 多么漫长的夜晚啊
一场大雪开始起航
把耀眼的寒冷涂抹到黑牦牛的尾巴上
每天经过的卡车
和那晃动的收音机
都在静静聆听
没有人到来 没有人离开
这傍晚的灯光里有个冷清的铁匠 一场大雪起航了
那单调的夜晚 心碎的夜晚
在鲁莽射出的箭头上
在黑骑士走出帐篷的一刹那

淹没了她的红头巾 从冰雪压弯的枝头 震颤着起航
从寒冷的过去 打着响指的山巅
慢悠悠起航 在黑茫茫的夜里 像旋转的楼梯一样
带着哮喘病 咳嗽声和思念
带着雕像才有的表情
传送带一般前进 如果不是小天使多次提醒
如果不是一场大雪带来的寒冷
我还会不会寻找 寻找那株丢失的桃花
哦,是的,她的名字叫桃花
被死亡带走的那株桃花。

对了,孤灯先生的亡妻——真的——名叫“桃花”。

所以,这首歌的下半段才会这样唱道:

驶向内心的小火车啊 脊柱上冒着白烟
那是只有桃花 才能控制的一场大雪
以箭的速度 刀锋的速度
获得痴心妄想的奔袭 然而,每当铁黑色的夜晚一次次降临
我便只有一场横跨天河的暴风雪
只有暴风雪扫过大地 古老的土地 万物飘零
那飞出清晨的麻雀
不记得大地上发生过什么 值得一说的事情
不过是一株小树长大了
一个小男孩 把树杈变成往事与巢穴
那些古老的王国正在琴声里化为暴风雪。

一个月后,银河里的冰渣化开了,春天如约到来。白昼越来越长,夜晚越来越暖和。修罗鸟带着亡魂,往返于洛阳和鬼城之间。孤灯先生忙

着打铁，仙鹤在河边飞来飞去地捉鱼。大家都忙得忘了鸡血石这回事儿。

这时，从一个软溜溜的石头里孵化出鸡血石孕育的最后一种生命：蛇。

当鸡血石融化在绵羊的身下，蛇就诞生了。

最初，蛇看起来就像一把剪刀，极其敏捷，极其灵巧。但见过它的人都说它是一个怪胎。长着两只五趾的爪子，粗短有力，一点儿也不像绵羊。再有，它的背上莫名其妙地生出一对翅膀，时不时地带着它飞往修罗鸟遗下的窝巢。翅膀下各自埋伏着一个红红的心脏，共同分担出生日的见闻。藏在左翼的心脏跳动着石头的心声，清脆、悦耳，扑通扑通响；藏在右翼的心脏却把绵羊认作母亲。

在整个童年期，蛇跟在那充满温情的母亲身后，像一条小尾巴，在草地上走来走去。它不记得父亲的样子，却依旧很快乐。那块名不见经传的鸡血石虽说不留痕迹地消融在春天的阳光下，但母亲的慈爱丝毫未减，给了它最初的关怀。嗣后，在长大的日子里，蛇受尽了折磨。别人很好奇，它为什么一点也不像母亲，而且，它为什么不记得父亲的名字呢？在摆脱懵懂和最初的稚嫩后，蛇的性格有了分裂的倾向。由于无法回答那些极度不友好的质疑，它的心里充满了自卑。也因为这种羞于出口的经历，它的幼年是在痛苦中度过的。

在一个落英缤纷的早晨，蛇离开了母亲的小窝棚，独自远行。那一年，杏花和梨花在蜜蜂的嗡叫声中如痴如醉。故乡的月亮挂在山岗，高高在上地俯视着叮咚作响的小溪。离别中的一切都很完美。不管怎样，它已经下定决心，要凭自己的能力解开身世之谜。

从此，蛇诀别过去，投身于流浪汉的生涯。

从杀手变成隐士

为了谋生，蛇做过各种各样的工作。在码头上当过搬运工，在库房里当过仓库管理员，也做过引渡航船的领航员。它那冷酷而无畏的表情经常使人误解,觉得它的灵魂被魔鬼缠绕着。基于此,它曾经受到神秘人物的注意,被他们邀请到乡间别墅,协助其谋划暗杀。

它动手执行过不下十次的恐怖行动。简而言之,就是扮演了杀手的角色。在这方面,它实在做得很失败,以至于那伙人最终放弃了对它的期望。

蛇看起来冰冷无比,也不失聪明、机警等诸多杀手素质,可是,在那个行当里,它最欠缺的是杀手必备的贪婪。只要还能够吃饱饭,它就失去了行动的意愿。显然,要让这么一个无欲无求的家伙对陌生人挥起屠刀,首先得鼓动他最原始的贪念才行。在这一点上,他们的洗脑教育是失败的。只要看到受害者水汪汪的蒙着一层雾气的眼睛,看到求生的渴望,蛇就气馁了。在需要灵敏和致命的狠毒时,它总会慢一拍,表现得呆头呆脑。因此,它被同伴称作"老慢"。

"老慢,提桶水,把这位先生的肠子洗一洗!"

"老慢,再加把劲,我们需要勒死全部活口。"

它加入的组织名叫"伯爵"。

据说,首领权力极大,甚至可以影响国王的决策。

蛇对伯爵有一点了解,也是印象最坏的一点:他喜欢克扣工资。

大家早就受够了,但谁也不敢离开组织。

首领从不露面,前来传达指令的永远是一个神秘的老太婆。她的脸蒙在围巾下,头上戴着辣椒帽子,黑袍散发着浓重的药草气味,嗓子沙哑,口音尖细。据说,支撑她身体的是过路的乌鸦。当手下人对着她的麻杆样的乌鸦腿仔细端详,老太婆就生气了。

老太婆一生气,就会"咯咯""咯咯"地叫着,吐出一股绿色烟雾,叫人窒息过去。为此,大家把她叫作"咯咯巫"。

她说,以前给国王做过家庭医生。要不是该死的国王过于昏庸,她才不会接受伯爵的邀请,到这没有出头之日的山谷里受罪呢!事情办得不顺利的时候,她更是要大发雷霆,对着手下一通怒吼,跺着脚骂娘:"你们这些白痴!白痴!砍脑壳的便宜事儿就适合你们这些傻瓜来享受!"

私下里，当杀手们喝醉了酒，蛇就听到他们敲着桌子咒骂：“疯婆子！又发疯了！就因为站队的时候笑了一下，就敢扣我一个金币！”有时候，还能听到这样说不清是悲叹还是痛苦的嫉恨：“连棺材板都啃不烂的死女人，你凭什么指手画脚！你既然是国王的医生，干吗要抽疯，听命于那个下水道里的老伯爵？”

这个暴躁的老太婆居然很细心，随身带着绿皮小册子。

贯彻指令后，她总是要在册子上做一个简单的记录：今天干掉了谁，明天干掉谁，后天还有谁是将要干掉的！这些秘密记录，连伯爵本人都无缘见识。

蛇在这个组织里执行过一个顶顶可怕的任务：暗杀国王。

参与行动的有十三个人，包括那个老太婆。

她是指挥官。

杀手们扮作猎人，出发了。到达指定的地点，埋伏在河边，静待国王的出现。国王来了，出现在射程内。他是一个年迈的老人，身材高大，满头卷发，表情威严，像狮子一样。他不是醉酒，便是中邪了。因为他居然在荒野上到处乱走。

老太婆兴奋得全身发抖，一根手指指向天空，画了个大大的“十”字。

这是一个马上射击的指令。

毒箭从不同方向射出，笼罩了国王可能会躲避的十二个方位。

不知是谁，把一支毒箭射在国王背上。他当场就倒下了。

完成这次狙击后，蛇产生了严重的负罪感。国王是一个神一样的存在。在人马座，谋杀一位国王（无论他有罪还是无罪），是会受到严厉制裁的。

蛇提出申请，想要退出组织。这个消息让首领暴跳如雷。

伯爵指示老太婆：把它关进一个笼子。

首领，就是那位伯爵来看望它，送上一百个金币。但蛇拒绝接受。

蛇由此得到一个惊人的发现：首领的眼睛居然和它一样，是三角形的。事后，首领又让老太婆捎来几句话，大意是劝这条蛇悔过自新，不要背叛组织。

蛇说："我做不到。请惩罚我吧！"

老太婆摇摇头，"咯咯咯"叫了几声，吐出一阵烟雾，走了。

蛇被那股烟雾熏得晕了过去。

它被抬到郊外，在一个秘密山洞里处决了：一劈两半，连心脏也是。

俗话说："猫有九条命。"蛇呢？它有三条命。

一条命属于上天。一条命属于地府。还有一条命，是留给它自己支配的。因此，这个被称为"老慢"的杀手，在谁也不知底细的情况下，保持着清醒。

刽子手走了。咯咯巫衣领上的腐臭味消散在空气中。

蛇的世界再次跌入谜团。

醒来以后，它的体型缩小一半，只有最初的二分之一。

在此后的很长时间，它胆小怕事，一见到恶人就要躲开。

蛇开始有了一些新的思考。它在担忧自己的未来。

接下来，它来到天蝎座，借住在一个螃蟹家族的出租屋。在那里，它又被天蝎座的一伙强盗看上了。那段时间，它的主要职业是窃贼。它偷过的最后一件物品是来自人马座的外出经商的男士的钱袋子。袋子里的钱不用说是被长着蝎子尾巴的盗帮首领拿走了，只给它留下一个贝壳项链和一本翻得卷边的图书——《人马座寓言故事集》。蛇对那串项链很满意。它把项链戴在脖子上试了试，刚刚好，几乎像是量身定做的。

至于那本书，它居然能漂洋过海地来到偏远、愚昧的天蝎座，不能不说是一个奇迹。这是蛇平生得到的第一个读物。它不认识上边的文字，就时时请教路边经过的行人。这样学习真是太麻烦了。蛇用积蓄下来的小钱贿赂了一位老医生，混进药房，做了一个学徒工，跟着医生学习看脉问诊和药理学。掌握一百多个生词后，蛇就能自行阅读了。它渐渐发现，自己其实是一个天才。世间有很多天才，有的善于医术或种植，有的善于治理国家，有的会唱歌跳舞，还有的能写诗画画，但蛇的天赋是最独特的：善于冥想。

在关于身世之谜的猜测中,它逐步发展了爱幻想的天性,和那些早已消失在时间深处的一切毫无障碍地交谈。每当遇到陌生事物,它就会长时间注视着,从对象中抽离出肉眼看不到的意味。高楼大厦在它的注视里渐渐歪斜,扭曲成麻花,倾倒出声色犬马的旧事;路边驶过的公交车喷着啤酒泡沫,一身匪气地闯过红灯,疾驰而去;在下一个路口,这辆汽车注定要碰在路边的栏杆上,粉身碎骨;死者的墓碑在投影灯的照耀下摇晃着,说出沉睡在地底的心事;攀援而上的绿色植物,把瓷片般的阴影投注到水泥地面,召集一场风中的舞会。蛇陶醉在幻想里,如同吮吸甘蔗和花蜜,如同拜倒在塔前的信徒。它喜欢从这样的角度理解周遭,理解世界运行的方程式。在难得一见的空闲里,它还拿起笔来,像那位《人马座寓言故事集》的作者一样记下见闻,并运用偷偷学到的几何知识,计算初步感知到的命运轨迹。

蛇是12.5°学派的第一位法外传人。它继承且发展了大麦粒先生的生命见解。正是在这个孜孜不倦的求知期,它惊讶地发现,自己的一生将和拱桥一样,不复圆满。在一场关于爱情的冒险中,那关于圆满的幻想将继续一劈两半。

从此以后,蛇的生活在幻想的世界里加速分裂。于是,它回到人马座的故乡,安居在一座山洞里。它刻意回避着感情生活,离群索居。

长期隐居的经验,使它在大多数情况下都能保持平静。一天下来,安坐不动的时间大大超过行走觅食的时间。它已经很久没有展开翅膀,也对茫无目的的飞翔与纯粹为了寻求食物而结伴的婚姻活动失去兴趣,但它对天空的关注反倒更为强烈。在璀璨而迷乱的星空下,它呆呆地陷入玄想,脑子里充满辉煌的没有命名过的声音。有时候,它的目光是粗粝的,像冰窖里的石头,冷酷无情;更多的时候,则沉浸在迷茫的记忆里。一个从未探究过的问题终于清晰地浮现出来:它的生存真义,或者蛇的意义,生命的意义,将会是怎样的?有无数生命到来,也将有无数生命离开,在这到来与离开之间,它能做些什么呢?

伴着一堆沉重的问题,它的身体长得过于粗壮,以至于山洞无法容纳。在一呼一吸之间，山岚浮动，风起云涌。穿过草地的时候，面前的枯草望之而披靡，尽皆倒伏。从别人侧目而视的眼光里，它知道自己长成了一条巨蟒。在山涧的溪流前，它的貌相过于凶恶，连猛兽都望风而逃。不过，这可不是它的追求。

内心里蜷缩的谜团，和那略显可怕的前景，充满未知。

不管怎样，它再次决定踏入世俗世界。

蛇的爱情和神奇之旅

然后，蛇在河边遇到了仙鹤"风筝"。

她的仪容和风采深深地吸引着它的目光。

仙鹤是高傲的物种，而"风筝"也很讨厌这条追在身后的尾巴，一心想要摆脱。她的伙伴不停嘲笑这个披着鳞片的怪物，说："你敢跟到铁匠铺吗？大力神会把你劈成两半的！"蛇已经被仙鹤的魅力折服，不由自主地跟在她的身后，走进铁匠铺。

当它抬头观望铺子里的陈设时，几乎把顶棚上挂着的马灯都碰掉了。

大力神正要试验一把刀的锋利程度，喃喃自语地说："明天，巴克王子就要来取这把刀了。可是，谁能帮我试试刀锋呢？"

仙鹤们说："大力神先生，不要着急。你看，我们给你带来了一位勇士！他想陪你做试验。"

其中一只仙鹤还对蛇说："如果你能做到，'风筝'就会嫁给你了！"

仙鹤们都笑了。

孤灯先生从屋子里走出来，看了看这条蛇，也笑了。

孤灯先生说："放弃吧，孩子，这可不是开玩笑的！"

蛇看了看仙鹤"风筝"，问道："她们刚才说的话算数吗？"

"风筝"有些发呆，用长长的尖喙啄了一下地面，赌气地说："当然算数！"

蛇仰起头来，看着刀锋，镇定地说："来吧，我等着呢！"

大力神被它逗得有些生气，便挥起刀，劈了下去。

大家都惊叫起来。

仙鹤张大了嘴巴。

孤灯先生伸手要去阻止。

可是，太晚了。

这把名叫“无天”的刀实在是锋利。蛇被劈作两半。左边的一半很快就死掉了。右边的一半破屋而出，飞到半空里，重重倒在地上。但它还在地上挣扎，扭动。眼角似乎流出了鲜血，但却眨也不眨地盯着来到面前的仙鹤。它感到高兴，因为“风筝”好像很在乎它的伤势。

在死亡的映照下，她那美丽的容颜大惊失色。

孤灯先生拿出急救包，挽回了蛇的另一半生命。

蛇的左侧身体腐烂在泥土里，变成蚯蚓、飞蛾、蝴蝶、穿山甲、萤火虫、蝉蜕，以及林间跳跃着的火狐狸。它的左眼成为一颗硕大的夜明珠，鳞甲成为船上的甲板，趾爪和肝肠成为路边的荆棘。又过了很久，荆条丛里生出坚硬的仙人掌，这种仙人掌的顶端分杈上有一排绿油油的蛇毒花。每当飞鸟迁徙的季节，蛇毒花的花蕊里分泌出黏稠的、甜丝丝的汁水，吸引着天空上的过客。这花粉饱含剧毒，食用过的飞鸟几乎无一幸免。最早，蛇是无毒的，所有的蛇都是无毒的。假如说“毒”，那也只是“孤独”。但是，蛇毒花的创生，改变了这个格局。

刀伤造成的分裂症让蛇患上了严重的偏头痛，必须靠着老僧入定般的静坐才能抛开生理上的疼痛。向死而生的镇定使它失去了睡眠，成为一个孤零零的夜游神。而在白天，逢着刀光剑影的危险境遇，蛇会不由自主地紧缩，以求自保。到了秋草枯黄的晚凉天气，蛇的右眼皮红肿发涩，再也不能保持清醒了。在飞雪连天的日子里，在孤灯唱晚的温暖房子外，那羽毛般的芦花丛里早已看不见仙鹤临水自照的魅影。此时，蛇的血液将会冻结，必须在厚厚的白雪下的泥层里冬眠。

冬眠期结束，蛇的伤养好了，可以自由走动。于是，它决定离开。

那一年，它无数次地欣赏过仙鹤的琴声，孤灯的歌唱，大力神的刀术。

它有些疲倦。这疲倦似乎进入了它的灵魂。

它终于想到:“不停地误解,不停地分离,这就是蛇的命运吗?”

仙鹤并没有兑现她的诺言。在送别的时候,她偷偷告诉这个可悲的追求者,其实,她真正深爱的是孤灯先生。这是她最大的秘密。

平生第一次,蛇落泪了。

她愿意和它分享这个秘密。它很知足。

这说明,它的追求得到了回应。

“可是,为什么呢?”蛇忍不住,说出了它最不能理解的一点,“要知道,他可是一个人啊!人和仙鹤怎么能够成亲呢?”

仙鹤微微一笑,说道:“也许,正因为如此,我的希望才不会破灭!”

“那么,如果我能变成一个人,你会和我成亲吗?”

仙鹤有些惊讶,说:“孤灯先生不是一个普普通通的人,他是一个美男子。”

“那么,如果我能变成一个美男子,你会和我成亲吗?”

仙鹤说:“可是……即便那样,你也不会打铁、铸剑呀!”

“那么,如果我学会了打铁、铸剑,你能和我成亲吗?”

仙鹤急了,脸红耳赤地说:“即便那样,你也不是一个好父亲呀!”

没有娶亲的人,怎么会成为一个好父亲呢?蛇浑身的血液都要僵住了。

蛇的心里豁然开朗,总算明白了仙鹤的心思。

不过,既然决定离开,它说什么也不愿破坏仙鹤的这点幻想。

它自己不就是靠着这个才走到今天吗?

从此以后,蛇就成了一根绳子,牵挂着头顶的风筝。

众所周知,蛇的诞生稍晚于绳子,但它们的命运却总是捆绑在一起。

如果不是那位人面蛇身的大神,蛇至死都不会知道这个真相。

神的两只脚踏在天河的一条支流里,而孔隐在云间,奋力工作着。稍作休憩的时候,用天空的彩云盖着肢体,而且,睡觉的时候不打呼噜。睡觉不打呼噜,这是只有女性才能做到的事情。不过,她显然是一个宏大巍峨的女性。

她的工作看着很简单，就是撮起河边的泥土，抟成一个个小怪物。按照蛇的观察，她的劳动量极大，每天至少要捏出一千个这样的小东西。经过一天的晾晒，怪物们的泥巴身子都干涸了。这时，月亮升上山顶，她开始了下一个步骤，用一种特殊的工具给怪物们印上五官，再用不同材质的笛子掏出鼻孔、耳朵、眼睛、嘴巴，在其颈间挂上同样材质的项圈。等到她往那些小得可笑的嘴巴里轻轻地送进一口气，他们就活了过来。这些和人一样有着两条腿的小东西，围着她，亲热地喊她“妈妈”。闹了一阵子，他们就远远地跑开。跑来跑去，找不到踪影了。

“妈妈！”蛇被这个称呼惊呆了。

蛇卧在远处，盘成一座高高的山，看着他们嬉闹。

它忽然发现，除了没有翅膀，他们长的样子和孤灯先生很是相似。

这么说来，他们也应该被称为“人”喽？

正是这个发现，让它心里一动，决定一探究竟。

蛇在河边等候了足足一个月。这是它的耐力极限。

然而，在这一个月里，那位尊神丝毫不知疲倦地工作着。除了每天小睡片刻，再也没有停手的意思。白天，挖出泥土塑人，夜间，加班加点地给他们输送生气。

奇异的是，在这孤单、落寞的场景里，蛇居然没有产生那种习惯性的厌倦。

第三十一天。一群小怪物不小心跑到蛇的鼻子下，在那里钻进钻出，弄得鼻孔里直痒痒。它忍不住打了个喷嚏，俨如一阵大风。

小怪物们随风而逝，就好像从来没有出现过。

专心工作的神被打扰了。她俯下身子，看到惊慌失措的蛇。但她依旧没有说话，而是瞪了它一眼，示意它赶快走开，不要捣乱。

向来沉默的蛇却忍不住了，开口问道：“尊神，请问你这是在做什么？”

远远地，高空里传来一个声音：“我在造人。”

“从什么时候开始,到什么时候结束?”

“从时间开始的地方开始,到时间结束的地方结束。”

蛇又问:“造人做何用处?”

大神沉默了。她似乎停下了工作,又似乎在思考。

过了很久。大神上了岸,缩小身形,来在草地上坐下。她对着蛇招招手。蛇带着一丝畏惧,匍匐着蹲在她的身前,昂首观望。

大神的面容俊秀、美丽,而又不乏庄严肃穆之态。

她环视周遭,微微一笑,似已照亮了一切:“我知道你!”

“我叫作蛇,我是一个流浪汉。”

大神说:“我知道你,也知道你的心事。”

蛇有些着急地表白着:“我叫作蛇,我有话想问……”

大神对着蛇的眼睛看了一下,说:“你是一个盲人!”

蛇黯然神伤地说道:“其实,我是有一只眼睛的……我真的有一只眼睛。”

神似乎在大笑,但她的笑声几乎只有她自己能够听到。

她尖锐地说道:“你那眼睛里装的都是偏见!你只想着自己!”

蛇被说服了,愿意不计报酬地打一段短工,帮助神工作一个月。

它变成了一条极长极长的绳子,又被挽作细若烟囱的鞭子,挥动在神的手掌。尊神指挥着它,让它接近河岸,挖掘泥土,堆垛成高高的泥墙,又拼了命地抽打那面墙,打得它自己的心脏都麻木了。这时候,无数小人从干裂的泥墙上纷纷降生,发疯般地逃向远处。跑得慢的就被鞭子打得落下残疾。

“我的工作结束了。你帮了我,应该得到酬劳,你想要什么?”大神问道。

蛇想来想去,想到很多,但它最终只提出一点:“把我变成人吧!”

“是塑造出来的人,还是鞭打出来的人?”

“有什么区别吗?”

“被我塑造的人,具有我的灵魂;被你鞭打的人,具有你的灵魂。”

“那么,哪种人可以得到爱?”

“哪种人都可以。”

“哪种人会得到敬爱?”

“很难说……我想,应该是被我塑造的人!”

“那么,我愿成为一个被你塑造的人。”

“我塑造的这些人,有一个共同的名称,叫作‘洛阳人’。你愿意抛开种族偏见,成为一个洛阳人吗?”

蛇急切地说:“我愿意,我非常愿意!”

大神笑了笑:“好吧,这很容易。你闭上眼,再睁开……”

蛇真的闭上了眼睛。大神把一口气引渡到它的耳朵里。

温热的气息穿肠而过,使它慢慢燃烧起来。

蛇大吃一惊,问道:“是什么东西钻进了我的身体?”

“是爱,对过去的爱。”

蛇睁开眼睛。大神不见了。意念中的一切都不见了。

低头一看,它的尾巴也不见了。在本来长着尾巴的地方,现出两条健壮的腿。

此时此刻,涌进体内的爱的气息,像潮水一样奔腾,无穷无尽地歌唱着,使它如痴如醉,手舞足蹈。它现在没有时间去体验爱的本相。那爱的火焰,像一个热烈的谜语,燃烧了它的躯壳,使它回想到自己的父亲,明白了不堪回首的往事。那抛弃了它、蔑视过它的父亲,自命不凡的父亲,是一条蛇的命运的源头,也是失望的源头。一想到这些早已过去的历史,蛇就觉察到一股强烈的、无可奈何的痛苦。这痛苦使它一次又一次地忏悔着自己的生存。

“我被抛弃了。我被自己的亲生父亲抛弃了。”

它喃喃自语着。这个陈旧的、历史性的事实,打开了蛇的世界。

偏偏就是现在,它才能看到完整的世界。

一个奇特的声音突然响起来:

九头鸟是傻瓜，巫师是傻瓜！
你们都是傻瓜！我也是傻瓜！

这天真而残酷的旋律不远不近、不疾不徐地尾随着蛇的思想，在其间扎下了根。闭上眼睛，蛇的生命便像一首小夜曲，漫漫长夜，几乎看不到尽头。

后来，蛇翻开《寓言故事集》，在关于自己的故事里添上这样一番话："这源于爱的痛苦无法摆脱。我要安安静静地生活，安安静静地死去。"

它需要离开比邻星，而不是生活在过去的回忆里。

不久，蛇跟着天空下飞翔的修罗鸟，来到人马座极西地带修行。

关于死亡的小插曲

人马座一万八千年，老国王玛吉斯·阿里最后一次外出巡游，在银河边的行宫里午睡。下午，他孤身来到星光四溢的大荒，被一团酷似水草的阴影包裹着。那阴影带着他钻进一只黑甲虫的肚子，在盘绕往复的山岗上爬行。

等到摆脱出来，国王已然来到一个陌生的河边。

一只猫头鹰躲在树丛里，看见悲惨的一幕：玛吉斯国王倒在河里，背后插着远处射来的一支毒箭。他的鲜血染红了河水。那时节，植物都在背阴处开红花，结豆豆。

一群梅花鹿在随后赶来的一伙猎人追逐下惊慌失措，惊飞了猫头鹰。

玛吉斯国王气息尚存。等到他略略恢复清醒的时候，侍卫们已经赶来。

国王让他们赶快追捕前方的猎人。可是，那些人早已看不见了。

侍卫们拔出国王背后的毒箭，呈交给随行的埃利斯伯爵。箭杆上带着王室武器的共同标志A，它的意思是"阿尔法"。而箭头上赫然刻着"巴克"两个字母。

难道说，这是玛吉斯·阿里巴克的作为吗？

国王摇了摇头。

但是，埃利斯伯爵以不容置疑的语气说："是的，只有巴克敢这么做。"

大家都没了主意。

向真神阿尔法祈祷吧！国王的随行大臣匍匐在地上，却看到大地和天空闭合在一起。在他们祈祷过的地方，长出一株鸡冠花来，迎着远方泣血。

晚间，国王身上的毒性祛除了，但他舌头僵硬，衰弱得无法说话。

伯爵说了算。他负责传递国王的意旨。

通过伯爵的传达，级别最高的几位大臣得知国王要移驾回宫，处理后事。

不知为什么，车队在回宫的路上走得极慢。

第二天凌晨，伯爵以国王的名义发布禁令，严密封锁消息。

晚间，伯爵发出第二道命令，紧急召回国王的小儿子巴克，让他在七天之内从边疆返回，到首都西北角的鬼城待命。

一系列的变动，让人马座的权力中心失去了平静。

在国王倒下的地方，葡萄树挂满果实，聆听着小河歌唱。

河水流过老树身边。一切都回不到昨天了。

回宫的车队走了整整五天。第六天头上，国王依旧昏迷不醒地躺在车里。经过占卜师的计算，车队在临近黄昏的时刻入城。大车辘辘滚动，碾压在王宫前面长长的御道上。在入宫后的第一时间，国王还睁开过一次眼睛。他让侍女给他看一眼日历本。结果，拿着日历本姗姗走来的侍女竟然又是那个戏耍过他的穿着蓝裙子的少女。国王张了张嘴，却一个字也说不出来。侍女掀开的日历本花花绿绿，每一页上都画着苹果树，果树下的凳子上坐着两个面色惨白、眼眶深陷的小孩子。在国王残存的意识里，这正是他的两个弟弟。弟弟们手中拿着国王强制送给他们的玩偶。那些玩偶都是些缺胳膊少腿的小矮人。当侍女翻动书页的时候，小矮人纷纷跳到地下。

他们一落地，就在老王的眼前打仗，血肉横飞。随后，他们纷纷倒在地上，指甲、毛发被泥土吸收了。窗外，雷声在宫院前的空地上响起。咯咯巫和两个弟弟的幻影在窗格里交替出现。王宫的各个角落发出声效迥异的交响。一些声音在怒吼，一些声音在啼哭。

在一切声音之上，是人喊马嘶和武器碰撞构成的激烈的杂音。陌生人，谋杀，可怕的往事，来势汹汹的报复。这一切，摧毁了国王最后的一点耐力。

从傍晚开始，大雨如注，雷霆万钧，像奔马一样的声响彻夜不停。

一场洪水悄然逼近了比邻星。

事后，和老王昏迷前有关的一切缄默无声，被死死地封锁着。

在无休止的折磨后，玛吉斯·阿里终于倒下了。他的记忆定格在泥黄色的大雨里。史官们是这样记载的："当闪电带着午后的歌声照亮天空，密闭在国王体内的灵魂逃走了。起先，它幻作一只莴笋大小的飞马，游在半空。掠过银河岸边的孤灯码头时，这淡蓝色灵魂咳嗽了一声，变成蝌蚪状的小蓝鱼，在水中游得快活极了。可它惊扰到刚刚睡醒的鱼怪，便被吞入腹中。鱼怪阿尔法搅动了岩石下的暗河，酿成洪水。大洪水过后，国王生病了。"

这就是史书上记载过的灾变。

老国王玛吉斯·阿里一直沉睡，没有机会说出真相。

生病的国王皮肤透明，昏睡不醒，像软体动物一样瘫卧在床。他映在铜镜里的灵魂图像不再是飞驰的奔马，而是一条懒洋洋的柔弱无骨的胖头鱼。这条鱼每天变换多次肤色，凌晨是铁锈色的，早上是土黄色的，中午炽热而火红，下午阴冷而苍白，薄暮时又从死亡般的雪白逐渐过渡到菠菜绿。

在记载里，这怪鱼名叫阿尔法。被它吸食的灵魂将经历无常之变。在过去的岁月里，真神阿尔法一直保护着人马座。现在这是怎么了？

能言善辩的祭司和见多识广的历史学家都无法解释这种异常。

其间，人马座的所有医生都被传唤到宫廷里，进行诊疗。医生们看到，尽管国王不能起身，但依旧保存着生命体征。他的生命体征表现在一如既往的鼾声里。他打呼噜的进行曲时起时伏，犹如急湍的溪流、天际的狂风，又好似满载的牛车行驶在层层叠叠、无穷无尽的羊肠小道上。有时候，他会长长地叹息一声，口腔喷出强大气流，把床前摆放的玻璃瓶搞得上下翻滚，一直推送到三公里外的围墙下。这时，他令人震惊的G大调奏鸣便会戛然而止，转而进入C小调夜航模式。在那波涛滚滚的鼾声突然静止的短暂间隙，奔走于宫廷的侍女、家臣和捧着药袋子的御医不仅没有在这个漫长的休止符里得到宽慰，反而更为瞠目，因为他们清晰地听到阿尔法在国王体内发出暴风雪般的吼叫，以及它咀嚼石头的咔咔声。

祭司们说，自从鱼怪阿尔法吞下亡灵，也就激活了国王周围的群魔。若要恢复往日的生命秩序，必须尽快驱逐阿尔法，并寻回老王包裹在影子里的灵魂。

但是，没有人敢打开国王的身体，把阿尔法赶回银河。据《人马座历史年鉴》的记载，它是宇宙间已知的最古老的生命，是生命之善的源头。阿尔法至善至柔的体内蕴藏着涌动不息的黑暗，古往今来的大恒星都在其中粉碎，化为不透光的黑洞。阿尔法被称为冰与火的分割者，沉睡与苏醒的中介，也是生与死黑白合一的容器。它给整个宇宙依次提供弯曲的时间和直线时间，以及光和黑暗交替占领的轨道空间。它以人马座的辅星为故乡，栖息在流经郊外的银河里。每过两千年，它就会浮出水面，在天柱山下吃一次金刚石，并把肠道内产生的二十四种金属排泄到岸边，以之构成四个季节、八种元素、十二生肖和二十四种善行。它吐出的冰与火形成横贯星际的飓风，而褪下的硬壳则留在岸边，在飓风中分解，依次形成数字一和颗粒状的微尘，进而形成大海、镜子、三个阶级以及十九个字母，人马座的所有知识都在上述事物里分娩。故而，在人马座，和在其他所有星球上一样，阿尔法是最高图腾，不可碰触，不可侵犯。

祭司们在首都比邻星的市中心点燃火把，在国王失去魂魄的荒野中心建造起祭坛，以满月的婴儿、未婚的少女为祭品，前后祭告了十三次。

然后，他们把祭品包在一年生的蜘蛛网和大如竹席的卷心菜里，驾驭着火龙马牵引的大车，来到银河的源头天柱山下，对着高踞山巅的鱼怪阿尔法家族的十三座化石圣像苦苦哀求，请它们转告阿尔法，让其回到银河，并及时归还玛吉斯·阿里的影子。

这种虔诚的祈祷不像以往那样见效。

阿尔法始终不肯露面，也没有享用祭品。

巴克王子遭遇亡魂

巴克王子陪着母亲的亡魂，在洛阳城戍边。

当伯爵签署的命令抵达的时候，巴克王子必须从洛阳返回人马座了。

幸运的是，在巴克的努力下，巴娅王妃的灵魂也获准返乡。

此时此刻，我们该怎样描绘这位王妃和她生活过的地球世界呢？

在她的一生里，值得讲一讲的，无非是北方，洛阳，和邙山上的桃花。王妃是一位专门画桃花的古典画家。那些画有一个彩色的内心，桃花的枝头上闪烁着北方的暴风雪。她带到下界的一幅画上，滴落过她的眼泪。画上的那株桃花因此获得了晶莹而美丽的灵魂，得以返回人马座，恢复真身，还赢得了铸造刀剑的孤灯大师的钟爱。这个故事，经过传唱，人人都很熟悉，连山间游动的蛇和天空飞过的仙鹤都知道，连榆木疙瘩般的大力神都知道。

不过，除了这些不着边际的传说，再也没有什么好说的。关于王妃本人的事迹，除了盲诗人的吟唱，可以查到的记载实在很少。

现在，“落难的巴克”已得到以国王的名义发来的紧急命令，立即乘坐着火车，出发了。他要在七天之内回到人马座。巴克想，父亲终归还是没有忘掉他丢弃在异乡的妻子。这种感叹让巴克的内心充满了激动。

临出发的时候，火车在半空转圈，就像墨鱼追逐自己的尾巴。巴克打了个瞌睡，火车便进入另一个区间。行驶在星际的绿皮火车犹如飞在虚空里，绕来绕去，把汽笛和黑洞洞的烟云抛到身后。

这次旅行的目的地是首都比邻星的北郊，一个叫作“鬼城”的卫星。

巴克怀念的那座城，和他最终抵达的这座鬼城，都叫“洛阳”。

这是终生困惑的一段旅程。

当他拖着行李箱进城的时候，发现不远处的鬼城包围在汪洋大海中。

一场洪水从城市的地道里涌出，悄无声息地拦在巴克身前。

巴克感到小拇指不受控制地抖动了两下。凭着战场上锤炼的本能，他嗅到了危险的气味儿。此刻，这洪水已见得异常分明。它是浑浊的，汤汤流动，从城门口开始发声，一直去到天际，像旋风一样画了个图案，再哗啦一声折返到地上。洪水铺天盖地，反复冲刷着陌生的街道，声势喧阗。

令人纳闷的是，那比蜗牛都慢的火车是如何奇迹般按时进站的。

人们瞪大了眼睛。一个声音在耳边高喊：“赶快逃啊！”

在危险和凶暴的处境里，刚下火车的人们大梦初醒，顿作鸟兽散。

可是，这些下了车的人再想跟平时一样准确抵达记忆中的故乡变得空前困难。洪水正在攻打这座城市的主干道。席卷到空中的洪水咆哮着，裹挟着闪电和惊天骇地的雷暴，一举毁掉人们往日熟知的道路。

巴克王子甩掉随身携带的行李和箱包，快速跑出城门。打过油的牛皮鞋被水浸泡得咯吱响。同时，城里的人正沿着胡同、马路、灯火熄灭的饭店涌出来，而书店、学校、电话局工作人员栽下的电线杆和打着呼噜的双人床也跟着涌出来，进入恐惧而漆黑的空间。

在闪电的提示下，鬼城陷入短暂的迷惘，深红色的马匹、沥青色的汽车都开始奔跑，调动其全部力量，颠簸，前进。天空摩擦着深蓝色地平线。在某个温柔瞬间，除了呼啸的大风，一切都很安静。树木和小船在飓风里舞蹈。

无意间的一瞥，让巴克感受到这个夜晚充满毁灭性的美感。

他被洪水赶到某个路口。一个小婴儿倒下了，身边的大人不知影踪。只听见一声低低的呜咽。小男孩躺在一座岩石上，苏醒着，在闪电的映照下，眨着亮晶晶的眼睛。他一把将这孩子抱起来。跑，不停地跑。一个头发花白的老人倒下。一个身怀六甲的孕妇倒下。人们从他们身上过去。

没有人停下来哪怕一秒钟时间。

一群人聚集在一棵危险的树上，大树已经泡得松软、摇动。他让那些树上的人们赶快下来。大家一齐摇头。

就在这个瞬间，树身晃了几晃，倒在洪水前进的路上。

等来到城外，他看到了更加绝望的一幕。

水中奔跑的人举着小小的婴儿，然而，他们相继被毫不留情的洪水打倒在水里。一波又一波。他目睹人们在水中化成了石头。低头一看，自己手里的婴儿也石化了，脱手而出，溅起一个小小的水花。只是一个水花而已。

他是巴克，他没有因此而疯掉。

天色已亮。几个神色狼狈的人沿着呜呜呜叫的水流游过来，像水鬼一样，慢慢爬到尚未溃败的城墙上。他们摆动海蜇似的十指，一上来，就把墙上挂着的尸体抛进水流。城墙即将垮塌，像跷跷板一样前后颠荡。他想游说他们结伴逃到远处，说："快看，这面墙又在晃动，掉进洪水只是早晚的事。"不过，留在墙上的人不打算走。他们凑在一起商量后，把他抬起来，扔进滔天浊浪："王子，你去跟亡魂相会吧，给别人腾一个位置。"

王子在水中遇到玛吉斯国王的一个侍卫。那人听到了王子跟墙上的人的对话，便急忙表明了自己的身份。他的力气看来很大，劈波斩浪地追到巴克王子身后，在洪水里搏打着激流。

他问道："陛下，你还有力气吗？"

王子答道："我还能举起一座石狮子呢！"

那个侍卫高兴地喊起来："感谢真神，我正在找你。我们这个星座有救了！"

"你叫什么名字？"

"埃利斯·巴克！"

王子顿时也高兴起来，一边划水，一边兴奋地游过去，说："我们有一个相同的名字！我们都叫巴克！"

一个浪头打过来，把那人推送到远处，他高声喊道："如果我死掉了，请告诉我的父亲埃利斯伯爵,把我的全部藏书都交给国立图书馆!”

说完,他把国王的诏书奋力掷给巴克,便沉没在黑暗里。

洪水怒吼一声。那纸诏书打了个忽悠,去到水下世界。

“喂!喂!你还在吗?”

巴克王子喊了两声,但已经得不到回应了。

不知游了多久,在耗光力气、即将沉溺的瞬间,巴克感到脚下有一股往上翻卷的力量,把他托举起来。一条浑身发着蓝光的蛇在珊瑚礁里游出来,定定地看着他的眼睛。对着那个鞭绳般的灵蛇,巴克眼底的深水世界祥和而温暖。

他认出了那双眼睛,便问道:“你是我的哥哥阿里巴巴吗?”

它没有回答,却对着他的鼻孔吹出一个气泡,游走了。

巴克能够呼吸了。他的脚底长出宽而扁的肉蹼,在摆动起来的时候,重新获得踩踏钢丝床般的弹力。

从此,他的脚指甲会在关于那个大洪水的梦里慢慢变软,发生裂变。那种与蛇有关的灵异的感觉一次次来到心里,伴随着梦境般隐秘的漫游。

那天,当他在洪水里划行的时候,深黄色水浆一分为二,现出裂纹似的水路,一开即合。回首来路,洪水扫平了一切,呈现出一个完全陌生的世界。

大洪水改变了蛇类习以为常的地下生活,逼迫它们在本属于人的世界里现身。它们花红柳绿的身段纠缠着滑溜溜的棺木、杂草、断裂的房屋,随着水流不断漂移。一根扁担、一口水缸、一辆毁坏的马车、翻着跟头的门板、喂牲口的马勺。在这些岛屿般的事物上,到处都有沉默不语的争斗。只有体型更大的蛇能始终高高在上。落入水中的蛇则迅速抬起头颅,鞭子样的身躯急剧扭动,奋力劈开杂物丛生的水流。他忽然注意到,刚刚集结的蛇群开始分化,其中大约有三分之二都在逆流而行,奋力奔向一个地方。他想了想,马上就明白了。那里的地势肯定更高,更安全。

王子跟着蛇群,攀上了一座足够坚固的桥梁。更大的浪涛轰然而至,嵌在大桥心脏地带的钢筋在摧枯拉朽的洪水里高度扭曲。桥下的石墩痛苦摇摆。

一团黑影在电光里出现，摆动到他的面前，不动了。

扶着栏杆走近几步，便看见一个卡在栏杆缝隙的人。

这不是别人，正是他自小便畏惧和敬仰万分的老父亲。

现在，玛吉斯国王的身体就像一截泡软的木塞。

巴克抓着父亲的胳膊，准备往桥上拉。玛吉斯国王的身躯是僵硬的。这时，那条蓝光闪烁的蛇游了过来，攀附在桥栏杆上。巴克呆了一呆。

蛇定定地看着巴克王子，眼睛里充满疑问。

“你，来自神秘世界的朋友，有话要对我说么？”

那条蛇点点头，开口说道：“来哟！来哟！看这飞走的亡魂！”

一只白色大鸟，在水面上飞来飞去，鸣叫着。它用歌声驱赶洪水前进，捎来死亡、轰响和越来越强烈的旋转。漂在水面的事物，随着歌声扭动。

这欢乐的洪水正在怡然进食。

歌唱啊，歌唱啊，魔高一尺，浪高一丈。老国王的亡魂——一枚暗黄色的珍珠，受到魔鬼鸟的歌声吸引，离开躯壳，绕着大鸟飞舞。

白夜，白夜，多慈悲，
心情爽朗的好魔鬼。
敲着锣来打着鼓，
众生平等头一回。

卖了良心不受罪，
魔鬼真是老好人。
敲着锣来打着鼓，
魔鬼，魔鬼，够慈悲。

洪水再次袭来。大鸟带走国王的魂魄。蛇也不见了。

“爸爸,国王陛下,是你么?”

“哥哥,阿里巴巴,是你么?”

没有人回答。巴克突然发现:一个人,要长久地活在这黑魆魆的世界上,该是多么荒谬的一件事。对面的山坡光秃秃的,浸泡于一片大水。对面的夜晚也是光秃秃的。欢乐光秃秃。寂寞光秃秃。到处光秃秃的,没有月光和水鸟,没有低鸣的箫。连那枝丫间发愣的、在箫声里伴舞的、来自去年春天的土生土长的乌鸦,似乎也没有从前聪明了。

这深远的夜晚,对巴克来说,真是一个前所未见的噩梦。

“我要安安静静地,我得思考一下。有人施展了魔法,那是谁?我要找到这个阴谋,我要安安静静地、不动声色地毁灭它。我要让父亲活下去。我要找到可怜的中了魔法的哥哥。我要的很多,可是,我现在光秃秃的,一无所有。有人要对我下手了,我能感觉到。那又是谁?在水滨唱歌的亡魂,你是谁?我要把你送到地狱。呵呵,很好,朋友,让我们来一场厮杀好了……别让我抓到,别让我揪住你的脖子。那顺流而下的稻草人似乎站了起来。黑洞洞的对面有个影子。怎么,那是稻草人的影子,还是我自己的影子?头顶安着一盏昏黄的灯泡,笑得跟魔鬼一样。它死死地扭动我的腰肢,指挥我的双脚,逼着我跟它共舞。那是谁?是谁?”

巴克跳入水中,拼命地追过去。

浑浊的大水遮挡了一切,淹没了一切。

巴克王子与做了国王的伯爵

第二天,洪水奇迹般的退却了。

两个侍卫踩着泥浆走来,向筋疲力竭的巴克王子报告:“国王昏迷不醒,伯爵传令,让你火速赶过去,和国王陛下见最后一面。”

从鬼城到首都比邻星的路上,丝毫没有洪水侵袭的迹象。地面是干燥的。在北边的城门洞前,商人们排成长龙,办理进城的手续。卖早茶的人支起帐篷。那个炸油糕的老人还在王宫前的市场上炸着香喷喷的油糕。

从城门洞往南直走，拐过三条小巷，就能看到王宫的屋檐了。

巴克被眼前发生的一切弄得昏头涨脑。

正在惊讶之际，一群盛装出行的人迎着他走来。领头的是这个星座上最聪明的人埃利斯伯爵。其他辅政大臣，还有议会里的全体成员都来接驾了，后面是一大群撑着华盖、扛着路牌的神色惶恐的侍从。

小王子巴克来到病榻前。时间是人马座一万八千年。

玛吉斯国王的脸上，有一团沉闷的阴影。

巴克走上前去，握着父王的手，默默地跪在床前。伯爵大人和那些白发苍苍的老臣在侧门等候，被一道屏风隔开。

国王的眼睛睁开了，脸上挂着诡异的微笑。

他低声说道："孩子，时间来不及了。一切都来不及了。"

"父亲，我的哥哥在哪里……"

"来不及，一切都来不及了。你的哥哥，被他糊涂的父亲出卖给魔鬼。哎，你现在见到的，就是一个父亲的懊悔。我们像影子一般活着，又像影子一般离开。这就是'懊悔'，一个独一无二的、无可挽回的宝贝。"

"父亲，父亲，让我们祈祷真神吧……"

"是啊，我很懊悔。"

"父亲，你……别这样，好么？"

"我很懊悔，我跟酒鬼一样懊悔。孩子，你要像云一样遮蔽，像狮子一样安静，再也不可让人窥见内心！"

"为什么呢？"

"因为我们的权杖来自于魔鬼。"

王子鼓起勇气，问道："父亲，您究竟是一个什么样的人呢？"

玛吉斯国王想了想，答道："我是一个孤家寡人！"

得到这个冷酷无情的答复，树梢上滚过一阵惊雷。

因为吃惊，王子的身体习惯性地抖了一下。

"怎么，你怕了吗？"

老王动了怜悯之心。

他眯起眼睛,表情有些阴沉。不管怎样,他有一个善良的儿子。善良,总归是好的。他这样安慰着自己,很高兴在这样的心情里离世。

国王拿出一面暗沉沉的铜镜,说:“拿去吧,你需要狮子的力量。”

“不,我不需要……”

“你需要,需要……像你的父亲一样,轰轰烈烈地活着,轰轰烈烈地死去。”

王子跪下来,接过镜子,同时亦抚摸到父亲手背上冰冷、坚硬而又完全衰老的肌肉,那可怕的触感犹如亲吻着行将毙命的毒蛇。

玛吉斯国王的呼噜终止了。

哦,父亲,父亲!

这不是平静如水的死亡,这是烈火般的死。

大臣们走了进来,依照官阶和秩序,分别摸了摸国王的手背,以示默哀。

伯爵走到外间,对史官们宣布:“国王安息了。”

大钟敲了十三下,晓谕整个星座上的臣民,国王的确去世了。

葬礼办得冷冷清清。悲痛很快就结束了。

巴克被侍卫们带到鬼城旁边的客舍,安顿下来。

傍晚时分,门外的便道和围墙下站满了卫兵。

“你们是谁的部下? 到这里做什么?”

“报告王子,我们奉伯爵之命,保护陛下安全。”

“哦? 这么说,每个大臣的住宅都被保护起来了?”

“请陛下不要说笑,静养身心吧。”

巴克说:“这么好的夜晚,谁又能安心睡觉呢? 也罢,我今天就在那里过夜吧。”他指了指高处。找来梯子,爬到一座凉亭的平平展展的顶部。他盘腿坐佛,心里很是畅快。

巴克端坐在亭子上,看星星,看见一丛天蓝色的小星星。

伯爵派来的侍卫十分惊讶,关注着巴克的一举一动。

过了很久,露水从树叶上滴落下来。领头的侍卫长蹑手蹑脚地走过来,请示道:“阁下。请回屋歇息吧。”巴克说:“长官,请告诉伯爵,我不会逃走的。”

侍卫长站在那里,尴尬极了。

第二天,换班的来了。

新来的侍卫长板起面孔,严肃地说:“阁下,请注意自己的形象。你不能在露天过夜,要睡就睡在三面封闭、一面通风的地方。”

巴克答道:“你说得很对。我正在寻觅那样一个地方。”

侍卫们看到:巴克站在一棵苹果树的对面,举起一面铜镜,镜子照耀的树干上,随之现出一个深洞。他收起镜子,爬进树洞。树洞的底部铺着现成的稻草、树叶,还挺舒服的。巴克把衣服一件一件脱下来,扔到外面。它们散落在侍卫长的脚下,跟剪开的云彩一样。巴克头朝外,脚朝里,赤裸裸地躺了进去。

“阁下。你这是……”

巴克笑道:“放心,我这是让你们放心。”

“阁下,请回屋子里候着,歇息吧。”

“你们有没有好消息……有,还是没有?”

“阁下,是‘歇息’,不是‘消息’……”

“好的,我知道了。你们会给我好消息的,对不对?那我在这里候着。请告诉伯爵,我不会逃走的。我在等着他的好消息呢。”

傍晚时分,披着黑袍的著名女巫——咯咯巫女士来了。她举着一盏清油灯,绕着大树走了几圈,似乎是在观察那棵树的长势。巴克这次没有起身。好消息久等不来,他等得简直累极了,一睡下就呼噜连天。

“巴克,巴克,你还在睡吗?”

女巫轻声地呼喊着。女巫一说话,嘴里就蹦出一些蛤蟆和跳蚤。

巴克睁开了眼睛,看看天象。天上的星光格外璀璨,就像史前时代。巴克长长地叹口气,说道:“你是那个掌管命运的老太婆吗?”

女巫说:“巴克王子,你不认识我吗?我是咯咯巫啊!”

听到咯咯巫的话音,巴克阖上了眼睛,再也懒得睁开。

"你既然不是掌管命运的老太婆,那就赶紧走吧。"

女巫满脸谄媚地说:"亲爱的王子啊,我虽然不能掌握命运,但却能测出一个人的前生今世,比如:婚姻和爱情什么的。"

巴克说道:"如果要轰轰烈烈地活着,是否也需要它们?"

"哦,巴克,巴克。你喝醉了?"

巴克再次长叹了一声,摆摆手说:"那你赶紧走吧。你说的这些,我一点兴趣都没有! 这根本不算好消息。"

咯咯巫的眼珠滴溜溜转了一圈,把瘦长尖利的指甲放在肩膀左侧的铜纽扣上磨了两下,笑嘻嘻地说道:"陛下,你要是对这些不感兴趣,那你就完了。人总是会死的,人总是要传宗接代的。你们人类不像我咯咯巫,只要有了脑袋,就能保住命,活下去。你们得生活在婚姻里。这婚姻就是你们活下去的保证。王子啊,王子啊,你赶快长大吧。没有婚姻,也就没有女人和孩子;没有女人和孩子,人死了以后,就彻底没了,什么都留不下。喂,喂,王子阁下,你在听吗?"

巴克的呼噜扯得山响,就像风箱里的老鼠。

"哎,不能跟巴克讲道理,一讲道理就打瞌睡!"

女巫自言自语着,踮起脚尖,悄悄地溜走了。

一阵风吹来。树冠上的瓜子裂开了。

从瓜子里爬出一条圆滚滚的甲壳虫,戴着王冠,拿着权杖,站在巴克的额头上。他用权杖敲敲巴克的额头,把他弄醒了。

巴克睁开眼,看到一个头上顶着草帽的虫子,十分肃穆地看着自己。

"你是谁?"

虫子神气活现地答道:"我? 我当然是巴克国王啊。"

巴克觉得十分滑稽,便说:"哦,你也叫巴克? 你有多少臣民可以管辖呢?"

那小国王损失了尊严,非常恼怒地喝道:"你笑什么? 是看不起本王吗? 实话告诉你,比邻星的所有虫子、细菌都归本王管辖,光是其中的男爵，就足足有一千五百亿。现在，你就是我的新臣民。还不赶快跪下，接受本国王的训导？”

巴克在树杈上坐起来，比那虫子国的国王足足高出一大截。

巴克放慢了语速，试图表示友好：“我说，你真的叫巴克吗……”

国王吓了一跳，飞速爬向枝条。那个位置刚刚好，正对着巴克的鼻尖。这下子，国王又有了高高在上的感觉了。他俯视着巴克的眼睛，同时，也没忘记国王应有的排场，便毫不客气地说：“在本王说话以前，你不能随便讲话。这是规矩，天字第一号的规矩！”

“好的，国王。”

国王找到一片肥厚的绿叶，让自己坐得稳稳当当，这才说：“本王的尊称是咕噜噜十三世，出生于巴克元年。故而，我的巫师父亲，老咕噜噜先生，才给本王起了个小名叫巴克。现在，我要发表训示了，你听好：要尊敬一个国王，打心眼里尊敬他，打心眼里尊敬他。现在，我讲完了。”

“你既然是巫师，又为什么会成为国王呢？”

小国王备感诧异地看看巴克，说道：“作为世界上最优秀的巫师，我如果不是国王，又没有臣民，谁来养活我呢？”

“你可以让国王养活你。”

小国王挥了挥手杖，觉得不屑一顾：“简直胡说八道。给国王当巫师的人，再也不是巫师，只是奴才而已！”

“奴才……”

“对，只配拉出去砍头，砍头！”

听到砍头的命令，一排身穿甲胄、手执刀斧的小个儿卫兵便从树叶后跳了出来，准备逮捕巴克。同时，那个领头的军官从怀里掏出一面旗子，招了招手，空中立即飞来一架芭蕉叶缝制的飞机。飞行员把巴克的脊背当作起飞的机场，瞄准他的后脑勺，来了个加速，降落到小国王面前。指挥官问道：“国王陛下，我们该砍谁的头呢？”

国王翻了翻白眼，说：“你们真是麻烦。今天不需要砍头！”

那指挥官是行刑队的小队长，官阶很低。他很自觉地按照国王定下的规矩,一五一十地请示道:“那么,我们回去后,该怎么向飞行基地的地面指挥站、陆军的作战参谋、空军司令和行刑队的总队长、大队长和中队长报告呢?撰写报告的时候,落款、日期是如实填写,还是可以适当地虚构一下?如果上级怪罪下来,那我们……”

国王怒喝道:“我命令你,不得啰里啰唆,立即回到自己的岗位!”

卫兵们再次排着队,再次跳回机舱,再次起飞,消失在空气里。国王偷眼看了看巴克,颇为尴尬地说:“你看,这里的臣民一板一眼,老实得要死!”

巴克说:“如果国王并非真正的国王,而是一个阴谋家,一个篡位的假国王,你们一般会怎么做呢?”

小国王眨了眨眼睛,毫不犹豫地说:“拉出去砍头!拉出去砍头!”

看来,凡是他认为重要的一句话,一定要重复上两遍,才能心平气和。

“那么,亲爱的国王陛下,你很快就要面对这样一种国王和巫师了。”

小国王吃了一惊:“哦,那是谁呢?”

巴克笑道:“埃利斯伯爵,善良的伯爵先生。还有咯咯巫女士,一位漂亮而可爱的老姑娘。”

小国王怒喝道:“按照我的法律,统统拉出去砍头!砍头!”

“陛下,请恕我直言,你的法律条文好像只有砍头这一项规矩。”

国王的脸隐隐约约地红了起来。不过,他的大肚子依旧挺得很高,慢条斯理地说道:“天可怜见!你的建议不必往下说了。我决定:增加一条规定!以此证明我们这个王族对社会变动什么的并非总是那么不敏感。”

巴克说:“那……我建议:你可以规定我们做朋友。”

小国王皱起眉头,问道:“什么是朋友?”

“朋友,就是谁也不用拿谁怎么样,大家互相平等。”

国王点点头,不想再纠缠在这个话题上。

他忽然问道:“你跟谁结过婚吗?”

巴克有点摸不着头脑:“嗯?跟什么结婚?”

“哈哈,我方才听见,你跟那个老巫婆在谈结婚的事情。”

“我不知道结婚有什么意思。再说，我能跟什么人结婚呢？”

“我怎么知道？跟什么结婚，是你自己的事儿，别人可管不了。依我看，你或许会跟对面的玉兰树结婚吧。什么，你不喜欢？哈哈哈，这个可真好笑。是不是，真好笑啊！无法理解，你们这样的人，大概不会懂得。到了我这个年龄，你们也不会懂。结婚恐怕是很头疼的事儿，比一头撞在枯树根上都疼。糟糕，又到了困觉的时候。除了水旱灾害，我们几乎总是热爱睡眠的。你看，我就是你的好榜样。吃吃睡睡，睡睡吃吃。这就是国王的本职。百忙之中，还要抽出眼药水那么点儿时间，见他几个人。因为，你总得给臣民们制定一点儿法律条文、气象规律、会议章程什么的，让他们背诵得滚瓜烂熟，免得你的大臣和军队无所事事，甚至认为你是个啥也不懂的傻瓜。”小国王说得十分痛快。它搓搓保养得很好的双手，拿起权杖，在树干上敲了一下，接着说道，“哎，时间过得真快，是不是？你这小子，时间过得太快了。转眼之间，我就过了六百八十八个生日。一座幼儿园加上一座疯人院相当于一个魔鬼，五百只鸭子除以五百个洗脸盆相当于一个多嘴多舌的丫头，那么请问，一个不想结婚的傻男人相当于几个储水罐？”

国王夹枪带棒、劈头盖脸、不由分说、拉拉杂杂地讲了一大堆，最后还抛出一道超级难的数学题，把巴克搞得晕头转向。

巴克张大嘴巴，跟傻子一样，说：“那么，我的建议是，你……”

国王点了点头，心满意足地说道：“嗯，我同意。我会花点时间，考虑考虑。我累了。我要休息一下。”

咕噜噜十三世不见了。

“喂，朋友，你在哪里？”

与苹果树相邻的桑树上，结着很多蚕茧。茧房里是又白又胖的蚕蛹，等着变成飞蛾。等到变成飞蛾，她们就成了国王的备用女官、王妃或梳头的丫鬟。其中一个茧，打开了门扇，露出小飞蛾涂满花粉的脑袋。她眨巴眨巴眼睛，用带着香味的宫廷女官所特有的嗓音，骄傲地说：“小点声，巴克。老实说，你打扰到我们的国王了：当国王睡觉的时候，你要打心眼里尊敬他。”

她是从大约一百万个同伴中优选出来的给国王打扇子的女官。

一百万分之一的成功率！光是这一点,就值得骄傲。

院子里静下来。

巴克对自己说:“埃利斯伯爵不需要砍头法。”

巴克王子说得没错。

埃利斯伯爵很聪明,不需要行刑队和胡言乱语就能当上国王。

埃利斯伯爵登基即位,做了国王。此即玛吉斯七世。

在人马座的历史上,玛吉斯七世的统治是一道分水岭。其间,君主专制向着代议制转变。议会制度进入全盛时期。

在权力的使用上,新国王的能量毋庸置疑。

他号称“最聪明的人”。

玛吉斯七世有一个奇特的喜好:理财。在成为国王后,他对王国的财务管理备受称道:从宫女的鞋袜到御膳房的猫食,从一把钥匙的采购到对外谈判、税收征取、发动战争的决议书,凡是用到钱的地方都要他本人亲自过目、签名,落款为“玛吉斯七世 国王”,两个龙飞凤舞的大字。

没有这个批文,议院的议长可能连一顿像样的晚饭都吃不上。

故而,在他的管理下,埃利斯家族富可敌国,议院的议员们贫困潦倒。

国王的财务控制权和议院的审查权形成了新的制衡局面。议员们一点一点地出让着良心,以求升官和发财两不耽误。为了平衡收支,议院甚至开始出卖地方官职和特许专卖权。

久而久之,议院的裁决权暂时又被王室的王权压倒了。整个官僚集团都倒向国王。玛吉斯七世可以独立决定一个城市的总督的任命。总督以上的官员的任命权收归王室。因而,国王和他的智囊团重新担负起决定帝国命运的重任。

玛吉斯七世的权力可以遮住太阳。

即便如此,国王并未丧失警惕。

巴克王子是他的一块心病。

所有人都知道，玛吉斯·阿里巴克是个著名的勇士。在他出生的那年，小老鼠蓝巴克成功挑战了死亡牢笼，从咯咯巫女士的暗室逃出，因而使得鼠类排在十二生肖的第一名。为了纪念这段有趣的历史，当年出生的好多孩子都以“巴克”命名。“巴克”的意思是“蓝色精灵”。在比邻星的方言里，这个词语意味着勇敢。

伯爵登基后的第十三个月，他的新任议长蛛丝玛东东汇集各方意见，代表议会提出：为了体现新国王的仁慈宽厚，要优先处置前国王的遗留问题，例如子女安置、财产分割等事项。玛吉斯七世欣然同意。

在玛吉斯七世的暗示下，议会出台了一个决议，把巴克封为“冥王”——鬼城的总督，常住于鬼城。他在鬼城的房间号是A109。A区，一楼九号。

鬼城实际上是座监狱，专门囚禁贵族和违法犯罪的外来移民。

鬼城分为外城和内城两部分。

外城方方正正，共有十二个城门。东西南北各有三个门，分别对应着人马座周围的十二个星座。大东门是东方世界的正门，和它相邻的两个小门分别叫上东门、下东门，分别供狮子座和摩羯座的人进进出出。西边的正门属于天秤座，两个侧门则属于巨蟹座和双鱼座。巨蟹座的人喜欢骑着蝎子来取水，而双鱼座的人则牵着张牙舞爪的鱼头风筝。

来自地球的移民和天秤座的人德性接近，所以共用了北门。

地球人是用偷渡的方式入境的。他们埋伏在洛阳城墙的雉堞上，看准机会就下手：抓住一种叫作“跑得欢”的褐色大鸟的翅膀，飞往人马座。他们来到人马座以后，长期飘游在大西门的外层轨道上，等着进城。大西门内，有三棵成“品”字形的高达一百英尺的苹果树，和彩虹桥互相衔接。当彩虹出现在西方的时候，鬼城里的卫兵会打开缺口，允许地球人沿着彩虹桥潜入鬼城。

连接大东门和大西门的道路是鬼城主干道。

主道两边，有二十四条小街道。每条街道又有四十八个巷子，把鬼城分隔出居住区、商业区和行政区。居住区是个鸡蛋壳造型的社区。商业区则设计成外圆内方的人马币的形状。行政区即为内城,同时也是灵魂审查司的训导基地——移民总署。到了总署,巴克才知道,鬼城的权力早已被议会接管了。

总督的印章保存在新任议长蛛丝玛东东手里。

所以,巴克马上就得去一趟移民总署了。

“议长先生,请把印章归还给我吧。”

“为什么?”

“因为我现在是鬼城的总督啊。”

“鬼城的总督向来就是个虚职,你不知道吗?”

“虚职?”

“对呀。这是国王规定的。实际事务由我们议会代管。”

“那要我这个总督干什么呢?”

“你负责签字。我们经办的文件,需要总督签字才能生效。”

“那要我这个总督干什么呢?”

“你可以照看陵墓,修缮洛阳的城墙。它快被洛阳人踩塌了。”

“国王不让我出门,更不要说去洛阳了。”

“那……你就画点修缮城墙用的施工图纸吧。”

巴克摇了摇头,回到他的树洞里。

没事干,闲扯淡。闲得无聊的日子,就只能画画图纸。

“你在干什么?”咕噜噜睡醒了,登门拜访。

“我在画图纸。”

“画的什么呀,黑漆马哭的?”

“黑漆马哭是什么意思?”

“我们的老土话,你不懂。”

“我画的是洛阳城,城外是邙山。我准备沿着山脚建一座长城。”

咕噜噜端详了一下,说:“这不是长城,这是一条大虫子。”

巴克只得耐下心来,给咕噜噜先生讲一讲那个城和那座山。

“在那个遥远的叫作洛阳的地下世界,极边之地的西方,有一座邙山,布满神秘而隆起的陵墓。据说,人马座王族中的每一个人,都会把肉身埋在那里。过了斋戒期以后,王族成员的灵魂就会离开洛阳,回归人马座。恢复了本相的灵魂住在青龙寺,由荷叶大师给它们指定修行的洞窟。灵魂居留在洛阳的时间,是祭祀期。为了方便后人祭祀自己,我的先祖玛吉斯一世建造了一座城。这就是鬼城。它是仿照洛阳城的规制建成的。"

咕噜噜打了个哈欠,懒洋洋地说:"我困了,我困了。一座幼儿园加上一座疯人院相当于一个魔鬼,五百只鸭子除以五百个洗脸盆相当于一个多嘴多舌的丫头,那么请问,一个没有工作的傻男人相当于几个毛毛虫?"

国王终于说对了一次。巴克的工作实在太无聊。

同时,巴克还不能擅自走出鬼城。他要经常性地接受法官们的问询。其食谱和日常言论,通过一个秘密渠道定期集中到玛吉斯七世位于首都比邻星的郊区别墅。同时,一个由便衣特务组成的机构在全城开展秘密行动。

巴克的昔日伙伴和老国王的朋友、部下都被搜罗出来,备案在查。法官们急于得到这样一种结论:巴克(或者他身边的人)参与过暗杀老国王的阴谋。

那些日子,每个人都过得提心吊胆。比如,在御前会议上,玛吉斯七世经常对国务大臣们说:"我相信,在你们中间,有一个针对我的暗杀组织。"

这些杀气腾腾的暗示,让许多大臣陷入恐慌。

政务大臣来到巴克的树下,说:"巴克王子,请救救我吧。"

老大臣是个遗老,没有任何不良嗜好。上帝给了他一副山羊似的白胡须,苦瓜脸,尖下巴,还免费送给他活在世上的唯一乐趣,这就是:忠心耿耿地执行国王的命令,从来不说"不"字。他,这位只知道干活、受折磨的老实人,也有了危机感。他说,国王不相信他了。新任国王用无穷的政令、会议和叠床架屋的文件、条条框框弄得他垂头丧气。这直接摧垮了他对政治的信心。

巴克从树洞里探出头来,问道:"国王怀疑你了?"

“是的。”

“结果会如何?”

这时,那个小国王站在巴克的手掌上,大声喊道:“拉出去,砍头,砍头!”

政务大臣打了个哆嗦,战战兢兢地说:“请问,这位是……”

巴克告诉他:“这是我的巫师朋友,咕噜噜先生。”

政务大臣愁眉苦脸地站在那里,说:“没错,他说得很对。”

巴克问那位虫子国王:“你看,这个老大臣能够豁免吗?”

小国王用权杖敲了敲树皮,赶走一只正在偷听的小虫子。

“我以世袭国王的名义命令你,赶快离开!但你无须砍头了!”

这是国王对那小虫子颁布的驱逐令。不过,在人马座的政务大臣听来,却是巴克王子的默许。得到巴克的保护,总比赤身裸体地面对酷刑要好吧?

于是,政务大臣高高兴兴地走了。

第二天,外交大臣也来求救。他比较年轻一些,长着一副黑色胡须。

外交大臣有七个儿子、六个女儿、十八个外甥和三十九户远亲。外交大臣的大儿子娶了第十个姨家表妹的堂兄弟的大表姐,然后生出四个儿子和两个姑娘。其中一个姑娘嫁给了看守山林的畜牧官。畜牧官的叔叔是一位宫廷文书。前不久,文书阁下一不小心,在玛吉斯七世批阅过的文件上滴下了一个醒目的、罪恶的墨点,盖住了“玛吉斯七世 国王”这个伟大的、无比正确的、龙飞凤舞的、辉煌而荣耀的签名。议会里的议长蛛丝玛东东提出建议,说要彻底追究此事,挖出幕后主使的坏人。挖过来,挖过去,挖到了外交大臣的头上。蛛丝玛东东议长决定给外交大臣定下大不敬的罪名。议长先生开始搜罗证据,已经找到一些蛛丝马迹,涵盖了外交大臣的前生今世和在餐桌上的只言片语,准备上报国王,剥夺罪人及其亲戚、朋友的全部财产。这些消息让外交大臣如坐针毡。

“请救救我吧!”说话的时候,眼泪弄湿了他的眼圈儿。出于职业习惯,他一说话,就掏出银质小水壶,对准酒糟鼻的鼻尖,以便收集自己流下的眼泪(可以拿回去浇花、养珍珠,也可以制作催泪弹:涉外谈判的专用道具)。

小国王照旧说:“无罪释放,无须砍头了!”

第三天,海洋大臣和银河管理处的官员们也来了。接着,更多的大臣拥过来。每个自认为受到保护且被豁免的大臣都在树枝上悬挂一串铜钱(人马币里的硬币),以表感激之情。那棵树的树冠很快就被压垮。钱串子掉到地上,燃起一团烈火。火苗烧了一天,到了夜间,却“噗”的一声消失了。

巴克王子听从盥洗大臣和靴帽大臣的意见,回到 A109 房间。

不久,那棵被焚烧过的苹果树就复原了。

巴克住过的树洞,愈合成一个心形的火红色的结疤,就像一团烈焰。

“这情景,跟《寓言故事集》里的记述一模一样!”

“看见没有,这就是神迹!”

“嘘,小点声,蠢材!”

大臣们的做派,舆论动向,以及巴克的神秘,都叫人疑虑。在搞不清底细,猜不透前景的情况下,玛吉斯七世感到岌岌可危。

“咯咯巫,咯咯巫,你有没有什么办法,可以拴住巴克的心?”

咯咯巫说:“国王陛下,我刚好有一个办法,可以拴住巴克的心。”

鬼脸草

为了脱困,也为了保护那些老大臣,必须消除国王的疑心。要消除国王的疑心,只有一个办法,那就是缔结婚约。

巴克王子接受了咯咯巫的提议。

双方签下一纸契约。

契约规定:巴克立即娶埃利斯伯爵的女儿为妻,且绝不出逃,绝不叛国。而作为国王的伯爵呢,则保证在掌握最高权力的议会里维护王子名义上的最高军事指挥权。谁违背了这一约定,便当受罚。

签订协议的那个夜晚。一辆马车来到鬼城，在洒满阴影的台阶前停下。国王的两个侍卫扛着一卷毯子，走进 A109 房间。侍卫们放下物品，鞠了一躬，出门而去。毯子打开后，王子目瞪口呆：一位戴着面具的女士，美丽的女人，横躺在橘黄色暗影里。

在侍女搀扶下，她慢慢站起来。她肩头的皮肤像花瓣一样娇嫩。窗外射入的星光映现在眼睛里，闪闪发亮。这意外的宝贝像磁铁一样吸引着巴克。

他走上前去，在那星光下边一个樱桃形的角落吻了一下。

她低头一笑，使得这个夜晚永生难忘。

"你是谁？"

她调皮地说："我忘了。"

"你叫艾莉吧？"

"好吧，我同意。除了我的父亲，你是直接叫出我名字的唯一男性。"

"那么，你就是协议书里……提到过的……那位姑娘喽？不过，你到这里……要做什么呢？"

"要做什么呢……这个问题只有你能解答呀。"

说话时，她把面具摘掉。刹那间，王子更加惊慌了。

她的云鬟抖动着，眼神抖动着，使他的心混乱起来；她的手是小小的、冰冰的，像珍藏在地窖的白玉。她的声音也实在太美！而她的温柔，早已把一个战士变得渺小、怯懦，把一位统帅变成听话的小猫。

起先，他还能保持礼节，尽可能地克制，免得被那美人儿打得溃不成军。但实际上，他不仅在她的内心里跪下了，而且，还说了很多废话。与此同时，他藏在她内心的眼睛也打开了。他们互相搜索着对方的嘴巴、耳朵、裸露的灵和肉。那双红色的拖鞋，那莲藕般的令人销魂的脚丫，走过隆隆作响的夜的空谷，使人饥渴，使人贪婪而又恐惧。

看啊，一个名叫"爱情"的魔鬼烦躁不安，冲出城堡，撕碎了脆弱的防线。魔鬼的黑翅膀掠过心潮，使夜晚亮如白昼。瞧啊，它来了！它真的来了！草丛里潜伏着危险，多么古老的危险！这一点，只有被它照亮的人才会知道。

在星空和谎言的掩护下，他和她，实际说出了另外一层意思。

“我漂亮吗？”

“是的，是的，是的。”

“你爱我吗？”

“是的，是的，是的。”

“我作为权力妥协的妻子，能让你满意吗？”

“是的，是的，我非常满意。事实上，我不能比这更满意了。”

“那么……”

“我爱你。你会成为我的妻子……”

此即玛吉斯七世之女儿，玛吉斯·阿里巴克的妻子，人马座最美的艾莉。

然而，每天清晨，当太阳升起的时候，艾莉和她的侍女就不见了。

黄昏袭来的时候，她们又准时到来。

她的出现像闪电。她的消失像露水。

“你知道吗，你走路的时候，就像一个，就像一个……”

“轻飘飘的，像个女鬼，是吗？”

“这么说，你真的是一个鬼公主？”巴克终究还是吃了一惊。

艾莉嫣然一笑，说道：“可我本来就是女鬼啊，靠喝人血长大的。”

“你说谎！”巴克也笑了起来（尽管笑得有点勉强）。

事实上，艾莉只吃橘子，喝少量的橘子汁、石榴汁。

他们基本上每天都要见面。

咕噜噜先生带着他的甲壳虫乐队，给艾莉奏乐。艾莉在跳舞。穿着霓虹做的舞蹈服装跳舞，穿着低胸矮领的羽毛大氅跳舞。根据咕噜噜的要求，在星光闪烁的庭院里，巴克跟艾莉新编了一套蜘蛛舞。艾莉戴着金梭鱼的帽子，披着浅灰色渔网，飞在半空中领舞。侍女们排成飞鸟迁徙的队形，颤动着胳臂，在鼓风机和甲壳虫乐队的音乐声里，向着想象中的东方，摇摆，前进。在那遥远的东方花园，夜晚安静得像婴儿的呼吸。那里只有欢乐。夜莺的欢歌,循环往复地歌颂着美好的爱情。那里生长了艺术,宝石,星光,天长地久的蓝色的河流。

有时候,天气是那么好,连跳舞、唱歌都显得毫无必要。

巴克说:“今天去看看我们设计的艺术广场吧。”

他们沿着鬼城的主干道一直往东,去市中心的“地球人”艺术广场散步。等他们走到那里,夜色就更稀薄了。人马座的夜空不会遮挡爱人的视线,它是由淡蓝和浅灰交织而成。到处都是透明的。靠近广场的东南角,有来自金牛座和白羊座的艺人完成的众神雕塑。雕塑的背后,便是专门给艾莉修建的芭蕾剧场。这是一个用圆柱、长廊和拱门分隔出的露天剧场,建在一个巨大的人工湖水面上。在没有舞蹈表演的时节,操纵喷泉的姑娘和小伙子们就可以表演他们的喷泉音乐剧。喷出的水柱在彩灯上翩翩起舞。听到音乐,那个叫作普契尼的怪人来了。他会亲自指挥《图兰朵传奇之夜》,用音符讲述他的童话。在阿拉伯数学家的指挥下,音乐喷泉有三个数字选择,分别是代表仙女的数字2,代表上帝的数字1,以及艾莉公主最爱的象征湖泊的数字0。那个来自地球的阿基米德会利用杠杆原理测算快乐喷泉的情感分量,但直到今天还没得出结论。

这座广场是地球人的文化乐园。

“问问苏格拉底就知道了。”这是生活在人马座的地球人的口头禅。

它的意思是:“连苏格拉底也不知道!”

在街道拐角的地方,他们看到的老人正是那个号称“地球上最聪明的人”苏格拉底。他是经由木星而来的,所以,总爱拄着一根梨木拐杖,坐在那棵苹果树下,和人辩论。而那个经过金星来到这里的莱布尼茨,喜欢睡在金色铁皮桶里。晁盖在《水浒传》的背景音乐里叹息,而晁错则在苦苦构思下一篇策论。自从来到人马座,他们就是这样生活的。

透过一家钟表店的窗户,他们看到那个叫鲁迅的人在和刚刚睡醒的庄子、托尔斯泰聊天。他们刚刚说到曹操,曹操就到了。于是,一起喝了晚间最后一杯清茶,开始斗地主。不用问就知道,赢钱的永远是曹操。因为鲁迅不擅长耍赖,而庄子只知道对着手里的王牌傻笑,托尔斯泰呢,看到窗外走过的衣衫褴褛的人就要心神涣散。

国际象棋的马跑出来了,在一户人家的篱笆边啃食龙爪槐。

然而,鬼城的一切,并非总是快乐的。

当巴克说起父亲和哥哥,说起那孤苦悲惨的征战生活,母亲的哀伤,艾莉便会流下泪来。艾莉的眼泪滴滴可贵,冰凉冰凉的。

巴克说:“艾莉,艾莉,讲一讲你的故事吧。”

他那会跳舞的鬼公主便说:“我住在母亲的身边。”

“你的母亲,她在哪里?”

“哦,巴克,我的母亲她住在一座荒凉的塔院里。”

“我们去看望看望她吧。”

这时,艾莉的脸上便浮现出恐惧的表情,连连摆手:

“不不不,你不要去,一看到那种情景,你会对我失望的。”

“啊?为什么呢?”

“我来跟你相见一次,我的母亲便要增添一年的劳役。”

巴克激动地说:“不可能!这是谁规定的?”

艾莉指了指外边的一棵大树,说:“就是你那位虫子国的国王。”

“他凭什么规定别人的生活?”

艾莉说:“你忘了,他是地下世界的巫师啊。”

巴克一下子沉默了。

咕噜噜答应说,他会减轻艾莉母亲的劳役,但惩处是不能解除的。

巴克这才知道,他和艾莉的约会是有代价的。

在那座鬼脸草包围的塔院外,巴克给艾莉建造了一座高台,名叫“望乡”。

但是,当巴克试图跟着艾莉进入塔院的时候,便马上感到:他置身其间的是混沌初开的时段。命运之斧悬在头顶,在空气中摩擦出滋滋作响的电火花。原来,艾莉真的寄居在虚无世界。

“是谁?是谁?”

呼声来自于看不见的虚幻的大海。海水翻卷,在发出喘息。浪花撞击着冒出火光的岩石。那座八角形的岩石乃是突出海面的一座活火山，岩浆涌出，形成一座又一座孤岛。强大的离心力随时都会把人送进地狱般的黑暗。在水与火的交界处，驶来一艘古船。长着红胡须的巨人趴伏在蒸汽里，望了望外边的世界。三只九头鸟栖息在他那弯曲的背上。每当巨人想要直起身体，九头鸟便会用力下压，压得他再次俯卧。巨人发出焦虑的嘶喊：

"是谁？是谁？"

秋天来了。窗外飘着细雨。梧桐树的枝干叮叮作响。这是那些啄木鸟应艾莉的请求，为她唱出的怀念亲人的歌曲。当甲壳虫乐队和蟋蟀们拉开夜幕的时候，巴克和艾莉第一次感受到了寒冷的无可如何的气味儿。

巴克说："我要给你唱首歌。"于是，巴克便唱了起来：

风雨飘摇望乡台，
望乡台下花如海。
有一个佳人兮，
思亲，伤怀。

明月下，天河边，
忘不掉的望乡台。
有一个佳人兮，
黯然，伤怀。

总的来说，王子在鬼城变得日益快乐。他甚至在囚室外开辟出一块园圃，让贴身侍从到外边的市场上购买了锄头、菜种、小镰刀和数十种花木果苗，兴致勃勃地种植上早熟的月季、紫槐和结着白色豆粒的鬼脸草。鬼脸草的种子是艾莉送来的。巴克在房子周围种满了鬼脸草。种植鬼脸草，只是因为艾莉喜欢。她说，那种草会开淡红色的灯笼状的小花，一串接着一串，美得没完没了。她说到"没完没了"这个词儿的时候，抿了下红丢丢的嘴唇，好像那鬼脸草就在眼前开花，生动地、欢天喜地地、闪闪发光地开花了。

她说："到了晚间，用食指碰一下鬼脸草的叶子，你的鬼公主就出现了。"

于是，巴克一下子就爱上了鬼脸草这种从没听说过的植物。午后，他会和来访的贵族子弟及他们的女友谈天说地，喝着鬼脸草泡出的浓茶。落日的余光打在懒洋洋的心上，使他想起那位即将到来的美丽的女士。于是，巴克的鼻孔会舒服得翘起来，打着响鼻，就像闯进厨房的小马驹。

镜子里的秘密

一天，巴克在屋里坐着，忽听得门外一阵喧哗。

"来哟，来哟！看这生病的王国！"

"有病不看，魔鬼上身！"

"瞎说！信不信割掉你的舌头？"

巴克问道："谁在外面呢？"

门房报告说："走江湖的郎中，一看就是骗子。"

"让他进来。我想找人说说话。"

不久，郎中进来了。背着药囊，举着招牌，透着满身的疲惫，唯独他的蓝色眼睛是与众不同的，明亮，哀伤，就像一个落魄的国君。

"先生贵姓？"

郎中说："小时候，我叫阿里巴巴。长大后，我叫哈桑。"

"那么……你是哪里人？"

"我是一个洛阳人。"

"你是冒牌的洛阳人，还是真正的洛阳人？"

"我是一个有血有肉的洛阳人。"

巴克终于说道："我有一个哥哥，叫作阿里巴巴，你跟他……"

"跟魔鬼打交道的人，都叫阿里巴巴。跟疾病打交道的人，都叫哈桑。”

“这么说，你不是阿里巴巴。这真是一件大大的坏事……”

郎中说：“怎么会是坏事呢？我可以给你诊治暗病啊。”

“那你说说，我有什么病？”

那郎中道：“你中了风寒，头疼欲裂。你思念亲人，不能入眠。你贪恋危险的美色，陶醉于温柔乡，却又犹豫不决，似乎不知身在何处。”

巴克顿时吃了一惊，站起来让座。

“请问，头疼的毛病，来源于哪里？”

那郎中坐下来，说：“恕我直言。你运交桃花，但所交往者，并非人间女色。被女鬼缠身，耗去了精气，夜不能眠，昼不得安。倘不能摆脱其纠缠，则必危哉殆哉。”

巴克心下骇异，半天不能动弹。过了不知多少时候，他嘎声低语道：“如此说来，阳世中的人，娶了鬼妻，便是死路一条。”

郎中拿出一道符咒，说：“救命的法子，便在自身。你可以把父亲留下的铜镜包在这道符咒里，随身携带，邪魔自当退避。”

巴克低头沉思着。

怪郎中忽地不见了。

想来想去，巴克决定照办。夜间，临近和艾莉见面的时候，他又忽然悔愧，觉得很不妥当。“不可以，不可以的。我怎么能怀疑艾莉的用心呢！”于是，巴克便把符咒和铜镜弃在室内，还像往常那样站在当院，迎候佳人。

公主和她的侍女走到距离巴克七尺左右的地方，忽然停住了，面露惊恐之色。

“你害怕什么呢？”

“我怕你害我！”

“我怎么会害你呢？”

“你把一个凶恶的巫师和宝刀并排放在屋里，那不是要害我吗？”

巴克安慰她说：“屋子里没有巫师和宝刀，只有我父亲留下的一面铜镜，还有一个江湖郎中送来的符咒，说是供我驱邪用的。”

艾莉公主说：“我小时候长得丑，从不敢照镜子，至今见到镜子还怕着呢！你千万不要让我照镜子，否则，我就会变成泡沫，永远消失了。”

巴克知道她在开玩笑。事实上，这个托词也真的很好笑。于是，他便笑了起来，拉着她的手，拍拍手背，说：“好好好，我明天就把它收起来。”

说完，巴克问道：“公主，你还有什么心事？”

公主泣诉道：“我忽然想起来，今天是我乳母的忌日。我幼时多病，得亏乳母的抚养之恩，才得以存活下来。我的父母常常告诉我，不要忘了这一番恩情。现在，我得回去了，好祭告一下亡灵！”

巴克兀自觉得恋恋不舍：“那么，我们只能明天才能相见了。”

公主说：“明天也要祭灵。”

“那后天呢？”

“后天……后天……也要祭灵！”

巴克顿时急了：“如此一来，你没完没了地跟去世的乳母待在一起。我们何时才能见面呢？”

公主说：“那你答应我，永远不要亮出那面镜子，把它埋在地下吧。”

巴克说：“我同意。我明天就把它埋到父亲的墓园里。”

第二天早晨，天还没亮呢，咕噜噜就来了。

“你怎么慌里慌张的？”

咕噜噜说：“巴克呀，巴克呀，你千万不要把镜子埋到地下。否则，我们都会完蛋的！”

“我们，你是说……”

“这镜子里藏着一个秘密，你还不知道吧？这是你们家的传家宝。宝贝就藏在镜子里。而住在镜子里的三个宝贝，就是我，我的兄弟叽叽巫，还有那个老给人添麻烦的咯咯巫。一旦埋到地下，我们就要沦为魔鬼的奴才了。”

巴克这天心事重重的，不想跟这位滑稽的、爱说教的虫子国的国王耍贫嘴。他说：“陛下，你今天说话，口齿倒还伶俐，脑子倒还清楚。只不过，你所谓的秘密，又是杜撰的吧？你们能够拿得出手的根据，还是《寓言故事集》里记载的那些胡言乱语，对不对？”

说着，他从书架上抽出一本《人马座寓言故事集》，翻开其中的一页，笑嘻嘻地念了两句：

巫师们住在珊瑚做的镜子里。
碰一碰镜面，他们就醒过来，
跟着远古唱歌。

“我父亲留给我的这面镜子，可不是珊瑚做的呀。”

咕噜噜急了，说道：“镜子上的花纹，不是珊瑚是什么呢？”

咕噜噜先生脸色惨白，甚至连他的帽子都要变白了。

“你，你这个坏朋友……为什么非要这么绝情呢？”

巴克说：“艾莉不能看见这面镜子的。她说，最好把它埋在地下。而我，也已经答应她了。”

“你完了，你完了。我可以确定无疑地说，你的魔鬼老婆……”

巴克忽然生气了，他抬高声调，大喊大叫道：“不许说她的坏话，不许，绝不！”这一来，把咕噜噜也气得嘴唇哆嗦。两个朋友互相瞪着对方的眼睛，都不肯服软。

最终，巴克让步了，无可奈何地说：“我把镜子交给你保管，但你不要告诉任何人，尤其是……嗯，你明白吗？”

咕噜噜这下又跳起舞来：“作为一个国王，我从来没像今天这样明白的。”

“这么说，你以前简直就是个糊涂虫啊。”

咕噜噜一高兴，根本听不见别人说什么，自顾自地说道：“不要小看了我们的记载，那可是事实，事实，不容忽视的事实！事实是什么？说白了，事实就是一堆五花八门的名字。金，木，水，火，土。是语言，寓言，或者预言。马车轱辘，上坡，向左转，打呼噜，翻跟头，深不见底的水井。是乌云盖雪，马踏连营，一字长蛇阵。五花大绑，火车头，传说中的乌鸦，迷宫与将军。圣人，铭牌，墓志铭。我告诉你，这小子，时间过得太快了。一座疯人院等于一个魔鬼，两只鸭子等于两个洗脸盆，那么请问，一百句谎言等于几个事实？”

王宫里。国王正在翻看老国王留下的《人马座寓言故事集》。

“咯咯巫，我来问你。以前的巫师既然住在镜子里，他们又怎能知道世界上发生的事情？巫师既然属于智慧物种里的不死族，又为什么要世代更替，繁衍出自己的后代呢？”

咯咯巫说：“陛下，那不是一般的镜子，而是背面雕刻着珊瑚花纹的凸面的青铜镜。据我所知，它是由九十九座森林和一个大海压缩而成的。我们的三个祖先共同寄居在镜子里，但这并不意味着他们的后代就互相认识。自从人类来到世界，分化出男女两性，还创造出各种各样的闻所未闻的奇怪物品，我们巫师的智慧就相形见绌。如果继续抱持独身主义，拒绝巫师间的联姻，那我们就不能繁衍后代，那我们的智慧就要灭绝，成为一个傻瓜物种了。”

国王又问：“既然联姻，那为什么你这个种族总是光杆司令呢？”

咯咯巫痛苦地呻吟了一声，有些扭捏地答道：“陛下，这是因为我们太长寿了。”说话间，她拿出一个钟表，沿着顺时针方向拨了一圈，说：“根据那个古老的神话所确立的分工，从东到南，从西向北，当世界沿着顺时针转动时，一切便井然有序。你来看，沿着时针分割出的地盘，我们三家和魔鬼分别占据了四个空间，这就是东方的快乐、南方的忧愁、西方的恐惧和北方的悲悯。我，我们咯咯巫家族的所有成员，都是快乐的。我们跑得太快，任何人都追不上我们的。所以说，这个家族的女性，都没有追求者。”

咯咯巫说：“陛下，您有心事！是关于您的女儿——艾莉公主吗？”

国王说：“我有点后悔。我能把她嫁给那个混蛋的巴克吗？”

“不，他不是混蛋的巴克，而是英俊的巴克、勇敢的巴克。”

国王摇了摇头，斥责道：“这是你们女人的通病，把外表看得比内在的东西还重要。当然，我忘了，你不是什么女人，只是一个女巫而已。”

咯咯巫怒不可遏地提出抗议：“国王陛下，您到底想说什么？”

“哦，当然是我的女儿比较重要了。”

咯咯巫被无视了，很是有点恼火，便毫不客气地说：“这要取决于您的感情是真是假。作为一个父亲，而不是国王，您究竟爱不爱自己的孩子？”

“啊？这个问题来得太突然了。我还没有考虑过呢！”

咯咯巫这下子可没有轻易放过。

“啧啧啧，看啊，看啊。这就是您说的内在的东西！”

国王有些恼怒地说：“那只是个交易，麻痹敌人的手段，明白吗？”

“别人也许明白，但是公主呢？”

国王说：“我会告诉她的。”

“您只会让她伤心！”

疼痛免疫的办法

国王指示蛛丝玛东东，要进一步监管鬼城周围的异常动向。

至于国王要干什么，谁也不知道。

一天，特务们抓住了那个叫作哈桑的流浪汉。议长蛛丝玛东东前来报告：

“有个叫哈桑的人，非常可疑。”

国王说：“是不是艾莉说的那个假郎中？”

“千真万确！他经常去天柱山下，祭拜老国王……潜入鬼城，劝告巴克用符咒对付艾莉公主，还说，还说……巴克娶了个鬼妻。”

国王的脸色刷的变白了。

狱卒们打开牢门，用棍子指了指哈桑，告诉匆匆赶来的国王：“靠墙站着的那个傻子就是。他不知道疼痛！”

哈桑正在经受着酷刑。他被鞭子、棍棒抽打着，身上经受着异样的痛楚。他用意识反复提醒自己：这是幻觉，这是幻觉。果然，疼痛便消失了。

当国王进来的时候,他正被强行按坐在一把露出刀尖的铁椅子上。刀子贴着骨头刺进去,产生了酒醉般的晕眩。随之,又有两枚钉子反复扎入脚底。

国王骇然看到:从罪犯身上溅射出来的血是暗红色的,像冰冻的牛油一样黏稠。但哈桑傻笑着,毫无痛感。他能看到国王的内心:国王吃惊了!

国王毫无表情,盯着这个对疼痛可以免疫的怪人。

"你为什么可以做到疼痛免疫呢?"

"因为我是个傻瓜,因为我是个傻瓜变成的巫师。"

一个黑衣人悄然无声地走来。"国王,请指示吧。"

国王一字一顿地说:"调查一下,看这个怪物究竟怎么回事?"

晚间,黑衣人报告说:"哈桑和孤灯先生有过短暂交往。此人在比邻星加入了暗杀组织,后来还去了天蝎座,当过小偷。"

国王说:"知道了。"

国王的乡间别墅有一间地下室。他在那里提审哈桑。

国王问道:"你是那条笨蛇,而不是什么郎中,对不对?"

哈桑说:"国王陛下,你不是伯爵吗?"

埃利斯先生答道:"没错,我的确是一位伯爵,埃利斯伯爵。"

"那你应该知道咯咯巫吧?你就不怕我把你们干的事揭发出来吗?"

伯爵大笑着说:"是,我很害怕。你赶紧去吧,告诉巴克,你把老国王谋杀了。"

哈桑瞪大了眼睛:"我?"

伯爵冷笑道:"没错。按照咯咯巫提供的记录,那支毒箭就是你射出的。射中老国王的箭,编号是A,刻着字母'巴克'。你还记得吗?发给你们的那批毒箭,各有一个编码,分别代表十二个跟我作对的当朝大臣的徽号。你的毒箭,编号恰好就是'A巴克'。这就是说,你代替巴克,行使了弑父之责。"

"你,你这简直就是……栽赃陷害的逆贼。"

伯爵打断他的话，高声说："错了！我是国王，而不是罪犯。你，也许还有巴克，你们才是逆贼。人马座的历史一定会这样记录的。我只是很好奇，你为什么会帮助巴克呢，为什么？你告诉我，这究竟是为什么？"

"我……谋杀了国王，玛吉斯六世？那是绝对不可能的。因为，我就是阿里巴巴王太子，玛吉斯六世老国王的后裔啊。我发誓，我可以让天神做证，我不是一条蛇，我是我父亲的亲生儿子，我是巴克的亲哥哥……当然了，我的母亲，我的母亲……她也许是一只绵羊。不过，我认为这不影响历史的运行什么的……"

伯爵盯着哈桑，觉得哈桑经历的一切实在好玩极了，而且，也讲述得好笑极了。伯爵居然连着笑了两次。他说："阿里巴巴？你说你是阿里巴巴王太子，那个被自己的父亲出卖给魔鬼的倒霉蛋？好了好了，亲爱的王太子阁下……让咱们互相保密，共同保护那个犯了罪的巴克，你看怎么样？"

自打成为国王，伯爵从来就没有这么开心过。

他忽然想起另一件事，便敲了敲座椅，说道："让咯咯巫进来。"

伯爵——现任的国王——和女巫低声商谈了一阵，决定无限期地囚禁哈桑。

咯咯巫走到哈桑近前，摸了摸他的头顶。

女巫破例说了句祝福的话——这也是从来没有过的事儿：

"祝你好运，毒蛇阁下！"

哈桑说："我也祝你好运，狠毒的女巫！"

"把他变成鳄鱼吧。这次，我要一个鳄鱼宝宝。"国王说。

哈桑看着国王，不由自主地打了个寒战。

"赶快！我要看着你，咯咯巫女士，施展魔法吧。"

咯咯巫轻轻地念了几句咒语。

一股青烟平地起。哈桑成了一条小小的鳄鱼。

国王摸摸那个鱼缸，赞叹道："合适，大小真是太合适了。"

他说："这小子，我喜欢。他真是一条善良的鳄鱼！"

咯咯巫盯着伯爵看了一眼。

她忍不住问:“你就这么缺乏乐趣吗?”

伯爵说:“得了,得了。要是不能折磨他人,活着还有什么乐趣呢?”

不久,巴克迎娶国王的女儿,和艾莉公主成亲。

国王说:“要跟巴克保持距离。距离对我们很重要。”

艾莉说:“我们?”

“玛吉斯家族已经完了。埃利斯家族现在是王族。”

“可是我已经怀上了巴克的孩子!”

国王顿时傻眼了。他结结巴巴地说:“当初不是跟你交代过吗,你,你这丢脸的……你这样子,会后悔的。”

艾莉说:“我爱了,爱了。我不后悔。父亲,我真的很怀疑,您当初可曾爱过我的母亲吗?当她为了给您求情,被玛吉斯六世赶进地狱的时候,您在干什么?这么多年来,我们在那暗无天日的地方,究竟是怎么过的,您从来不关心。”

国王呆呆地站在那里,哑口无言。

女儿的话击中了父亲的心事,更揭到他的痛处。

他记住了一段仇恨,却不记得爱的细节。对过去,他选择了遗忘。

“傻孩子,我的傻孩子,那是过去的父亲。啊,一切都过去了。”

父亲的话,做女儿的终归是得听从。

晚间,公主对巴克说:“我因为体弱多病,婚后也不能常和你待在一起。逢着天光大亮的时候,我就要跟你分手,去后院的偏房里,侍弄花草,做做针线。”

巴克皱了皱眉,但很快又高兴起来。因为艾莉说:“巴克,你不要生气,其实,我的爱念要比你的多出一百倍:要是我估计得没错的话,你很快就该做爸爸了。所以,这段时间,我们应该安安静静地度过去。”

公主问道:“那个走江湖的郎中,他叫什么名字?他怎么会知道你父亲留给你的那面镜子呢?”

巴克说:“他叫哈桑,是个怪郎中。”

艾莉的侍女很快就将这个消息传达给国王。

公主出嫁了。这是一件大事。国王很高兴。巴克也很高兴。

国王高兴,是因为女儿终究没有背叛自己。

巴克高兴,是因为国王在婚礼期间心情不错。

国王说:“人马座需要一点祥和的气氛。”

人马座的高压政治逐次缓解。特务和宵禁都不见了。

为了配合形势发展的需要,王室法庭及时议决了巴克案件涉及的嫌犯。处死的人仅占十分之一,包括两个宫廷巫师、三位不听话的将军和若干惹人讨厌的反对派贵族。

国王对大臣们说,巴克是自己人。

大臣们都很高兴。

国王说:“巴克,为了奖励你的忠诚,我送上一个小小的礼物吧。”

这的确是“小小的”礼物——一个鳄鱼宝宝。它比大拇指也大不了多少,安安静静地卧在鱼缸里,跟小猫一样慵懒。

“看着这鳄鱼,可以叫人忘记痛苦的过去。”

听到父亲的这句话,艾莉的脸色似乎愈发苍白了。

国王关心地问:“孩子,你怎么了?没事的时候,多关心一下这个宠物,它可以让你学会疼痛免疫的办法。”

艾莉勉强笑道:“那倒是,国王说过的话,准没错。”

巴克对艾莉说:“哦,我们把它叫作什么呢?”

艾莉说:“你要真的喜欢,就把它叫作阿宝吧。”

养在金鱼缸里的鳄鱼阿宝似乎是长不大的。它老那么安安静静的,懒洋洋的,独自待着,对游到身边的小金鱼毫无兴趣。久而久之,金鱼们忘记了这个鱼群里的思想家,任由它呆呆地沉思。

自从鳄鱼阿宝来到鬼城,咕噜噜先生便很少露面。

“伤心,可怜,看着鳄鱼住在那么狭小的房间,够叫人寒心!”

说完,咕噜噜就带着他的甲壳虫乐队,飞快地爬走了。

他们躲到地下世界,忙忙碌碌,开挖了一些越冬用的洞穴。

巴克邀请了三次,都被拒绝。

咕噜噜说,他在制定新的法律条文,还要研究乐谱,还要发射攻击飞鸟的制空炮弹。事实上,他早就忘记了要给艾莉伴奏的事儿。

第四章　魔鬼敲门

朝圣节

新王加冕的年末，是朝圣节。国王带着臣民，在欢乐的钟声里走上天柱山，拜祭真神阿尔法。拜祭之后，还要展开全民游行和狂欢活动。

新国王玛吉斯七世大赦天下，让臣民们照着旧俗庆祝了七天。

国王非常愉快，其亲切和宽宏大量的程度超过往日。连巴克王子都获得一点自由，可以四处走动了。整个人马座陶醉于和平的庆典。

朝圣节这天，城门可以随意进出。除了王宫之外，到任何地方都无须通行证。剧院、市场、民众聚居的大杂院、各级学校和公务机关，必须敞开大门。饭店关张，车辆稀少。杂货铺的老板也得小心了，稍不注意，就会被闹哄哄的人群抢个精光。打架斗殴，或者辱骂别人是不允许的。但一般来说，也不再那么严格地执行——执法人员都喝醉了——逛妓院的军人和离开哨位去找乐子的警察自己都管不住自己的坏脾气。再说，那些扛着阿尔法的圣像牌、上门勒索的流氓，又有谁能管他一管呢？等到丐帮、退伍军人、大学生和商团组成的游行队伍推着花车走上大街的时候，连空气都能沸腾。人人喧哗，个个胡闹。

大家倾城出动，去观赏朝圣节宝贝——那些担任"国王"的傻瓜蛋。

花钱雇一个傻瓜，供人赏玩、取乐，实在是很有面子的一件事。因此，从玛吉斯七世的第一个朝圣节开始，"雇瓜"便不再是贵族的特权。普通老百姓也可以试玩。这一来，可不得了。朝圣节真是火爆得要死啊！

要死！

首先过来的是丐帮的游行花车。这辆老爷车简直就是破铜烂铁的大合唱，被各种破烂折磨得吱吱嘎嘎乱响。在黏乎乎的沾满了浆糊和烂菜叶的横向扶手上，有一个用麻绳拴住的幸运儿。这就是叫花子们购买的“乞丐国王”：脸上涂满了乱七八糟的颜料，穿着用破布条和彩色纸片精心拼凑的节日礼服，傻呵呵地站在车上。风一吹，屁股蛋子就必定要探头探脑地露出来。大腿上被人拧一把，脊背跟鸡蛋亲个嘴，接受两句“老王八”“老乌龟”之类的赞美，那也是再寻常不过的。

乞丐们的国王表现最好。他大声叫唤着，声称自己是命运的老公，声称要毁灭这个星球，把口袋里的魔鬼放出来，整死那些哈哈大笑的观众。

他的确是太称职了。

大家想象中的傻瓜是流着涎水的，他就流涎水。大家认为他应该叼着一根骨头，汪汪叫着，那他也全部照办。他应该胡言乱语，他应该蛮不讲理，应该被所有的妇女羞辱和追打，也应该自认倒霉。谁让他是大家的国王呢？谁让他那么受欢迎呢？接受欢呼的国王被十多个乞丐同伴簇拥在车上。他们用荆条做成盾牌，把这个上佳的玩具层层防护起来，以免那些粗心大意的群众把他打伤了，或者是被哪个疯姑娘勾跑了。还要随时提防剧烈颠簸的天堂把可尊敬的国王大人掀到红尘滚滚的街道上——街道的危险就不用细说了。

走过街角的时候，丐帮和学生的队伍相遇了。

那个站在花车上的尽职尽责的傻瓜一下子就吸引了全部大学生的注意。啊，他的衣服和举止多么可爱，瞧那老朽的胳膊，瞧那皱纹丛生的、妙不可言的国王气派。那才华横溢的胡说八道，简直没救了，简直要叫人笑得窒息过去。

朝圣节的第一天，还真是死了三个人。

一个是踩死的。一个是打死的。一个是笑死的。

“你是谁呀？可敬的国王？”

“我是你老爹！”

“你爹又是谁呀,老王八?”

“你爹是王八蛋家的烤红薯!”

“孙子,你们祖宗十八代都是鸵鸟王八蛋!”

那拴在车辕上的乞丐国王高高兴兴地告白道:“鸵你妈了个巴子。我是幸运儿啊。请问你们大家,我的老婆,那个名叫命运的老太婆她在哪里?劳驾,谁见到她的话,可得告诉她一声啊。跟她说一说,我晚上就不回去了,可能还得住在山羊的肚子里。”

学生们哄然大笑,纷纷跺脚、回骂:“老龟孙,你那老婆子到疯人院去了!”

“胡说,分明是流产!”

“流产不流产,一顿两三碗!”

“麻子麻,上树爬,狗来咬,人来拿,麻子吓尿了大裤衩!”

“打倒国王!”

“打倒一日三餐!”

“自由万岁!”

“烤红薯万岁!”

“打倒一夫一妻!打倒老鼠肉香肠!”

“不不不,是黄瓜!”

“西瓜!”

“冬瓜!”

“翘皮儿香瓜!”

“烟囱老爷!”

“大炮哥哥!”

“和尚。”

“尼姑。”

“公交车!”

“大姨妈!”

“僵尸大战金刚狼。”

“去你妈的！你妈是一头大象加一挺机关枪！”

“你们全家都是机关枪！”

“机关枪屁眼！”

“不长记性的！你姥爷就是屁眼里生出来的呀！”

学生们还没有选出属于自己的真正的国王。遇到乞丐国王，兴高采烈地玩闹一番，大学生们才意识到这个严重的缺憾。乞丐国王是世间所有国王的镜子，多好的一面镜子啊。站在其他彩车上的国王一照镜子，便原形毕露。

凡身宽体胖、相貌堂堂的人，不配做国王！

凡脸皮薄、脾气坏、身体差、不经打的人，不配做国王！

学生们的朝圣节国王，真不怎么样。虽可敞胸露乳，但却满脸糟油，无非是个平庸至极的食堂大师傅而已。既不能像幸运儿一样逗人开心，也不敢脚踢南山拳打猛虎，甚至连对着姑娘们撒泡尿的勇气都没有——好个丢脸的家伙！

果然，领头的大学生们遭到了丐帮的无情嘲笑。

丐帮的成员们甚至懒得去揍那个厨师。

他们说：要揍，还不如把力气花在他的小姨子头上呢！

学生们羞愤交加，当即便赏了那个大厨十七八个耳光，宣布取消他当国王的资格。接下来，又跟乞丐国王的臣子们干上了。有的大学生死命地拿头去磕碰那丐帮的花车，有的趁机动手拖拽国王，还不忘用哭丧棒狠敲那站在外层的盾牌手。这是要上演自古相传的抢劫国王的好戏呀。

转瞬间，街头的一汪浑水便烧得热气腾腾。感人肺腑的人潮、五花八门的大学生们汹涌澎湃，把乞丐国王统治的那辆老爷车冲击得摇摇欲坠。

眨眼的工夫，丐帮的防卫就垮台了，丢掉引以为荣的国王。人也飞了，木头也散架了，衣服径直跑到爪哇国。这一来可好，胜负尚未完全分出，国王已经光溜溜的，一丝不挂，要脸没有，带毛的骨肉倒有一百多斤。此情此景，端是了得。正所谓：“脸盘溃疡腿脚肿，打雷下雨乱哄哄。学生老爷一声喊，不尿裤子也得懵。”

就这样，经过一番打斗，幸运儿由下九流的丐帮国王一下子荣升为整个星球的教师爷——加入了学生们的阵营。说“荣升”，倒也的确不假。旗开得胜的学生队不知从哪里搜罗到一根两丈多高的大桅杆，又找来一副黑袍子、一顶足有一米高的白帽子，把幸运儿裹吧裹吧，捆在门板上。滑轮一拉，嗖的一声，国王像火箭一样升空了。这才是：国王和门板齐齐升天，聒噪与彩声呱呱共鸣。

而打了败仗的丐帮头儿，则急如星火地指令手下，赶紧物色新的国王。总归让他们抓到一个，面子还不算丢光。

驰过下湾街角的时候，他们看中了蹲在篱笆墙后的一个呆瓜。此人长着细细的脖子，细细的腿，细细的小眼睛，外带一个盘着小辫子的大脑瓜。好熟悉的模样！没错，他们抓住的正是赶来看热闹的咯咯巫女士。

她连着气儿吐了几口绿色烟雾，想挣扎来着。结果呢，愣是没有挣脱。朝圣节的乞丐，个个都是大力士——被抢走国王的怒火，正没处发泄呢——咯咯巫做了一辈子医生，竟因为这个事而做了一回国王。

众乞丐得了这个宝贝，马上就把女巫如法炮制地供养起来，戴上辣椒帽子，穿上路边抢来的小丑服装，再用垃圾袋、狗尾巴草、荆条子赶紧打扮一番。

事到如今，咯咯巫也只得依着叫花子们，沾了一回光。

朝圣节变成了一场灾难

埃利斯家族控制的王后电视台直播了朝圣节活动。在天柱山上，面对记者，国王先生留下了这样一段评价地球人的载入史册的话：“按照一种古老的见解，地球人都是怪物。这些还处在野蛮时代的人没有翅膀，但却非常狡诈，善于利用人马座的法律漏洞……也许，他们盼望着回到奴隶时代。”

这番带有污蔑性质的言论激起了公愤。地球移民开始集会、游行。

一开始，游行还是很有趣味的。

他们在花车上做了一个固定神像的支架，安放一尊石膏制作的大佛。大佛可真大啊。他坐在火烧云和莲花的底座上，剑眉耸入云霄，目视前方，威严不可侵犯。大佛的一只手搁在腿上，另一只手掌平平下压，显露在身前。奇怪的是，那只给人观看的手缺了一根手指——无名指。制作这尊石像的洛阳工匠们说，这是巴克设计的图纸，用意是告诉人马座的统治者，不要短缺了正义。

蛛丝玛东东对国王说，匠人们还按照巴克的五官和体型雕刻了大佛。

这一来，国王的神经再次绷紧了。

国王身边的强权人物主张把这次事件定义为"动乱"。

蛛丝玛东东说，有六个退伍军人也参加了游行示威。他们走在地球人的前列，高喊着属于自己的口号："我们要——巴克，我们要——巴克！"

国王当然是非常气恼的："为什么会有这种事呢？"

蛛丝玛东东说："道理其实很简单。巴克给他们发了工资，您却克扣了一些。而且，您领导的财政部门至今还欠着他们的一点点复员费。"

蛛丝玛东东没有说实话。克扣的不是"一点点"，而是很多。

军人们恨透了这个腐败、无耻的社会。假如有机会的话，他们倒宁愿披甲执锐，打打杀杀。战死在沙场上，总比倒毙在故乡肮脏的下水道要好吧？

而且，这些身强力壮、脾性火爆的职业老兵不会干别的工作。一旦退伍，他们往往就成了无家可归的流浪汉，只能在街头上喝酒、闹事、发牢骚。还有的，迫于生计，干脆成了打家劫舍的强盗头儿，黑帮火拼时的雇佣军。赶上朝圣节的好时光，他们就越发地无理取闹。警察管不了他们，议会更是无可奈何。

地球人受到羞辱，开始游行，正投合他们的口味。

大家可不管这给玛吉斯国王手下的警察们制造出多大的麻烦，反正国家现在是国王一个人的。严格说来，所谓的"动乱"其实只能算是少数人的苍白无力的抗议，仅靠警察的麻醉枪和哭丧棒就足以弭平。

但是,不知不觉中,有更多的退伍军人参加进来。事情开始变得棘手。黑帮成员、特务机关也趁机渗透。地球人的抗议集会逐渐透出浓浓的火药味。领导游行的两个组织成员先后遭到暗杀。作为回应,这个不屈不挠的组织开始招募退伍军人和赤贫阶层作为雇佣军,并购买和分发武器。如此一来,在游行组织以外,地球人还有了一支动向难测的暗杀团式的雇佣武装。暗杀游行领袖的杀手很快就被搜罗出来,在银河的湾区地带处决了。

这两个杀手隶属于名叫“军刀”的暗杀组织。该组织有一个强大的商业背景。商会的律师迅速把案件提交给比邻星的刑事法庭,要求严惩凶手。在案件尚未审结的时候,“军刀”组织已经急不可耐,实施了报复行动,把一枚烈性炸弹扔到集会现场,导致集会人群的大面积伤亡。

雇佣军绝不会善罢甘休的。

六个退伍军人埋伏在《人马座纪事报》办公大楼对面的公园,待“军刀”的首脑人物——绰号“大卡车”的黑帮首领走出大楼的时候,立即开始行动。他们把大约五十磅的防水雷管和汽油一并扔到“大卡车”的脚下,引燃了。爆炸声从第三大道的巷子开始,一直传到正在开会的议院辩论席上。

国王让他的儿子小埃利斯进行调查。

小埃利斯重点问询了某些当事人,便决定抓捕那六个军人。

特勤人员只抓到四个。另外两个人逃走了。他们藏匿的地点便在鬼城。在那段时间里,巴克的大门外挂着一面总督旗帜。有大约六百多个遭到追捕的洛阳人躲在那里避祸。在这面旗子的保护下,他们逃过一劫。

等到两个老部下也来求助的时候,巴克照样把他们保护起来,并根据他们的要求,安排他们回到以前服役的地方——洛阳。

“巴克将军,我们该怎样感谢你呢?”

“说什么感谢!我们不是爬过死人堆的兄弟嘛。”

他们拿出一个绿皮小册子,交给巴克。

“看看这个吧,也许对你有用处。”

“这是什么?”

“朝圣节游行的时候,从那骑着乌鸦的小丑咯咯巫身上搜出来的。”

等到小埃利斯查明情况,赶到棋盘山下的鬼城渡口,犯人已乘坐着由天蝎座盗帮提供的飞船,逃往天高皇帝远的西方。

国王问道:“他们有犯罪的记录吗?”

小埃利斯说:“那个无关紧要。重点是,咯咯巫丢失的笔记本就落在他们手里。他们都曾经是巴克的部下。一个叫李四,一个叫老洋人。”

“哎,我就知道。两个卑贱的名字。”

“已经逃到洛阳。现在,该怎么办?”

“别着急,我的孩子。等腾出手来,早晚会收拾他们的。”

起伏跌宕的群众运动,根本勾不起国王的兴趣。

他相信,跟以往一样,群众的祸殃影响不到国王的食欲。当然,也不可能触动强大的但却反应迟钝的人马座政权。某些自由的呼声就像是针对专制王权的赞美,而某些人的悲惨经历则是一潭死水里的轻音乐。

朝圣节的狂欢气氛总是那么热烈。

朝圣节傻瓜在节日里出尽风头,把民众哄得更愉快。

那年的朝圣节注定要载入史册。在王宫外面的市场和丁字街头,民众举行了七十七次令人兴奋的示威活动。只要逮着机会,他们就会迅速堵塞从城门洞到御道之间的所有交通空间。在劝解无效的情况下,武装警察出面了。

越来越多的人被投入监狱。

说实话,能够入狱是一件幸福的事儿。

更多的人是在垃圾堆边流血、辞世的。

经过地球人聚居的街区,任谁都能看到那副惨景:超级市场门前挂着一排干尸。表情狰狞,嘴角开裂。在那些街区里站岗的警察被层出不穷的袭击案搞得筋疲力尽。游行的人群像病毒一样聚集起来。驱散了,再次聚集。

暴力成为一种政治品格,植入这段记忆。

当然了,送到医院的伤员不止有地球人,也包含了其他各个阶层。

医院忙碌得像一个蜂巢。

麻醉师穿梭在病房的走廊里,累得一瘸一拐。伤员们的家属坐卧不安。手术刀穿梭在肚子、胸腔里。经过大剂量麻醉的病人昏昏沉沉地进入手术室,立即产生了强烈的幻灭感:窗框挣脱了墙壁,张开大嘴;医生和护士在手术台前窃窃私语;脸是拉长的;咳嗽声震耳欲聋;天花板上的吊灯,跟炮弹一样飞来飞去。

不要观察自己的脉管。像蚯蚓一样扭作一团。

血溅长空。不不不,这只是幻觉而已。

幻觉里有无法抑制的真实。

"亲爱的,临死前我才知道……"

"小森,小林,小木,你们三个我都爱。可是我活不成了。"

"不要说话,不要再说话了。"别人会听见。血管和睫毛倒映在墙上,数量惊人。"生命竟然是这样的? 这么丑。"小心,小心灯火,别人在看着呢。

每一个细节都在电视里直播了。

一天又一天。敌对情形毫无改善。

人们在医院里忍受的痛苦甚至超过了肉体折磨。

政府官员的嘴巴似乎都休假了。

没有人过问这些可怕的变故。地球人在医院、律师事务所和警察大楼出出进进。到处都在流血。流血与冲突。满怀恶意的街道。

记者乐此不疲,攫取着人们的痛苦。

在当局的默许下,镇压者的暴力手段也暗暗升级。

没过多久,终于走向一个高峰。卡车和树木在烈火中扭曲。地球人的后裔被赶到屋子外面,集中关押。他们开办工厂,掏挖矿山,汇集了大量财富。这种过量的财富恰恰就是招致嫉恨的根源。仇恨的火花在议政厅、贫民窟里闪耀。烧焦的尸体像一截黑炭,挂在路灯柱上。透过落地窗,袭击的后果历历在目。在其中一户人家,洗手池浸泡着断臂和袍子。

斩下的头颅在桌子上昂然挺立。她的手则像树杈一样，横放在头顶。接受采访的男人已经木然了。他注视着妻子的惨状，就像受伤的牲口。

不管电视台的人怎么提问，那个地球人就是闷声不语。

记者们的镜头傲慢而空洞。

自始至终，他紧张地注视着镜头。

记者们提了一个奇怪的问题：“你支持巴克还是国王？”

这是一个危急关头。

平息了混乱后，国王曾让专家们在著名的王后电视台就此事件辩论了一个月。喜欢种族歧视的人甚至谈论起反移民法案，试图驱赶移民后裔（尤其是他们仇视已久的地球人）。于是，具有悠久移民历史的人马座暗潮涌动。

议政广场再次出现骚乱。

流行神秘学、迷信梦境暗示的广大知识阶层在电视台的会客厅里渐渐平静下来。他们在鳄鱼皮沙发上咀嚼着甜狗尾巴草，饮用着绿矿石碳酸饮料，再次回归到那个基本共识：异类星球（例如地球）的不可知变化，会把一种极具破坏性的信息（以嗜睡病毒的形态）缓慢传播到人马座。

这就是专家们以往给出的入侵地球的理论根据。

有个叫法拉第的科学家求见国王，建议他否定这种毫无道理的猜测。

当时，国王正在和蛛丝玛东东议长谈话。

议长叫人把科学家赶了出去。

法拉第出门后，一帮闲汉围了上来，用鸡蛋和西红柿招待了他：“笨蛋，傻鸟，让你好好品尝一下反对国王的滋味儿。”

国王的玩笑

朝圣节的最后阶段，大街上终于安静下来。

国王跟大臣们一起饮酒。大臣们告辞了。国王跟他的近侍继续饮酒，感到很是燥热。他来到花园门口乘凉，听到一些动静，便问道：“谁在那里喧哗？”

园林侍卫扭住一个戴着白帽、穿着黑袍的老头儿，送到国王面前。

“他犯了什么罪？”

侍卫说：“这是一个牧羊人。他放牧的黑山羊钻过篱笆，啃吃了陛下的一块榆树皮。”

国王随口说道：“那就剥下一块羊皮，赔给那棵榆树吧。”

老头儿大声喊冤。

国王看看四周，问道：“大家说说看，我有没有冤枉这个老先生。”

老头儿也看看四周。大家都低下头，变成了哑巴。

国王的近臣蛛丝玛东东走到门外，查看了一圈，回来禀告说：“陛下，一点也不冤。那不是一棵普通的树，那是您亲手种下的榆树，而且，还是封了侯爵、挂了勋章的那棵大榆树。我建议您加重处罚，以示惩戒。”

老头儿大声喊冤。

国王说：“我还没有降罪，你怎么就喊起冤来？”

老头子悲苦地说：“禀告陛下，我家中赤贫，唯一的财产就是这么一只黑山羊。您要是剥下它的皮，那我就一无所有了。”

国王感到很奇怪，便问道：“我只不过是剥下它的一小块羊皮而已，剥下来后，要不了三天就长上了，你能有什么损失呢？”

老头子鞠了一躬，说：“仁慈的国王陛下，剥下一块羊皮，羊就会流血，流血就要诊治，否则就会死掉。可我手头连一文钱都没有，只能眼睁睁看着它死去。而且，我晚上还要住在它的肚子里过夜。您，要是切掉它的一块皮，那我晚上睡觉的时候就会从羊肚子里跌到地上，摔断筋骨……”

蛛丝玛东东打断他的话，说道：“老头子，不要再胡说八道了。这也不行，那也不行……你说到底该怎么办？要不然，就剥下你的一块皮，补在榆树上，免得国王伤心。”

老头子说：“大人，要是您觉得行得通的话，就这么办吧。”

国王却说：“不不不，根据法律原则，必须剥下一块皮的是山羊。来呀，把罪犯带过来受刑！”

话音刚落,一群识文断字、铁面无私的侍臣便猛扑过去。那无知的黑山羊不知就里,吓得直往后缩。你想啊,它平日里不学无术,只知道草是好吃的,狼是凶狠的,即使它偶尔也啃过国王家的榆树皮,算是有点自夸的资历,又何尝见过这般翻天覆地的阵势?

话说这山羊两股觳觫,茫茫然闪避退让,竟一跳脚蹦到了墙上。

国王说:“好啊。你爬得好高啊!”

说着,国王立刻拈弓搭箭,射了过去。

那支箭说巧不巧,竟糊里糊涂地扎进黑山羊的右眼。墙头上的山羊惨叫一声,化作一团雾蒙蒙的黑影。暖风吹来,黑山羊的影子左摇右晃地不见了。

正在疑惧的工夫,那老头儿发了疯病,蹦蹦跳跳地鼓掌叫好:“射得好,射得妙,国王的良心不见了!”国王回过头来,又把箭对准老头子。

老头子也中了一箭。他在流血,抓着箭簇上的翎毛痛哭。

他诅咒道:“埃利斯伯爵,你是个谋杀犯。”

国王又发了一箭。这下子,老头儿融化在血泊里,变成一只大鸟,盘旋着,盘旋着,消失于冥冥太空。

大鸟在苍穹高处,留下疯癫一样阴惨惨的尖音:“呼呼呼哈,我是幸运,诅咒你!呜呜呜哈,我是幸运,诅咒你!”

目睹这一幕异变,国王十分惊惧,一时缓不过神来。蛛丝玛东东走上前去,说:“感谢真神,国王杀死了魔鬼!”

近臣和侍卫们一齐跪下,赞颂道:“感谢真神,国王杀死了魔鬼!”

国王感到很愉快。他巴望着再来几个魔鬼,好继续当英雄。

那天,宴会快散伙的时候,国王差不多酩酊大醉了。他笑嘻嘻地说:“谁要能替我杀掉那个可恶的巴克,这个朝圣节就过得更完美了!”

熟悉国王性格的随从都觉得这不是个玩笑话。

私下里,大臣们把玛吉斯七世称为“戴着王冠的鬣狗”。因为天性阴沉,喜怒不定,就像鬣狗一样疯狂,谁也不敢跟他开玩笑。

那天,酒醉的国王的确说了一个笑话。

只不过,这笑话一点都不好笑。

大家谁也不敢开口。然而,听到国王的指令,侍从武官小埃利斯先生却拔出剑来,向国王鞠了一躬,说道:“如您所愿,我这就去了!”他面带微笑地走出去,准备刺杀前国王的儿子——“落难的巴克”。

看到那个走出圆门的瘦长身影,国王缓过神来,醉眼蒙眬地问道:“敢于挑战蓝巴克的那位勇士是谁?”

门口的侍卫回眸一笑,把剑立起来,剑脊贴在鼻梁上,彬彬有礼地答道:“报告国王陛下,我是现任国王的侍卫,可尊敬的前埃利斯伯爵的小儿子!”

国王歪歪扭扭地站起来,口齿不清地说道:“我的孩子,你这是要去干什么?打算和我亲爱的侄子——阿里巴克决斗么?”

“是的!我会让您满意的!”

国王很想收回成命。

小埃利斯先生语速极快地说:“真正的国王是不会随便说话的!请您允许我实现您的愿望吧!这是一场公平的决斗,我的签名文件随后就会送来。”

国王周围的侍臣再次哑口无言(有人甚至盼望着灾祸早点发生)。

一刻钟后,小埃利斯的助手制作了申请决斗的文书。他拿起签字笔,在上边圈出一个漂亮的花押,请对方递交给迷迷糊糊的国王。

“决斗结束后,您的儿子就要成为第一勇士了!”

国王的脑子里嗡嗡作响,没有听清小埃利斯的话。他用手拍了拍文件上的签名,向侍卫讨要一杯醒酒的果汁。

小埃利斯早已出发了。

小埃利斯听说巴克在“风浪酒吧”。

“巴克在这里吗?”

酒吧里的人说:“不在。他刚刚离开,去了裁缝铺。”

这家专门做寿衣的裁缝铺在十四大道和平民住宅区的交接点。

“巴克在这里吗?”

裁缝铺的人说："不在。他刚刚离开，去了棺材铺。"

这家名叫"极乐园"的棺材铺坐落在十七大道的尽头，门楣上挂着一个很大的花圈，那个白色的、结着彩带的花圈从六楼一直悬到一楼，圆心处写着广告词："极乐园，让你体验极致的快乐！"

"巴克在这里吗？"

棺材铺里的人说："不在。他刚刚离开，去了青龙寺。"

青龙寺建在鬼城和比邻星之间的棋盘山上。

在人马座，连小孩子都知道青龙寺。据说，那儿真的养着一条青龙。它能测知一个人的前生来世。它是荷叶法师变成的，常年闭着眼睛，听着寺庙里的梵音。这条青龙睡在一百英尺深、八百平米大的荷塘里。每年朝圣节结束，它会出来一次，接受人们的拜访。

那天，当小埃利斯在人缝里钻来钻去的时候，人们都认出了他，自动让出一条道来。小埃利斯很快就到了荷塘前，看到那条青龙化作一个老僧，盘坐在拱桥下，跟一个老妇人谈话。

小埃利斯停下脚步，走到那条装模作样的青龙面前，问道："老怪物，你见过巴克吗？"

青龙闭着眼睛，没有说话。

那个老妇人回头说道："他刚刚离开这里。他在紫竹园等你！"

这不是巴克的母亲——巴娅王妃吗？

小埃利斯有些窘，便弯腰鞠了一躬，彬彬有礼地说："对不起，我不知道您是太妃殿下。那么……打扰了。我这就去找他。"

青龙忽然睁开了眼睛，对小埃利斯说："你要测一下今天的运气吗？"

小埃利斯答道："不，我从来不信你们的这一套骗术！"

说完，小埃利斯便匆匆走掉。

在紫竹园，他追上了巴克。

"该死的巴克，你让我找得好苦。不要走，且吃我一剑！"

巴克问道："好兄弟，你为什么非要杀我？"

小埃利斯说："我奉国王之命，来取你性命。"

巴克答道:“我知道,我在昨天就已经知道了,而且,我已给你定制了祭酒、寿衣和花圈,还拜托荷叶大师照顾你的亡魂。”

小埃利斯闻言,顿时愣住:“你这疯子,死到临头,还说什么疯话?”

巴克亮出怀表,说道:“你看,你的指针现在已经停住了。难道说,那条青龙刚才没有提醒过你吗?”

小埃利斯脸色铁青,吼叫着说:“那都是骗人的把戏!”

说着,他已经拔出剑来。

巴克闪躲过去,说道:“这是第一剑。看在你已经去世的哥哥的分上,我让你刺我三剑。三剑之后,我就要还击了。”

小埃利斯冷笑一声,快如闪电地刺出了第二剑,剑锋上透着刺骨的杀气。

巴克又躲了过去。

第三剑刺来的时候,巴克的胸膛被击中,在空中飞了起来。还没有等他倒地,小埃利斯已经像死神一样再次逼近。现在,小埃利斯的脸色变成了可怕的铁锈斑斑的绿色,而他的翅羽也像蝙蝠一样鼓动起来,整个身体随着利剑向前追击。竹林里的落叶被剑刃上的压力搅动着,像崩裂的陨石一般,在空中旋转出一个灰白色岩洞,眼看就要吞没受伤的巴克。

巴克踉踉跄跄地落在地上。他拔出刀来,勉强支起身躯。

小埃利斯的剑立在巴克头顶,充满讥诮地说道:“你没有勇气跟我决斗么?我所尊敬的巴克王子再也不是这个星球上最厉害的骑士!”

巴克慢慢站稳,摊开了捂着胸口的手掌。血沿着指尖滴在地上,而那只预言命运的怀表被击得粉碎。这怀表是母亲巴娅王妃送给他的出生纪念礼物。

巴克的脸色像壁灯一样苍白。

“我们本是玩伴和相好的兄弟,你为什么苦苦相逼呢?”

小埃利斯收回利剑,剑脊紧贴着鼻梁。冰冷的剑锋打消了他的歉意。

“巴克,那都是从前的事情。现在,你的好运结束了!”

他的利剑再次出击,逼近巴克的咽喉。

这次，双方都没有躲闪。

剑尖即将切入喉管。刀锋也已划破长空。

刀名"无天"。无天的速度，超越了死亡。

被它击中，毫无知觉，也毫无痛苦。

打制这把刀的人，便是孤灯先生。

小埃利斯向前一扑，栽倒在巴克的怀里。

巴克把他拦腰抱住，放在地上。

他走到那颗绝情的头颅前，凝视着死者失去生气的面庞，苦笑道：

"埃利斯，我的朋友……我的朋友。这就是我们的命运吗？"

埃利斯的眼皮居然眨了两下，微微一笑。

风声鹤唳。竹林间很冷。巴克只得离开那里。

伯爵跟魔鬼初次见面

国王的家臣接到巡视的卫兵们发出的警报，赶过去勘查现场。

那个热血飞溅的小埃利斯早已冷却了。

国王，昔日的伯爵先生，从酣醉中醒来。他似乎一下子衰老了。

他看着那个躺在担架上被抬回来的年轻人，默默无语。当殡仪人员来到昔日的伯爵府，展开尸检工作，把小埃利斯那个冷峻的脑袋妥加装饰的时候，国王始终一动不动。他用攥在手里的拐杖支着身体，端坐如山，凝望着儿子身体洞开的地方。拐杖扶手上的尖刺扎进他的下巴，使红色的鲜血顺着金子制作的尖刺流下来，灵蛇一样爬动着，蜿蜒曲折，一直来到了脚下。

他浑然不觉地僵坐在那里，看得十分入迷。

尸检官的助手把小埃利斯身上的血衣脱下来，清洗那具冰冷的尸体。闻讯赶来的监察官把小埃利斯的那柄利剑封存到一个纸袋子里，又在上边注明一行文字："长剑，小埃利斯。人马座，九月。"

"国王陛下，我们检查完了。"

国王轻声说道:“从今天起,不要叫我国王,请叫我伯爵吧。”

检察官和助手们互相看了看,倒退着走出门外。

在这漫长的过程里,老伯爵的头脑似乎是空白的。

伯爵眼神空洞地坐在那里,像一尊神像。他听见负责尸检、装殓和送葬礼仪的官员们做完了一切,又听到他们低沉有力的辞别的声音,都没有任何反应。

府上的气氛沉闷得无法工作。

人们说话和辞别的时候,自动保持安静。

等到那些人蹑手蹑脚地出了门,伯爵才如梦初醒,呆滞地问道:“都走了吗?”

这时候,他看见艾莉公主到府上吊丧。

伯爵说:“女士,让您费心了。”

这种前所未有的客气让艾莉公主手足无措。停了一阵,伯爵再也没有吭声。

艾莉忽然捂着肚子呻吟了一声。侍女们过来说,怕是要生产了。

发生这种情况,就不能再待在伯爵府了。

伯爵让侍女们把艾莉送回。

现在,只剩下伯爵一个人,待在明灭不定的灯下。他走上前去,跪在地上,摸了摸儿子的胸口、手指、耳朵、乌黑发亮的头发。他亲了亲儿子的胸口、手指、耳朵,以及那含着怒气的面颊。刹那间,一股莫大的快乐的浪潮像电流一样焚烧了伯爵的矜持。啊,这躺在凉地上的漂漂亮亮的小伙子,他睡着了,就像从枝头飘落的提前枯萎的果实,他怎么可能知道大树的哀恸呢?即便是这个星球上最聪明的人,即便是冷静了一辈子的伯爵先生,也怀抱着一腔父爱,也不过是血肉之躯铸造的俗物。那些沉睡的孩子,他们不知道。怎么可能知道呢?

夜色宛如撕裂的黑絮。祈祷却不是爱的归宿。

不知不觉中,金黄色的星光落在地上,跟穿透了重围的胎儿一样。在光和影的中心,伯爵笼罩在祈祷过后的极致的迷惘里。他张开双手,瞪视着辽远的夜空,似乎准备拥抱一个从来就不存在,也不可复原的梦境,声声哀唤着:“埃利斯,埃利斯,你可是我家最后的希望啊!”

忽然,小埃利斯的头微微一动,似乎对老伯爵的祈祷感到十分震惊。

这一幕,绝对逃不过老伯爵已然昏花的眼睛。

他揉了揉眼圈,俯身察看。可惜,那石头般的头颅是绝无感情的。

“你要他活过来吗?”这声音跟鼓点一样,敲在伯爵的心坎上。

伯爵猛地跳起来,似要抓住渺渺太空。

“你是谁?”

哎哟,老天,真神。在那短暂的瞬间,伯爵差一点就要跪下忏悔了。

“我? 当然是魔鬼! 魔鬼!”

“你在哪里? 你在哪里? 跟我谈一谈,好么?”

魔鬼的笑声悦耳又动听,简直美极了。在刺穿耳膜的笑声里,那个白色大鸟现身了。它停在枝头,高高兴兴地望着伯爵。

在魔鬼的背上,还能看见咯咯巫那脏兮兮的小脑袋。伯爵急火中烧的样子,都被她看在眼里。于是,她提醒道:“伯爵阁下,是我带来了魔鬼先生。他是来谈生意的。”然后,她又用魔鬼儿乎听不见的声音说:“他喜欢金币!”

伯爵毕竟是伯爵,闻听此言,马上清醒过来。

他既没有跪下,也绝对没有犯下语无伦次的失误。相反,他迅速恢复了神智,对魔鬼说:“我知道你,你来自银河的对面! 你最喜欢的食物,就是人头做成的蘑菇,对吗? 无论如何,跟我做一笔生意,怎么样?”

接着,又用低沉的喉音告诉咯咯巫:“女士,你做得很好。事成之后,我会给你最高提成的。现金,用现金支付!”

咯咯巫一高兴,吐出了一阵绿色烟雾,把魔鬼呛得连连咳嗽。

在假装咳嗽的同时,魔鬼已经打好了算盘。

谈生意

伯爵想说什么,生意? 这可是魔鬼最喜欢的词儿——不,是最喜欢的事业。

“你要救活你的儿子,对么?”

伯爵摇了摇头,说:“不……人死不能复生。这点清醒我还是有的。我要跟你谈的,是另一笔生意。”

魔鬼想了想,笑道:“我明白了。你要跟我谈的不是生意,而是罪恶!”

伯爵固执地摇摇头,强调说:“只是生意而已,公平买卖的生意!”

“那是什么意思?伯爵,说实话,你勾起了我的好奇心。”

魔鬼大笑起来。它一笑,空中就飘起浓稠而冰冷的雪花。

“伯爵先生,看起来,你比我更适合做魔鬼!”

伯爵也笑了。他的笑容是无法描述的。

魔鬼笑嘻嘻地说道:“伯爵先生,你真是个大好人。跟你打交道,绝对是难忘的经历。咯咯巫,你说呢?”

咯咯巫咯咯笑着,吐出一阵烟雾。

“你听着,我要对付巴克了!”

魔鬼说:“遗憾,我已经跟一位名叫巴克的小朋友,签过结盟协议了。凡是叫作巴克的人,我都不能再危害了。你说,这该怎么办,怎么办呢?”

伯爵打断了它的感叹,迅速说道:“协议书在哪里,可以给我看一看吗?”

魔鬼从怀里掏出一个枫叶做成的明信片,轻轻一弹,送到伯爵面前。

伯爵看都没看,顺手把那份协议撕成了碎片。

“那是我的宝贝,那是我的性命。天啊,那可是我的生意啊!”

魔鬼惊叫起来,绕着碎纸片飞来飞去。

伯爵说:“得了,得了。别装蒜了!不就是一百个金币的勾当吗?我来双倍赔偿给你好了。”说完,伯爵打开一个袋子,说道:“这里是两百个金币。有了它,你可以把你的小盟友交给我吗?你可以让咯咯巫用巴克的耳朵做配方,制作出长寿药水,供奉国王吗?”

一听说“长寿药水”这个字眼,咯咯巫兴奋得浑身颤抖。

各种药物的名字，各种制剂的配方，都掠过记忆。

魔鬼抓起袋子，不声不响地敛起翅膀。

“没错，这的确是两百个金币。可是，用这点小钱，就想收买一个魔鬼，让它背叛昔日的盟友，也实在有点那个了吧？”

伯爵当然听得出魔鬼这番话里的讽刺，他一下就顶了回去，说道：“一切都要归结到价格，不是么？我不收买魔鬼，我只想买一把可以对抗无天的宝刀。”

魔鬼有些犯难，支支吾吾地说：“伯爵先生……你在外边的欠账可不少啊？”

伯爵扫了一眼。咯咯巫吓得躲到魔鬼背后：

“我敢保证，这话绝对不是我说的！”

伯爵眯起眼睛，看着树梢的魔鬼，说道：“我付你一万个金币，定做这把刀，怎么样？”

一万个金币！是一万个么！

魔鬼的身子晃了两晃，差点从树上栽下来。

但它还能保持起码的镇定，问道：“定金呢？定金是多少？”

魔鬼的声音，就像它嘴里吐出的雪花一样缥缈。

伯爵没有答话。因为，这时候，天空真的开始下雪了。

不管早晨，还是夜晚，冰雪总是无法预约。冰冷而温柔，在那凝结着爱与死的时间里，在黑白分明的源头上，闪烁着微光的童年，孤独旋转。

怀抱闪电的速度，命运的魔力，怀抱神秘想象，拨动七弦琴第一个音符。于是，这雪花就成了谁也无法穷尽的事物。

雪在粉碎，也在重生。不动声色的飞行家，飞过点数钞票的手指，飞过高耸的尖塔，小河结冰了；飞过吝啬鬼的宴席，曲终人散。

不是因为国王而飘落，不是为了贫困而降临。雪花是毫无道理的。冰冷的魂魄，在草根之上，在荒原，在那悄然流逝、亘古永存的传说里，演出无可比拟的悲剧。一场大雪，像火车一样驶过天空。无须根由，无须解释：雪花是下雪的起因，也是下雪的后果。雪花，白色乌鸦的灵魂，在屋顶飞舞。从一道深深的沟壑开始。从一本书的沉默,从一个拙劣的手势、从热烘烘的胸口开始起飞。漆黑、多事的夜晚。它带着雪花,带着热烈而发狂的人类,飞向冻结的灵魂。然而,目睹雪花怎样诞生的人,也就见证了一场奇迹:在这喷发着迷雾和冰雪的世界,在爱与恨的压迫下,人类依旧存在,无可否认地存在着。

就这样,一场大雪起航了,把每个夜晚变得波澜壮阔。

哦,这是一个居丧的夜晚!

艾莉生出了小王子

雪片飘飞的时辰,巴克听到一个声音。

"来哟,来哟,看这飞走的亡魂!"

等他走到自家门外,那声音便消失了。

回到院里,声音又响起来。

"来哟,来哟!"

多么悲伤的声音,就像玻璃划过了冰面。多么凄惨的呼唤,就像飞蛾扑进火焰。一辆送葬的马车,缓缓驶过。又一辆送葬的马车,缓缓驶过。马车像拳头一样没入黑暗。面色阴沉的老国王,念着神秘咒语,眼神空洞地走过鬼城。那条无依无靠的马路,像鞭子一样抽打着巴克,使他看到纯粹的黑色。

巴克的心紧紧地揪起来。哦,这是要把小埃利斯送往墓地了。

"玛吉斯家族,我诅咒你!"

多么温暖的暴风雪,多么温暖的冰河,多么温暖的妻离子散。

"玛吉斯家族,我诅咒你!"

多么温暖的风景。只有悲伤的国王,只有疯子,才能与之媲美。

这是国王一路上念诵的咒语:"玛吉斯家族,我诅咒你!"

"玛吉斯家族的巴克,我诅咒你!"

"玛吉斯家族的一切,我诅咒你!"

那咒语就像赞美诗一样悦耳,动听。

巴克想要阻止自己的胡思乱想。他的心神好像失控了。

国王停下脚步,对站在门口的巴克说:

“我诅咒你,巴克!我要和你公平决斗!”

“时间呢?”

“一年之后,祭祀期满。选在我儿子出生的那一天。”

“地点呢?”

“棋盘山下。在我儿子埋骨的地方。”

“我……接受。”

国王又上路了。国王还在念着可怕的咒语:

“以毒蛇和仇恨的名义,以古往今来的灾难,我诅咒你!”

“以瘟疫的名义,以大天神和魔鬼的名义,永远诅咒!”

现在,它们听着很刺耳。非常刺耳。一点都不好玩。

巴克的雪是白的。白得迷蒙,弯曲。心潮起伏,但很美。

送葬的行列已经逐渐走远,但巴克还没有完全清醒。

忽的,巴克听到接生婆的惊叫声。

“看啊,看啊,这是暴风雪的孩子!”

“看这小嘴,看看吧,多漂亮的脚丫子!”

“啪!啪啪啪!”脚丫子打红了。孩子发出响亮的啼哭。

这是一个男婴。腋下长着和父亲一样的小翅膀,额头的绒毛是浅蓝色的。助产婆们剪断脐带,让巴克和艾莉看了一眼,就把孩子抱到卧室外的庭院里。那里放着一个装满温水的大木盆。盆子前站着玛吉斯家族最年长的人——巴娅王太妃,以及自称是人马座法力最强的巫师咕噜噜先生。

孩子的手攥得紧紧的,好像抓着什么东西。

巴克走过来,轻轻地掰开孩子手指。大家都吃了一惊。

婴儿的手心里攥着一条小青蛇。

蛇跌落在地上,跳了两下,便不动了。

它的遗骸变成一把青绿色的小刀。用手指一碰，刀子发出刺眼的荧光。

巴克提醒大家："不要碰它。这可是一条来自地狱的蛇。"

刀身上的青蛇似乎微微一笑。它张开嘴，吐出一股寒风，使得宝刀随风而去。转眼之间，宝刀飞过围墙，飞过树梢，一直飞往魔鬼栖身的死亡谷。

魔鬼感到很高兴：感谢国王！总算有了安家落户的时候。

魔鬼的鸟巢，是死亡谷的唯一建筑。它是一夜之间出现的。作为支架的三个棱柱直插蓝天，矗立在比邻星郊外。魔鬼用国王划拨的一片森林做地基，用免费供应的岩石和癞蛤蟆背上的胞浆做原材料，又花费了五十个金币、一百条魔咒，才修建起这个称心如意的居所。

它大得跟宫殿一样。墙壁上、餐桌上都刻着红色的海藻花纹。

柱子和门框上洒着香水。香水名为"幸福之家"。

魔鬼正坐在家门前的草地上拉风箱。

拉风箱，拉风箱，
拉过了风箱拉风箱。
拉拉风，拉拉箱，
拉风箱呀拉风箱。

魔鬼唱着自编的歌谣，专心致志地打制一柄宝刀。

用一个婴儿的影子，用一百味中药的气息，再加上三十三个魔鬼喜欢的小青蛇，炼制在那块远古留下的黑铁里，不知不觉中，刀就成了杀人的利器。

宝刀的名字，魔鬼早就想好了——"无影"。无影之器，来无影，去无踪，痛痛快快地干好事，痛痛快快地杀呀，杀呀，杀呀。但是，魔鬼真的不理解：国王为什么都那么热爱杀人的游戏呢？

"影子就要来了！影子就要来了！"

魔鬼一伸手，就把飞过来的宝刀接住。

只要等到月圆时分，宝刀就可以杀人了。

上天入地，翻山越岭，干那一锤子买卖。痛痛快快的，乐乐呵呵的。

但是现在还不行，这把小小的刀还差点火候。魔鬼把耳朵贴近刀身，听了听那条蛇要说的话。也不知道听懂没有，却点点头，高兴地说：

“嗯，我知道了。我会给那小婴儿送上好运的。”

这时候，巴克家的人也没闲着。

咕噜噜先生按照金、木、水、火、土的顺序给婴儿施加护佑。王太妃用一根金耳勺挖取他舌下的唾液；再用柔软的艾草擦洗胸前和背部；咕噜噜先生掬起一捧清水，淋洒在他的手脚上，念诵祝福咒语；接着，做了父亲的巴克抱着孩子，举步迈过一个燃烧的火堆；最后，金耳勺、艾草、洗过的水、灰烬都收集起来，交给巫师，由他放进陶土制作的罐子里，准备寄存到青龙寺的佛像前。

巴克用一根棉签蘸了些取自银河的水，测试他的胃口。

他张开小嘴，喝了下去，还意犹未尽地抿了抿嘴唇。

在这个仪式的最后，要把罐子滴血封存。

男孩子要用两位女性长辈的血液；女孩子要用两位男性家长的血液。

在咕噜噜先生的指导下，王太妃和艾莉相继刺破自己的手指，把一滴玛吉斯家族的血液滴在罐子的封口处。

金耳勺、艾草、圣水和灰烬将在陶罐里生成小巴克的影子。

那影子里住着他的灵魂。

不大一会儿，罐子里传出一个声音：“嘀咕，嘀咕！嘀嘀嘀咕！”

咕噜噜捧起罐子，高兴地说：“现在好了。影子再也不会丢失！”

一切都很顺利。罐子摆到窗台上，接受祝福。

就在这时，一只大鸟飞来，在树梢徘徊。大鸟的脖子上顶着咯咯巫的脑袋，嘎嘎尖笑。随着它的笑声，罐子裂开了，露出一个黑乎乎的圆球状的影子。

大鸟拍了拍翅膀，咯咯巫便顺手掷出一个金项圈，套在影子上。

叽叽叽，叽叽叽，
魔鬼有只芦花鸡。
芦花鸡，叫天晓，
真是一个好消息。

魔鬼的歌声一落地，咯咯巫就张嘴叼住小圆球。

影子被大鸟夺走了。

刹那间，留在巴克手里的婴儿声嘶力竭地嚎哭起来。

咕噜噜取下自己的帽子，撩起盖着前额的假发，在婴儿周围看了看，惊讶地说："他是个没有影子的人！咯咯巫盗走了他的影子。"

王太妃哀叹着说："哎哟，我们的命运哟！现在，怎么办呢？"

巴克也问道："怎么办？"

咕噜噜没有马上回答。

他走到四个角落嗅闻了一下，告诉巴克："这座住房好像被诅咒过！"

王太妃疑惑地问："那么，孩子……有生命危险吗？"

"是的。向国王求助吧，让他解除咒语。"

艾莉听到了他们的对话，禁不住呻吟起来：

"国王，这是国王干的……"

巴克走过来，对她说："什么，你的父亲？我简直无法相信。"

"他不是我的父亲。从今天起，再也不是了。"

咕噜噜抽出他的权杖，敲敲地面。一个小得几乎看不见的飞虫现身了。

"包打听，你快去侦查一下，国王在干什么？"

"国王？"这叫作"包打听"的小虫子有点发懵。

"人马座的国王！那个一天到晚生闷气的傻老头儿。"

"国王陛下，你今天真伟大！"

咕噜噜挥了挥手，说道："别拍马屁了，赶紧去！"

"不喜欢马屁的国王，才是更加伟大的国王。"

小飞虫说完，总算走了。

咕噜噜拍拍肚皮。他的肚子咕噜噜响了一阵，好像正在消化那个马屁精的奉承话。待到肚子里风平浪静，他才满意地说："啊，今天的天气真不错。"

一股寒风吹过来，夹带着巴掌大的雪片，似乎很赞同他的说法。

"老头儿正在坟墓前痛哭呢，后边跟着一个傻子。"小飞虫回报说。

"傻子叫作什么？"

"傻子叫作魔鬼。"

"再去打探，看他有没有说啥，比如咒语什么的。"

"老头儿正在坟墓前痛哭呢，后边跟着两个傻子。"小飞虫回报说。

"傻子叫作什么？"

"傻子叫作忧虑和恐惧。"

"再去打探，看他有没有说啥，比如咒语什么的。"

"老头儿正在坟墓前痛哭呢，后边跟着三个傻子。"小飞虫回报说。

"傻子叫作什么？"

"傻子叫作懒洋洋、跑得快和黑天良。"

"再去打探，看他有没有说啥，比如咒语什么的。"

这次，那个小虫子终于带回了有用的消息。它折返回来，报告说："傻子们的国王站在坟前，抱着一个木头小人儿，黑乎乎的，眨着眼睛的，有胳膊有腿的，有鼻子有眼的。小人的脖子上还戴着一个明晃晃的手表呐。"

"不要胡说，再去打探！咒语，咒语，注意他的咒语。"

"他的咒语是'阿宝，阿宝，快把影子吞掉'。"

"又在胡扯。这算什么咒语？快去吧，我需要真正的咒语。"

"什么才是真正的咒语？"

"最恶毒的话，或者最温柔的话。那就是咒语。"

小飞虫"包打听"叼着一根乌鸦羽毛，匆匆忙忙地返回。

咕噜噜问道："有吗？"

"没有。地上只有胳肢窝里掉下的这根羽毛。"

咕噜噜垂头丧气地说："该知道的你一点也没打听出来，不该知道的，你倒是知道得不少啊。小婴儿的影子，归了魔鬼。而他的魂魄，则被愚蠢的乌鸦带到下界的洛阳，在那个炎热得叫人发狂的地方重生了。我要解除他们的咒语。咒语，咒语，这才是重点！"

小飞虫急急忙忙地插了一句，说："这根羽毛带着汗味，当然是胳肢窝里掉下的咒语；国王虽然伟大，也不该贬低别人的没有错误的判断。"

咕噜噜苦笑道："你不仅没有错误，还很聪明呢。"

小虫子听到了。它拍一拍翅膀，高高兴兴地领受这一赞誉。

艾莉从昏迷中清醒了。

她问巴克："如果影子重生去了。我们的孩子怎么办？"

巴克说："让我们同时祝福两个分裂开的孩子吧。即便是那个逃走的影子，也得算我们的孩子啊。"

艾莉叹了口气，说道："那是肯定的。可是，眼前这孩子怎么办呢？"

"怎么办呢？"

被大家催急了，咕噜噜便给孩子做了个小手术。他把一条大蛇的胆魄取出来，置放在婴儿的体腔内，好让他维持生命。

"为什么偏偏是蛇呢？"

"这孩子是属蛇的。换作其他，会发生排异反应。"

哎哟，听上去，好像真是那么回事。

从此以后，大蛇的胆魄便在婴儿体内跳动。

小王子没有影子。他的翅膀是透明的。

鬼城的居民给他起名叫"巴克"，小巴克。

艾莉则称之为"小天使"。

小天使很快就长大了。他扇动翅膀，在树林间飞来飞去，啾啾地鸣叫。

小天使不知道，母亲望着他的时候，为什么总是那么悲伤。

悲伤的心情让她起了变化。

很显然，她内心住着的不再是巴克熟悉的那个可爱的艾莉公主了。

现在，她是一位母亲。

她时常穿上那件让玛吉斯·阿里巴克感到恐惧的蓝色衣裙，在宫苑里走来走去，寻找她的孩子。树上的瀑布鸟唱着陌生的歌曲，与飞过头顶的谍报器的蜂鸣声遥相应和，甚至让来到宫廷外的市场上做生意的小贩、粗鄙的农夫、追讨高利贷的恶棍都感动不已。然而，艾莉听而不闻，一直盯着她那不知疲倦的孩子。

父亲，丈夫，儿子，没有一个省心的。

他们简直就不该待在一个星球上。

艾莉日渐消瘦，陷入了忧郁。

眩晕症

巴克患病了。

他持续高烧，在眩晕，在幻觉，感到自己被人追逐：飞入高空，跌下悬崖。而到了夜间，被高温烧得严重缺水的他，会不知不觉离开床铺，在鬼城上空自动飞行，身后喷出长长的波浪线，如同失去重心的银河鲸。

国王说，巴克绝对不能死。他要给病重的巴克派来最好的医生。

御医们注意到，当巴克在夜间飞行的时候，他的枕头始终紧贴着后背。正是在枕头的作用下，他才被托升到夜空。御医们建议他更换枕头。

大约十天后，强烈的眩晕症状消失了。

枕头的内芯的确有问题。

枕芯的填充物是一棵枯死的老苹果树“大爱克斯”的木屑和果核。果核引发了一种俗称“飞行病”的迷幻效应。在薄暮时分内分泌失调，混淆白天和夜晚，出现上下颠倒、位置错乱等幻象。《人马座疫病史》给这种眩晕起了个俗名叫“黑模糊”，意思是黑夜里开始发病，意识模糊。

“大爱克斯”的种子信息最终全部提取出来，被大型计算机“剧场”合成为生命程序。根据这种信息，咯咯巫发明了程序药水。

这药水包含三种成分：用作溶剂的大约25%的血清，比例超过30%

的蛋白和反复提取的类固醇。

当机器狗“悲伤王子”(功能型机器人)芯片部位的精神负荷器接受注射后,于夜间的八点零八分叫了几声。同时,记录仪屏幕上闪过一行蝌蚪状的文字。

这行蝌蚪文字被“剧场”破译了。内容如下:

“这是一个卑鄙的夜晚。”

苹果树的其余的果核种在巴克的后花园,破土而出的芽苗引人关注。

这个小树苗是疯狂的。在发节生长的夜里,体内传出吱吱嘎嘎的尖叫。它的树干长到屋檐以上,枝头结出四个果子。四种不同颜色、不同品类的水果。黄色的是橘子,红色的是苹果,还有一枚紫色桑葚和无名黑果。

半个月后,苹果有三个马车轱辘那么大,压得树冠倒向地面。

苹果在风中鸣叫,响彻比邻星的每个角落。

这棵树被称为“疯癫的小爱克斯”。

在倒下后,它还侧着身体,把钢针一般的根须延伸到能够触及的物体上,扎进石板,钻进厨房,把橱柜、砧板、水池子全都变成粉末。

受害最大的是附近几棵老槐树。果树把根须扎进那些垂垂老矣的身体,掠取营养。果树上的枝叶毫无愧色地覆盖着两三亩地大的宅院。

喜欢祥瑞的人马座臣民不怕劳累,坐着星际列车,远道来访。

桑葚滴下浓浓的汁水,在大树脚下汇成棕色小溪。人们端着盆子、提着水桶来承接它的果液。一个终年卧病的老人喝了这种果汁,霍然而愈。

他的宣讲让这棵树更加神异。

花园内外声浪嘈杂。

巴克的花园总管非常无奈。大门一天到晚关闭着。即便如此,也挡不住潮涌而来的人们。滋味醇香、中人欲醉的桑葚果汁是无法抗拒的。它很容易上瘾,就像某种神秘的毒品,只要喝过一次,就再也离不开。

狼狗被翻墙进来的陌生人毒死了好几拨。他们把肉包子掷到梯子下,夹心是一粒特制的砒霜。药量不大,但足以杀死一匹五百公斤的战马。狗毫无警觉地吃下这种美食，在院子里跳踉嘶吼，直到倒毙。

总管买来斧头、电锯，雇到十个工人，开始伐树。果树实在太庞大了。刚刚锯开这边的树枝，那边的树枝就又爬过来。工人们无法摆脱枝叶的纠缠，要接近那棵果树的主干，看似是永远不可能的。

工人被义愤填膺的游客数次殴打，终于撑不住了。

这棵失控的果树成为一个新的话题。

跟巴克有关的一切都演变成一场灾难。这是为什么呢？

报纸上连篇累牍的此类报道，毁掉了巴克的形象。

大家纷纷传言，巴克成了一个妖异的存在。

而妖魔，我们都知道，那是要被消灭的。

巴克让咕噜噜先生帮忙，把“小爱克斯”连根拔起，移栽到洛阳郊外的紫阳镇。从此以后，紫阳镇便随着鬼城的兴衰而变化。

“小爱克斯”终于耗尽生命，倒伏在阳光炽烈的野外。

它留下的后代再也没有表现出那么明显的癫狂。

不过，在它倒下的紫阳镇的芦苇滩涂，长出四棵更加高大的苹果树，迅速开花了。这些树木一如其父辈一样，挺立在土山上，过于旺盛的长势直接导致土山周围的植物营养不良，大片大片的野草慌不择路地开出小黄花，连性子最强的芦苇都奄奄一息地匍匐在地面上。

那一年，果树开花的时节，紫阳镇的河滩上降了一天冰雹，大如碗口，小似鸡蛋。苹果树塌陷到六七尺深的地下。果树的根部腐烂了。

树木枯死的地方，长出攀援性药草，绿油油的叶子状如猪耳朵，散发出令人反胃的臭味。它开出缀着红点的漂漂亮亮的蛇毒花，随风四散，附着在紫阳镇的铁皮屋顶上。蛇毒花的叶柄上结出暗红色的野苹果。这种果子徒有苹果的外形，掰开以后，里边却是乳白色的菌类物质。过路的牲口碰到它的白色绒毛，就会浑身发痒，乱踢乱叫。人们采集野苹果，放在笼屉上蒸熟，晒干，磨粉，用以治疗皮肤溃烂和刀伤。

在紫阳镇，人们认为这种草下卧着毒蛇，于是，便给它起名叫“蛇毒菇”。不识字的农民则把这种植物叫作“蛇毒姑”——蛇的姑母。

小天使的游戏和教育

小天使喜欢舞刀弄棒。小天使扭断了鹦鹉的脖子。

他不是一个受欢迎的孩子。

小天使打翻了咯咯巫的闹钟。小天使把烟幕弹扔到戏院包厢，导致议长的太太和女儿当场昏厥。小天使在疯人院院长的饭锅里撒尿，在御林军的酒杯里投毒。小天使破坏雷达，并把四头屁股着火的小牛驱赶到飞机跑道上。小天使盗窃澡堂里的衣服，藏起赌博鬼的骰子、嫖客的钱袋子。小天使袭击银行，逼得两个批发商破产，让三个总督愤而自杀。在赴任的路上，派往天蝎座的胖子外交官一见小天使追来，便跳河自尽了。

小天使。小天使。小天使。到处都是这小鬼的游戏场。

受到责备的时候，他总要强词夺理：

“咯咯巫的闹钟里住着一只乌鸦。那个乌鸦总在六点零六分的时候飞出来，制造一场车祸。我当然要阻止它。哦，那真是一个叫人讨厌的工作。”

“议长太太说，他们家最喜欢烟幕弹，要没有烟幕弹做掩护，议长先生连一天也活不下去。”

“外交官说，他抓到的鱼，总是很大。我想他应该知道，银河里老在喷水的那条鲸鱼是最大的。外交官要是能来个鱼死网破，才是合格的外交官。”

艾莉心想：“看这孩子，脑子伤得不轻啊。”

做母亲的艾莉被折磨得筋疲力竭。

小天使的恶作剧毫无前兆。他的善行也无法捉摸。正因为如此，他那喜怒无定、难以理解的凭着想象恶搞一气的性情，才令人恐惧。

但是，国王喜欢他。这就够了。

国王给他配了十三个保镖，昼夜监护。

巴克不同意。如果继续娇惯纵容，小天使会自取灭亡的。

巴克把小天使关在笼子里。

国王派人告诉巴克，小天使该接受教育了。

第二天，国王给小天使派遣的教师前来报道。

这位就是鼎鼎大名的羊肚先生。羊先生具有1/4的贵族血统：祖父是擅长攀岩运动的羚羊，祖母是脸颊上长着雀斑的马。羊先生长大后，得到了大麦粒先生的第八代传人——被人称为“缺心眼”的南郭先生的真传。

羊先生的研究领域是人马座近代史。他在比邻星大学建立了公羊学派，还先后培养过四十位博士。故而，他很有名气，活该由他来教育小天使。

为了上好第一堂课，羊肚先生苦心准备，可没少费劲。

他连夜写了一份教案，准备照本宣科。内容如下：

> 一个核桃里有几个仙女？上帝、真主和佛的长宽高公式是什么？当我们走在祭拜真神阿尔法的路上，需要仰望神山的第几根柱子？通往地狱的路程、时间变量和速度的关系是什么？默念咒语的时候，我们的食指和鼻尖的最佳角度是多少？临终祷告的要诀共有多少个字，分几个步骤？等等，等等。

想当初，为了对付这些难题，羊先生每天都要咬断三十根鹅毛笔。

教案终于愉快地完成了。

羊先生揉着肿胀的脑袋，喝着仆人打水瓶座运来的苹果酒，还得对付三道明天将要布置的令人痛苦的神学计算题。天快亮的时候，大功告成。但是，羊先生忽然改变了主意。与其受到教案的约束，还不如自创一体呢？知识，知识，要那么多知识，又有个鸟用？羊老师决定，要根据自己的兴趣来讲课。

兴趣是最好的老师呀，对不对？

想通了这个重大问题，羊老师感到无比振奋。他推开窗子，奋力一掷，把鹅毛笔扔到大树上。一只正在打盹的猫头鹰被惊吓到了。

猫头鹰飞起来，一通狂怒，奋不顾身地骂到夜幕降临的时刻。

在第一节课上，前来旁听的人都被羊老师的风采折服了。

羊老师一手捋着颌下的胡须，一手探入怀中，捏出个小动物："各位尊敬的先生，各位尊敬的女士，同学们，谁能告诉我，站在我手心里的是什么？"

在座的都是聪明人，谁都不愿露怯。有的说叫斑鸠。有的说是大象。小天使则干脆说："这不是虱子么？"

羊先生点点头，对小天使说："这位同学，你为什么认定它是虱子，而不是斑鸠、大象，或者电脑芯片呢？"

看来，小天使要挨批了。

小天使站起来，急赤白脸，激动得说不出个囫囵话："我……我……它，不是虱子是什么呢？"羊先生摆摆手，莫测高深地笑了笑，叫他坐下。

羊先生说："在这个小动物身上，包含着一个历史问题，为什么这么说呢？这就是我们今天要讲的历史命名法。什么叫历史命名法呢？简单说来，就是用历史学的眼光命名一个事物。比如这个小动物……它本来的名字并不重要，重要的是我们把它叫作什么！那么，我会把它叫作什么呢？在我看来，它是一只小羊羔，一种寄生在我们胳肢窝里的特殊的山地羚羊。我把它叫作'跳羚'。你们来看，雪白的肚皮，漂亮的背部纹理，敏捷的触须，还有这力大无比的四条腿。它唱歌的时候，不是咩咩叫，而是嘎嘣嘎嘣响。它每天都要长途旅行，跋山涉水，翻墙过河，从而养成了勤劳、勇敢、善良的美德。这嘎嘣脆响的歌声，是对它的辛劳的最好奖赏。别小看这家伙。它的个头不起眼，但它很虔诚，比我们在座的大多数人都要虔诚。你看，它每天都要做一次礼拜，用美味的指甲油和它自己的血肉敬献上苍，因为跳羚这动物知道自己的生命来自于上天的恩赐。试问各位同学，这种发自内心的虔诚，是不是很值得我们学习呢？"

大家不约而同地答道："是！"

巴克坐在后排，决心要做一个闷声不响的父亲。然而，在听到这一番开场白的时候，依旧目瞪口呆。在学问家面前，每个人都终于知道自己是多么肤浅了。

羊先生舌绽莲花，侃侃而谈，遂使得日月无光，天地变色：

历史的秘密来自于时间。当秋天比往年多出一个月，芦苇就会和罂粟同体，流出白色浆汁。这种果汁，把一只白乌鸦变成黑乌鸦，把一个男人变成酒鬼。没有喝过这种果汁的人，则变成了赌博鬼。酒鬼拿自己的肠胃开玩笑，而赌博鬼则拿自己的运气开玩笑。

人类历史，就是命名世界的历史。我们命名了父亲，便有了父亲。我们命名了上帝，便有了上帝。我们命名了张三和李四，便有了张三和李四。我们既然把世界的中心定在人马座，则人马座以外的空间就是地狱。太阳围着人马座旋转，而月亮落在地狱的水池里。我们把表示旋转的刻度叫作时间，把装满时间的容器称为闹钟。每当闹钟里的马蹄滴答作响，我们就聆听到历史的回音。

两个相邻的事物，若是在这样的命名语法里运行，便进入我们所说的历史。比如说吧："兔"和"鼠"结合，诞生了"兔鼠"。耳朵很长，打洞，吃杂食，不仅吃草，还会吃肉。"猫"和"鱼"结合，产生的新物种，叫作"猫鱼"。它势必兼备爬树和游泳的本领。

大象和瓷器店结合，生出了"桌子"。众所周知，桌子长着大象才有的粗粗壮壮的腿，以及一颗容易破碎的瓷器心——一个钻到它心里的小小的肉虫，就能毁灭全部。桌子和椅子结亲，则构成一段高低不平的婚姻，催生如下产物：盘子、筷子、水壶、水杯、纸杯、茶杯、玻璃杯、钵盂、高压锅、饭篓子。

圆形事物产生圆形后裔，而永远排斥三角形。

如上所述，命名的重要性不言而喻，现在我正在深入探究的，是埃利斯国王号召我们展开研究的地球文明史。我们最近要查找资料，每个人都得写一篇关于这个论题的论文。

以下就是羊老师第一周的授课要点：

不了解植物，就无法理解地球文明。

要研究地球上的植物，以下原则必须牢记：

首先，地球植物和地球人一样，不可理喻。比如说吧，地球人把茄子种在池塘里，只吃淤泥下的根茎。辣椒树上连一个南瓜都没有。花生是攀援植物，有锯齿状的藤蔓。如果你敢碰一碰花生开出的喇叭花，那么对不起——它会冲着你大喊大叫、吐口水。地球人怎么能忍受这种恶棍般的植物？仅仅是因为它的叶子能榨油么？

其次，地球植物没有道德观念。举例来说，当我们的冬瓜开花结果的时候，那里的冬瓜却在冬眠，呼呼大睡。一种叫作“断肠人”的植物，喜欢诗朗诵。它是会爬行的植物，像螃蟹一样横冲直撞，一点都不安分。在我们查到的记载里，这叫作“断肠”的草经常出入于阴森森的旧宅子。它是植物界的阴谋家。

第三，植物的名称毫无道理。路灯花不是开在路灯柱上。曼陀螺不会旋转，即使你抽它一百鞭子，也一动不动。猫耳并非猫的耳朵。白木耳的形状简直和耳朵相差有十万八千里。猴头是菌类作物，但猪脑呢？它是当地人挂在嘴边的最常见的蔬菜。对了，“猪脑”是用来形容聪明人的褒义词。

第四，千万不要忘了，地球植物喜欢开玩笑。这一点，倒和它们的贱民气质吻合。遇到豌豆最好绕行，它们会用来复枪射击天上的飞鸟。稍不注意，打死个把人也不是什么稀奇事儿。不仅豌豆，凡是和“豆”有关的都很危险。好多死者是被黄豆打死的。庄稼地里飞出两颗金灿灿的豆子，打中大腿，或者钻进十二指肠，当场就玩完了。你想，这玩笑该有多吓人。

总结如下：开展实地调研的时候，最好远离我提到过的某些植物，更不要贪食豆类。

光荣属于领袖

小天使开始逃学了。

小天使再也经受不住高强度的狂轰滥炸式的来自学习上的压力。

他撞破笼子,飞出去,顺便放了一把火。

灭火时,大家碰翻了装着鳄鱼宝宝的金鱼缸。

鳄鱼阿宝跌到一个角落,且受到惊吓。

巴克想把它提溜起来,放回到缸里。鳄鱼却不高兴了。

鳄鱼阿宝的大嘴一张,对着靠拢自己的巴克叫了起来。

“来哟,来哟,看这飞走的亡魂!”

巴克顿然想起那个幽深的夜晚,大桥上的一幕。

“来哟,来哟!”

没错儿。就是这个声音,来自哥哥阿里巴巴的熟悉的声音,也是那藏在深渊中的、水深火热的、谜语一般的蔚蓝色呼唤。

“哦,我的哥哥。哦,阿宝,你这可怜的小东西……”

巴克还没说完,眼泪就淌下了。

在鳄鱼宝宝藏身的地方,压着一堆皱巴巴的绿颜色的烂纸。

这不是那两个逃犯交给巴克的小册子吗?

夜间。小天使被抓回笼子。

一切都消停了。

沉寂的灯下,巴克的眩晕症又要复发。

他忍着眩晕所导致的快要呕吐的强烈的恶心,打开咯咯巫的笔记本。

扉页上题写了一句奇怪的话:

“光荣属于领袖——指引我们前进的伟大的伯爵先生!”

在这可怕的绿皮书里,究竟记载着什么呢?

受伯爵指示,我们在半道上暗杀了 X 先生。X 先生是个非常好的人。跟我们的箭术一样好。抹在箭头上的毒药是我研制的。这是组织成立后的第一次任务。

发放十个金币作为酬劳。我得到八个。

步行了一百公里。转车。在通往水瓶座的渡口歇息一天。期间,遇到一队送金砂的商人。我负责制药,一个实习生前去投毒。实验的结果很好:大人全部毒死,只有一个小女孩活下来。她生病了,没有吃晚饭。我们把一部分金砂据为己有,其余的杂物打包发往伯爵的别墅。小女孩跟着我们走半天,倒在水沟里。我们继续前进,在水瓶座的边界线上抓住伯爵要的逃犯。用铁丝勒毙一个。其余的用毒。我们随身带着钳子。掰开嘴巴,把药丸置放在舌根。我们六个人分头行动,很快就完成。

忙了一个月。大家都很疲倦。伯爵赏我们吃顿好饭。每人分一碟肉丸子。我没有吃(因为觉得颜色不太对)。大家都在拉肚子。但大家都没说什么。

跟着一个赶集的老农走了十五公里山路。我们一路上聊天,聊得很投机,他有三个儿女,都没成家。主要是因为太穷。我们对他的话不是那么确信。天色擦黑的时候,我们忍不住,把他强行按坐在土坡上的岩石堆里,用绳子了结他自己描述的多灾多难的一生。我们得到他不经常穿的一件小褂子。它鼓鼓囊囊地揣在怀里,造成一种错觉。褂子里有个一块钱的纸币。我们不想拿走。我们最终还是拿走了。

袭击天秤座,得到一架天平仪。

到大熊星座访问,得到列星测定口诀。

从白羊座返回。这是一次"芦苇战争"。我们抢劫了那里的全部芦苇,用来制作芦苇大氅、羽毛扇、签字笔等。有两个将军殒命疆场。继任的将军埃利斯·卡卡挥军屠灭白羊座首都羊角城和三个最繁荣的卫星城市。我们发挥了作用。我负责处理和掩埋那些投降的、遭瘟的士兵,从他们的活体上提取新的病菌。伯爵指示我们研制毒性更强的药。

经过一年零七个月的长途奔波,征服天蝎座的一个小国家。把聚众反抗的贵族削去封号,驱赶到最贫瘠的地方。国王献出时间创生器和一百个掌握算术原理的数学家。然后——我们把可怜的国王秘密斩首。他太老了,已经没什么用处。《人马座历史年鉴》把这次事件称为"斩首事变"。我们起用一个年轻的但没有什么政治经验的盗首,宣布他是新的统治者。新政府的管理异常混乱。政府的无能,实际上激发了民众反抗的热情。这真是始料未及的事情。从那个国家开始,发生连锁反应。大量难民加入匪帮,流窜于各个星座。盗匪团伙多得不计其数。大的盗群有上千人,小的则几十人至上百人不等。

我们带着当地的土特产,匆匆撤回人马座。

可悲!我们制造了一个军事名词,叫作"龟船"。

操纵龟船的天蝎座盗群沿着无边无际的海岸随意漫游。他们是恶性肿瘤。所有星座都深受其害。他们利用各个星座的时空差异而发明一种利于长途作战的圆形船只。除了安置在头顶的少量出气孔和两根探测外界信息的天线,这种盗船几乎是完全密封的,就像缩着脖子的乌龟一样,俗称"龟船"。一旦发现某个星座的海岸线防守薄弱,他们便召集同伙,合力攻击,而当摧毁该地的海防后,他们会迅即打开舱门,实施登陆抢劫。然后,心安理得地带着战利品离开。天蝎座的盗群出没无定,像鬼魂一样。

故而,好事者称其乘坐的龟船为"鬼船"。

作为军事扩散的碎片,盗帮反过来威胁着我们的安全。

受伯爵指示，我们再次赶往水瓶座。这次的目标是那里的医务总监。刚开始，我们失败了。他长着九个脑袋。后来，我们得到伯爵的宝瓶，总算干掉了那个难缠的大人。宝瓶里住着一个佩戴宝剑的会唱歌的小怪物。老实说，我此前从没见过这么一个鬼东西。逢着月圆时分，我们按照伯爵交代的程序，打开瓶塞，那小家伙便随着烟雾跳出来，杀死了总监。搜索总监的地下室，我们总算发现了此人保管的可以让水瓶座的人保持长寿的秘方。伯爵把秘方献给国王，得到国王的赏识。看来，我们的事业将源远流长。

伯爵被国王责打了一顿。这一点都不奇怪。

国王暴戾难测。他可能察觉到什么。

伯爵当然不是那么不记仇的人。

伯爵让我专心研制长寿药水。我不知道这是什么意思。

我被调到国王指定的医药研究室，准备挂牌营业。

最初跟我一块儿干事的人都玩完了。他们不是死于危险，而是死于衰迈。

特殊情况下，我会重操旧业。

冒险的乐趣不在于结果，而在于过程之刺激。

作为医药研究室的主任和王室医学顾问，我主要负责国王的长寿问题。

变态的家伙！他真是超级自恋！我的药真是喂了狗！

他的老婆、妃子、宫女、侍卫、大臣、儿女都纷纷凋谢，换了一茬又一茬，跟我门口的老槐树一样。可是，老天啊，他一直活得好好的。连我都替他感到不好意思哩。

这是伯爵的指示。

不知不觉中，伯爵也活了六百多年。

国王的愚蠢就在这里。他不知道，伯爵活了六百多年！

国王一直以为，这伯爵还是那个六百多年前的傻乎乎的埃利斯·卡卡将军。

卡卡将军，只是伯爵的一个早亡的叔叔而已。

偶尔，有那么几次，我还会潜入伯爵的乡间别墅，训练实习生。

来了一个新的家伙。戴着蛇皮面具。

他是一个犹豫不决的杀手。

我们看不起这样的人。大家给他起了个外号，叫作"老慢"。

我们把国王称为"老头儿"。虽然不那么尊敬，倒也符合实情。

他的确是老了。

他的衰老，跟我一点关系都没有。

老头儿发脾气了。老头儿给我来了一刀。

总的来说，我没有吃亏。

我们再次出击。射伤了老头儿。箭头剧毒。

值得纪念的一天。

老头儿没死。算他命大。

但我们并没有失望。我们是乐观主义者。

我们暂时躲在地狱的一个隔间。我们没有瑟瑟发抖。

光荣属于领袖——指引我们前进的伯爵。

有时候，我真的很讨厌他。

如果世界的某个角落真的还有魔鬼这种稀罕玩意儿，我相信……

有时候，还是不说话为妙。

我们似乎总在漫游。或者在漫游的路上,或者做着漫游的准备。

这就是人生。动荡不安,然而又充满乐趣。

年终总结(死者或属性/数量)

牧羊人(3)	砍伐山林的女人(9)	船员(61)
野生动物(1880)	烧炭工(5)	傻瓜(250)
聪明人(1)	教师(2)	大臣(33)
财务大臣(667)	贵族(15)	商户(9)
士兵(46)	单身汉(2)	寡妇(18)
低级巫师(802)	和尚(6,3男3女)	国王(2)
黑帮成员(1230)	疑似(88)	重度疑似(190)
记者(3)	洛阳(45)	天蝎座(71)
外访团(9)	赌徒(1)	酒鬼(66)
政见(6)	贸易(8804)	知识分子(2)

新来的人总是不能叫人满意。

伯爵发怒了。

他不再是伯爵。但是,这个组织仍旧叫作“伯爵”。

这真是一件幸事。

新年结束,我们继续工作。循环论。宿命主义。

可悲的乐观主义者。

在地狱里溜达的时候,意外地碰见叽叽巫。

他也在那里溜达。一点都没长进。

对这一点,我倒是从不意外。

我早就看穿了这个世界。这正是我热爱生活的根源。

有些人总是不务正业。没办法,只能消灭。

我们改用毒气和喷火枪。投毒的事儿干得很少了。
我们想表现得更加专业化。
这是伯爵的要求。

伯爵失去了心爱的小儿子埃利斯。大家的反应有点慢。也就是说，我们并没有“表现”出应有的悲痛。这是一个耐人寻味的现象。按理说，小埃利斯在领导我们的时候，不像他父亲那样克扣工资。最多，也就是任务失败的时候给你脸上来一巴掌。但不管怎样，大家就是愚钝。蛛丝玛东东议长暗示了好多次，总归不起作用。

只有那几个傻瓜跟着他去送葬。
其他人都找借口请假。
我得监视刚刚加入的魔鬼。所以，我也请假了。

笑的时候，大家一起笑。
哭的时候，你就一个人哭。
这是真理。真理总是简单明了。

伯爵跟他的女婿闹得不可开交。
伯爵居然要跟战神巴克决斗！这都是魔鬼鼓动的。
谁他妈都知道，这无论如何都很愚蠢。
伯爵似乎变得越来越蠢。
聪明人就是这样：始于聪明，终于愚蠢。
除了理财的本领，他连……都不如。
但他自己根本不知道。也没人提醒。
我呢？我才犯不着。我又不是他的女儿。

袭击巴克十一次。

在最后一次攻击中，我们全军覆没。

奇怪。他总是能提前知道。

我退出了组织。不是不情愿，而是巴不得。

难道说，跟那条可悲的蛇一样，我也有点厌倦了？

我要研究治病救人的方案。长寿药水，这才是我的人生目标。

我讨厌长寿的岁月。但我怜悯人类，总是那么怜悯。

我的灵魂越来越高升，快要进入天堂。

和魔鬼打交道，总得有点出人意料的智慧。

我的本领就在于此：接受领袖的意见，但绝不迷失自己！

今天和往日一样。我们是无限循环的小数点。

要坚信自己是对的！

——这是伯爵的最新指示。

咒语，咒语

小天使终于逃走。他似乎离开人马座，无声无息。

咕噜噜说，他会回来的，他会回来的。

咕噜噜手里的星盘跌在地上，摔成碎片。

这只会让艾莉更加伤心。

艾莉梦见了小白鱼，神话中的跳入云天待孕的白鱼。

它在空中飞翔。毫不犹豫，片刻也不停。它要繁衍的世界只朦胧可见。

艾莉追着。她骑上一头奇怪的鸟，没有趾爪的猫头鹰。

她飞得很快。但白鱼更快，像闪电掠过云层。

她看到月亮躺在中天，像母羊那柔软的乳房，包涵着光芒。她飞向东方，看到闪电里的湖泊，长着红色胡须的男子变成红色果实，坠落在岸边的沙地上。飞向南方,看到喷着烟火的长条形列车,被乌鸦牢牢地牵着,绕行在高可擎天的梧桐树梢上。飞往西方,看到女巫们长着辣椒一样瘦长的脸蛋,滴血的瞳仁,丝瓜一样枯燥无味的胸脯,眨着眼睛,跟她不停地打招呼。绝对不能停下来。绝对不能停下来。她不停地告诫自己。她又飞往北方以北的世界,循着母性的本能,寻找她的孩子。在那里,漂浮着许许多多敞开的透明的用船舰作为主要造型的城堡。每座城市经营着不同的商品。城市里有一个奴隶主,也就是船主。他一个人管理着、劳役着成千上万的人,但从来也不会遭遇反抗。比如说吧,这里有座珍珠城,城里到处都住着打捞珍珠的个头只有拇指大小的渔夫们。他们是给那船主做工的奴隶。全城的人都是奴隶。男人们跳进四方形的池塘打渔,每天只能得到一条三寸长的小鱼,却累得满嘴冒泡儿;女人们跳进圆形的池塘打渔,每天只能得到一条三寸长的小鱼,累得浑身抽搐。到了做工的时间,魔鬼鸟拍打着水面,催促人们走向无边的大海,去打捞珍珠。他们戴着防水面具,不停地跳入大海,又缓缓浮升上来,把一粒粒的带着血丝的珍珠送到甲板上。等到珍珠装满箱子,船主才会开恩,允许他们爬到没水的地方,像一具尸体一般,有气无力地躺一会儿,看那火红的太阳蹦到草垛上,鸽子跃过地平线。海水腐蚀了他们的意志、大腿和细细的胳臂。因为老是发炎,他们的手上从来不长指甲,能够见到的最美观的东西,大概只有鲜艳的脓疮;与此同时,饥饿还在折磨着留在城里的瘦弱的孩子,使他们提前衰老。所有人都奄奄一息,像影子一般走过街道,或者疲倦地倒卧在路边台阶上。台阶后边富丽堂皇的宫殿只属于船主家族。这一切已经延续了五千年之久,从来没有发生过一点一滴的改良。看到这一切,艾莉止不住地潸然泪下。她偷偷打开城门,告诉那些困在里边的人:"你们这些可怜的孩子,快逃吧,逃到没有奴役的、自由自在的地方。"但是,他们只走到城门边看了看,就漠然地转过身子,走回那些破烂而凄凉的窝棚。一个老人叹息着说:"没用的,没用的。我们躲不开岁月和大海!"

哦,这些可悲的决不回头的人类,甘受摆布的聪明的奴隶!

飞啊,飞啊,不停地飞。多么神奇的世界,多么神奇:用波涛般的悲哀冲淡了装在纸杯里的小小的悲哀。看到别人的悲哀生活,我们自己的悲哀似乎便肤浅了,弱化了。和那些庞大的无处不在的世界性的孤哀比起来,一只掠过内心的悲鸣的大雁,也实在算不上什么。所以,那些旅途上的、梦境里的见闻,冲淡了艾莉挂在心上的自怜。

在一座极高的山峰,猫头鹰折断了翅膀。艾莉跌落下来。

她闭着眼睛,知道自己会下落的。她听到人们的惊叫。

在那遥远的不切实际的叫声里,她听到母亲的抚慰。

母亲的召唤,声声入耳:像鸽哨一样,像咒语一样,震响于梦境。

哦,在深渊一般的悲痛里,艾莉霍然惊醒。

是巴克!他俯身看着艾莉的噩梦,无限悲痛击穿了心底。

"你在做什么?"

"我在守着你啊,我看见你做梦了。"

艾莉惊愕地说:"什么?你看见了?"

巴克微微一笑,抹了抹她发际的汗液,心疼不已地说:"是的。我当然能看见。只要深切地爱着对方,每个男人都能看见情人的飞翔。悲也好,痛也好,我能看见。在我瞳孔里,不,在瞳孔触及不到的时空里,我们总能遇见。"

艾莉说:"我梦见母亲。她在飞,她带着我,飞起来了。"

巴克说:"那么……你感觉怎么样?"

艾莉说:"感觉很不好。感觉就像死了一回。"

艾莉说,她的预感向来很准确。

每当她梦见那条小小的白鱼,巴克就会遭遇危险。在每一个梦里,艾莉喊叫着:亲爱的,跑吧!快快跑到远处。躲在谁也看不见的地方。

无一例外。在梦里,巴克总在重复同一句话:我不是懦夫。我不会躲起来的。你看,我已经打败了他们。暗杀团落荒而逃。他们再也不会来了。

但是,小白鱼总在水塘里泼水。

巴克总也没有安闲的时候。

他们已经开始投毒了。眩晕症，困乏无力，多梦。艾莉知道这个。

艾莉戴着面纱，敲开国王的密室。

国王正在那间阴森森的地下室张贴咒语。地面、桌椅、法器、衣物、书架、墙壁，甚至连天花板上都是密密麻麻的符箓。有的画着毒虫。有的写着诅咒。有的空空如也。有的布满灰尘。天地人间，五湖四海，寰宇之外，凡是能想到的阴损与恶毒，都在地下室里拥有一席之地。

国王把门打开一条缝，刺鼻的霉味马上冲出来。

一把施加过咒语的笤帚蹦蹦跳跳地跑出来，被风一吹，便倒下了。

门上画着一枝桃花。桃花的花苞已经枯萎。

一架可笑的骷髅，把耳朵穿在桃花的枝条上，得意扬扬地看着艾莉。

国王穿得奇形怪状。他的衣服是陈旧变色的破布条拼凑的。腰里系着肮脏的蛇皮般的麻绳，绳子上结着尖利的刺痛皮肉的蒺藜。他打着绑腿。脚下的锁链当啷作响。跟以往一样，遇到痛苦的时候，他总是要躲在这间阴暗的地下室，跟苦修的隐士一样独处一隅。

国王很是不悦，干巴巴地问道："你来干什么？"

"父亲，求你了，死者不能复生。小埃利斯的事情，就让它过去吧。你不要再拿这件事折磨巴克。也不要折磨自己了。"

国王的手背在后面。面无表情，目不转睛。

"那是我的自由，一个国王的自由。"

"你的所作所为，巴克都很清楚。咯咯巫的笔记本落到了巴克手里。你们滥杀无辜的历史已经败露了。但他并没有恨你啊，所以……"

国王镇定地说："历史将由我的书记官填写。"

艾莉说："不，历史是由后人写的。和解吧，和解吧。现在还来得及。"

"仇恨一旦爆发，一切都来不及了！"

很显然，国王在发怒。他捏着艾莉的下巴，眼睛瞪得红通通的。不过，他很快就摆脱了狞恶的形象。国王一把推开女儿，吼叫着说："你还不明白吗？这正是我把你嫁给他的原因！走，赶快走。我不需要你这狠心的女儿了……”

艾莉深感悲哀地说:“父亲,父亲。天下没有这样的道理。仅仅因为艾莉爱上巴克,爱上了父亲给她指定的丈夫,就该被所有人抛弃,就该受到憎恨吗?”

国王摊开双手的瞬间,艾莉仿佛看到他手里的刀子。

刀光一闪,又隐没在袖筒里。

啊,锋利的、寒霜般的、父亲握持的刀子,差一点割断艾莉的喉咙。

国王知道艾莉的想法,他说:“你看到的,那不是刀子。针筒而已。”

国王仰起脸,一言不发,看着外边的星空。

艾莉忽然指了指密室一角,惊叫道:“父亲,那是什么?那个龇牙咧嘴的黑影子,莫不是小埃利斯复活了?”

国王说:“没什么。你赶紧走吧!”

就在说话的工夫,艾莉看到的黑影挤出门缝,一溜烟不见。

艾莉看清了,她惊恐不已地问:“父亲,那究竟是什么怪物?”

国王冷冷一笑,说道:“那不是怪物,是被我诅咒过的小鬼。”

艾莉说:“我不信。那不是我的小天使吗?你给他注射了什么?”

“我要……当然是治病救人的药……药水。”

国王的神色变得很不自然。他用力关上那个缝隙,把女儿拒之门外。

艾莉敲门。艾莉哭喊着。

“父亲,父亲啊。你不是最喜欢小天使的人吗?”

国王背靠着密室大门。腰间的绳结猛地刺入皮肉,血水沿着破布条滴渗下来。冷汗流过额头,加剧了国王内心的痛楚。他的脸色像死人一般难看。

等到艾莉的脚步声远了,他才喃喃自语地说:“没错,没错。我是讲道理的。我是清醒的。只要带上玛吉斯家族的血统,便是我的仇敌。啊,这难道就是我的命运?国王,国王!哈哈哈,好一个伟大的名称!我爱的人,都归了玛吉斯家族的混蛋们。所以,我爱的人,最后都得死。这算什么?报应,报应吗?狗屁不通。这世间只有聪明人才能活下来。而我,就是最聪明的……”

在剧烈的痛苦中，国王缓缓倒在地上，昏睡过去。

“玛吉斯家族，我诅咒你！”

“玛吉斯家族，我诅咒你！”

“上天入地，漠漠黄泉，我诅咒！”

“啊，我的爱，我的爱，你在哪里？可怜的，我只剩下诅咒了。”

月圆之夜

月圆之夜。决斗结束。

国王的“无影”宝刀飞了出去。魔鬼铸造的刀，的确是一把好刀。

国王赢了。然而，国王也失败了。

打败巴克的不是国王，而是“无影”。

获得最终胜利的只有魔鬼。“无影”脱离国王的控制；它打倒了巴克；紧接着，它又听从魔鬼的指挥，直直地飞出去，追击负伤的巴克。

天亮了。宝刀一直在飞。它越过棋盘山的主峰，追到鬼城。

然后，又飞快地逼至比邻星。巴克的行踪逃不脱魔鬼盯梢。

巴克无路可逃。他拖着受伤的胳膊，折返鬼城。

巴克藏在一个月亮照不到的地方。

魔鬼和“无影”迟疑不决，徘徊在鬼城上空。

整个城市还没有晨起，只有一个最勤苦的屠夫走出门店。他捶着酸痛的腰间，叹着气，摆出当天的第一包猪肉。其中一块两斤重的槽头肉突然飞了出去，被宝刀吸引，掉落在罐子里。宝刀和肉，都被罐子中的鳄鱼阿宝吞下。

巴克从罐子后边的那间暗室走出来，高兴地说：

“干得好，阿宝！干得不错！现在，到你该去的地方吧。拜托你，一定要把我的小巴克照顾好。”

阿宝探头看看巴克的地图，明白了那个“该去的地方”。

于是,阿宝迅速地长出一个长长的吻突,发育出两排牙齿。罐子容纳不下它的大嘴巴。轻轻一咬,就把罐子磕破。鳄鱼爬了出去。

它在巴克的院子里啃食锄头。

而它最喜欢的食物,竟然是盐碱地里长出的硬石子儿!

此后,每天早晨,它爬到河边,找到适合的沼泽地,卧下来。一动不动地待上一整天。在上弦月逐渐隐没的时段,它停止吃喝,进入到深入命运的冒险。阿宝蜕掉三层外壳,长大了。

刚刚蜕掉坚硬外壳的阿宝是很虚弱的。

它逆着银河里的水,一路上行,来到山脚下憩息,采食背阴坡地上生长缓慢的蕨菜。针阔混交林的边缘,鳄鱼阿宝艰难地爬行着,在湿润、温热的土地上寻觅那种俗称"龙头菜"的蕨类植物。这是它的生长期。急速升高的脑部血压和发炎的关节折磨得它痛不欲生。当蕨菜的汁液流进喉咙,才大大减缓疼痛,头昏症状也大大好转。

它追着洛阳人的气味儿,一声不吭地跑到下界。

这是一个叫紫阳镇的地方。

阿宝一落地,便让洛河西北角的邙山微微颤动。

春分过后的天空,白羊座耳朵上挂着的苍蝇座闪闪发亮。

阿宝不关注它们。

它是个有感情的家伙,一心挂念着自己的老家。在层层覆盖的老林里,阿宝抬头寻找人马座。那座供它安居的新山峰高不可攀。

这座山,也叫棋盘山。

眼前的洛阳和鬼城那么相似。它摇了摇头,脑袋有些昏沉。要是聪明人"剧场"在身边的话,一切都会搞清的。

在棋盘山下吃了一段蕨菜,它变得越来越强壮。

它的牙齿锋利极了,可以吞下一面长满鹅卵石的山崖。

吃完石头,它就变成石头,趴在那里不动。

那些到处漫游、无所事事的黑影对它最为好奇。

"你只是一条呆头呆脑的鳄鱼罢了!"

不中听。阿宝感到很恼火。

在紫阳镇，每一个孩子都养一条小黑蛇作为宠物。小黑蛇钻进阿宝烟囱一样高高竖起的耳朵，不见了。猴子也钻到阿宝的嘴巴里，想找回丢失的皮球。阿宝的嘴巴吧嗒一声关上。跟大门一样关上了。

小猴子失踪了。还有好多山羊、母猪、刺猬，以及赤斑羚、松鸡、纤毛虫、蜻蜓什么的。谁让它们对那大张着的傻乎乎的嘴巴感到惊讶呢？

大路上走过无数的人。他们没有走进远方，而是进了阿宝的肚子。鳄鱼睡醒，瞥见人马座的灯笼高高挂在苍穹顶端，横贯银河南北的蓝色天幕。

一只名叫"魔鬼"的鸟大笑着，站在树上。

看到这个只知道傻笑的蠢货，阿宝才想起来，它还要寻找小巴克。

它一高兴，张开石头大门做的嘴巴，打了一个哈欠。

鳄鱼阿宝清醒了。它缩起身子，努力想变得瘦一点。

如此一来，藏在肚子里的存货全都吐出来，回到原地。

阿宝没有了大肚子，看起来跟蟒蛇的身段一样。

谁也不懂这是怎么回事。

阿宝的归宿

不知何时，这蟒蛇站在一棵桑树下，成了紫阳镇的流浪汉。

雇用他的人，是武占元。

"你的老家在哪里？"

"哦，我没有老家。"

"你叫什么名字？"

"我……没有名字。"

占元感到挺奇怪，但并没有显露出来。

占元抬头看了看那棵桑树，说："那么，把你叫作哈桑，怎么样？"

从此以后，世间便有了一个叫哈桑的人。

哈桑腾出一只手来，摸摸下巴。没错儿，他跟所有的男人一样，长着一个结结实实的下巴。他低头看看自己的脖子，脖子上挂着的贝壳项链还在。这让他想起在天蝎座当小偷的日子，想起那些离家出走、迷茫、流浪、隐居在山洞的日子，甚至，还想起仙鹤“风筝”。他抬头看了看高高的天空。那里寥廓无边，已经没有飞鸟经过的痕迹，唯有水银一样的白雪一样的云彩流动着。他挥了一下自己的胳臂。没错儿！他已经得偿所愿地成为一个人。胳臂粗壮有力，可以轻而易举地打倒一头公牛；心脏在胸腔里砰砰跳动。风虽然很大，路虽然很远，但他的灵魂坚定、镇静。对自己的命运，他已了然于胸。

而到了夜间，哈桑又会变成大黑蛇，守护着自己的梦想。

哎哟，这是谁的安排呢？

怎么可以这样安排呢？

流浪汉哈桑在紫阳镇生活了几年。他跟着武占元，学会读书、认字，还能给小孩子们讲述洛阳人没有听过的故事。武占元成了哈桑最早想要成为的那种人。

哈桑是个看家护院的好手。哈桑还会念咒语。

武占元学会了几条咒语：把一棵树从东边移到西边；把石头变成鸟蛋，孵化出修罗鸟；唱两句歌儿，把一段绳子变成小黑蛇，刺溜一下，钻到匣子里。

哈桑住在青龙寺旁的土坡上。他的房子建在山坡顶端，时隐时现。春天里，那倾斜四十度的黄土坡冒出白色烟雾。哈桑坐在茅屋前，仰望着人马座消失的地方，喝着家酿的烧酒。他学会了喝酒，学会了抽烟，也学着占元的样子皱眉头。土坡北边，是那一望无际的邙山。在他皱着眉头读书的时候，几只修罗鸟沿着烟雾飞到屋檐上。它们是哈桑的好朋友。哈桑把修罗鸟的样子刻进木头，做成一个又一个的玩偶，送给紫阳镇的小孩子。孩子们围着木匠哈桑，唱歌、跳舞，非常快乐。哈桑没有娶妻，也没有生子，但他根本不孤单。他谨言慎行，赢得人们的尊敬。空闲的时候，哈桑还会给人看病。

哈桑是一位医生。病人来了，坐在茅屋前的凳子上，让一条小黑蛇在脚下嗅闻。哈桑问那条蛇："她得了什么病？哦，你说是……这个病倒是挺麻烦。"

这条给人看病的小黑蛇，盘在哈桑的脖子上。哈桑说，那是他的贝壳项链。

一群孩子跑到土坡上，吵吵闹闹，就像那种叫作"喇叭"的花儿。

"哈桑大叔，哈桑大叔，你的小黑蛇能送给我吗？"

"这条不行。我明天送给你一条新的。"

即使到了冰雪季节，雪踩在脚下吱吱响，冰溜挂在稻草上，也会有几个孩子跑过来，呵着冻红的手指头，看一眼茅屋上的瓦松，便开始敲他的门。

哈桑懒得应声，吼道："有话快说，有屁快放！"这样一吼，说明他很忙。

木板门上裂着一条缝。他们可以隔着门缝喊话。

"哈桑大叔，哈桑大叔，你的小黑蛇能送给我吗？"

"这条不行。我明天送给你一条新的。"

明天，永远是明天。哈桑给人承诺的"明天"总是那么多。

话说，到了某一年的秋天，大雁飞过头顶，迁徙的鸟群结成菱角样的阵型，横在长空。占元让哈桑驾着车，带着村里的长工和猎狗去林子里打猎。那片林子很大，是占元家的祖产。抬头看一看，鸟群还在天空，一颤一颤地前进着。快到棋盘山了。芦苇在山下的水畔铺开，吐着白色丝絮。

这景象勾起哈桑的回忆，使他有些恍惚。

王命

又是一个月圆之夜。

国王已经有了癫狂的迹象。艾莉守在父亲身边，不停地催促。

"回去吧，回去吧。你该休息了。"

国王吼了一声：

“巴克，巴克，看你能逃到哪里?”

艾莉看着父亲，温柔地劝说道：“听话，你要听话，快回到你的王宫吧。你的长寿药水快要放凉了。凉了就不好喝了。”

国王揉揉眼睛，有些呆愣地看看挂在西天的月亮。这是一轮桃花的满月，有着痴红的脸颊，绿宝石的眼睛，和桃花才有的鲜艳夺目的神采。

“哦，天呐，它多像巴娅王妃……”

“什么?”

“呃，我告诉你，它实在太美了，真像巴娅王妃当年的模样。”

“你说的，是什么……话?”

“我告诉你吧。这可没什么丢人的。当年，在那个残暴的玛吉斯时代，这可是司空见惯的事情。我的第一任妻子其实是巴娅。她被玛吉斯国王夺走了，夺走了，成为他的巴娅王妃。从那以后，国王就成了我心里的魔鬼，魔鬼。你懂吗?”

艾莉实在吃惊。她突然问道：“那么，巴克……”

“他是玛吉斯国王的孽种……该死的！我把你嫁给他，也是该死的!”

艾莉瞬间就呆住了。她对着父亲，痛苦地叫了一声：

“这么说，我真的是王权交易的一个棋子。作为父亲，您总算是利用了我，您唯一的女儿，实现了打击玛吉斯家族的愿望。”

此时此刻，作为父亲，国王居然是那么平静。

“孩子，这就是生活。为了生活，我们不得不跟魔鬼合作。”

艾莉愤怒地尖叫一声：“您可是忘了，在您和您那些可敬的魔鬼之间，还有您的妻子、女儿呢。您，作为父亲和国王，一直在污染这可笑的国家、可悲的人民。结果，您那一连串的阴谋，那凄惨的仇恨，什么都没能挽救，既没有帮助到小小的蚂蚁，也没有保住您那脆弱的尊严。您伤害了不该伤害的一切。在这明晃晃的世界上，您简直什么都没有留下。现在，我也要走了。”

艾莉真的放开父亲，头也不回地离开。

缺少扶持的国王身子一歪，倒在圆月照耀的庭院里。

国王悄悄地爬了回去，精疲力尽地躺在通往权力的台阶下。

在浓重的阴影里，有一个巴娅王妃。她静静地看着这一切。

现在，年迈的王妃平静地搀起国王，让他舒舒服服坐在台阶上。

“台阶有多么冰冷，国王就有多么愚蠢。”

在巴娅王妃自言自语的时候，屋檐上的露水滴下来，打在国王的手背上。

他睁开眼睛。来自内心的瞳孔使他看到远方的天柱山。那些巨大的前代国王的塑像，在山上构成了笼罩整个星球的阴影。在这令人不安的心境里，国王感到自己飞速下沉，即将落到一口可怕的深井。井底的巨龙张开大口，准备迎接他的肉体的生命。就在这时，半空里弹开一张柔软的网，遮护着国王，使他暂得喘息。可是，他的眼睛已经昏花。

跟所有的国王一样，他的眼睛总是会昏花的。

身后是深不可测的王宫，身前是深不可测的树林。

耳边似乎传来嗤嗤笑声。魔鬼般的，充满讽刺、充满悲悯。

但是，他终究还是醒悟到：这不是魔鬼，是来到他身边的巴娅王妃低声啜泣的声音。“天啊，这么说来，总算还有人记着我，我——一个衰老的家伙。”

“别说傻话，你一点都不老。还有的是时间，还这么年轻呢！”

啊，这令人陶醉的哄骗。真像当年。那离别时分的桃花林……

国王再次睁开眼睛。“巴娅，是你吗？我不是在做梦吧？”

王妃凄然说道：“如果只是一场梦，那倒真要感谢上天了。”

国王悲叹一声，气闷地说：“国王的命运，被那些巫婆说中了。”

“发布王命吧，让巴克得到自由！”

国王也说：“发布王命吧，让巴克得到自由！”

说完，国王颓然倒在台阶上。浓重的阴影，再次笼罩了金碧辉煌的王宫。

艾莉跨过门槛，走进一座庙宇。

青龙寺。千年不变的大佛。千年不变的时间。

“巴克，逃亡吧，逃亡吧！让我们抛开这悲惨的命运，再也不要回来！”

在她说话的同时，咕噜噜兴高采烈地出现。

咕噜噜走在前边，后边紧跟着巴克。

“啊，今天真是个好天气！”

巴克的手里拿着一面镜子。

看到艾莉的样子，巴克惊叫一声：“艾莉，你怎么了？”

艾莉说：“我要死了，我要死了。这次可是真的，再也不会回来。”

巴克把她抱在怀里，安慰道：“我们找到了对付国王的办法。只要带上这面镜子，我们就再也不用害怕魔鬼。”

艾莉看着那面镜子，脸色出奇地平静。她的嘴唇那么苍白，她的眼神充满惊讶。“没错儿，我知道。现在，我终于知道了。这面镜子的确可以让你获得战胜魔鬼的力量。”

咕噜噜兴奋地搓着手，说：“怎么样，我说的没错儿吧。这是我的最新研究成果，最新的。只要把这面镜子贴身带着，魔鬼就无可奈何。”

艾莉低声说道：“是啊。可是，我要化为泡沫了。我要进入到镜子里。”

话音刚落，艾莉就起了变化。

真的，她的下肢不见了。她的躯干也不见了。

现在，连她的微笑也不见。

“你在哪里，你在哪里啊？”

“我在化为爱的泡沫里，在你想起我的时光里。”

她的笑容印在巴克的心间，但身体却雾化了。

美丽的、唯一的鬼公主，美丽的、唯一的母亲，最后一个被记载下来的担忧他人的生命，她像冰溜一样，凉凉的，融化在巴克的手心。

“你抓住我，你抓住我。你会得到我的力量。”

她笑着，说出了真相。她永久地进入到那面镜子。

从此以后，虚空的爱，将永久性地定居在人马座静止的风里。

传说卷

第五章　变戏法

变戏法

这一年，芦苇快要成熟的时候，紫阳镇上来了一伙变戏法的人。他们总共有三个人，各自牵着一只猴子，跟在一辆围得严严实实的马车后。三个猴子，三个人。猴子和人都走得慢腾腾的。他们在街道上来回转圈，寻找演出的空地。

听说有几个怪人，紫阳镇的小孩子们全都跑出来。

街道上喜气洋洋。

领头的人姓朱，叫作朱四，戴着一副金边眼镜，斯斯文文的。他的伙计是一个干瘦的老头儿和一个穿长袍的人。那老头儿据说坐过牢，嘴巴被打烂了。他的嘴里老是堵着一个石头蛋，发出噗噗噗的喘气声，手指尖细而狭长，像鹰爪一样。他一说话，嘴里总会先发出一阵"叽叽叽""叽叽叽"的好笑的尾音。穿长袍的人似乎是个瞎子，眼睛上永远蒙着黑乎乎的眼罩。他走路的时候直视着前方，但从来不会碰翻路边的烧饼摊子和挤到身边的兔崽子们。他是个很不友好的人。他把紫阳镇的孩子们一律叫作"兔崽子"。

"兔崽子们，离我远一点！"

"兔崽子们，我要打人了！"

马车停在十字街口。他们选中的地点是节日里搭戏台的空场。那里处在十字街北边的高地上，变戏法的时候，谁都能看见。

戏法开始了。耍猴儿、顶竹竿、耍大刀、吞剑、吐火。

猴子骑在山羊的背上，用皮鞭赶着山羊遛弯儿。遛弯儿的地界就是画出来的那道石灰线。老猴在甩鞭子的时候，能把皮鞭拧成一个麻花儿，从手心里放出去，嗖的抖开，啪啪、啪啪。经过小和尚身边的时候，鞭子的末梢就扫过光溜溜的头顶，啪啪、啪啪。小和尚缩着头，对那会甩鞭子的猴子表示敬佩。那个蒙眼罩的人走到他身边，停了一下脚步。

"你是我们的小王子吗？"

小和尚抬起头，看着那个黑乎乎的眼罩，说："不，你才是王子呢。"

猴子们表演完了。它们蹲在地上吃糖。剥开糖纸，把花花绿绿的纸扔到一边，啃那颗硬糖。它们撮着牙花做鬼脸，把人笑得够呛。老猴子看到人们都在笑，就有些生气。它跳到一个观众肩上，把他的草帽抢走，扣在自己头上。这个人长得又黑又高，傻粗傻粗的。他叫二黑。二黑爬起身来，嗷嗷叫着去追猴子。老猴子害怕了。它跳到眼镜身后的马车上，把帽子送进嘴里啃了几下，觉得没什么味道，便随手一扯，把撕破的帽子丢还给追过来的傻大个儿。人们笑得更厉害了。

顶竹竿的主角是那个连喘气都困难的老头子。他把竹竿顶到下巴上，仰望着蓝盈盈的天空，一动不动地，是在等着什么。一个最小的猴子被戴眼镜的人踢了一脚，便跳起来，急速爬到杆子的顶部。猴子在高处抓耳挠腮，和那老汉配合着，随着他的移动做出远观、偷窥、欢喜、愤怒的样子。它还在那个摇摇晃晃的杆子上表演脱衣服、穿衣服。看来，它是个公猴子，不知道害臊。但它的衣服可不是随意乱扔的：花布兜罩在老婆婆的头上，裤衩扔到了大姑的怀里，巴掌大的帽子丢给了傻大个身后的小姑娘。人群里发出一阵阵欢呼。

老婆婆扯掉兜兜，破口大骂："骚猴子，贱猴子，叫你掉进开水锅，掉进山洞里，遇见个大长虫，咬死你个泼猴儿。"

大姑扭了扭肩膀，掸开身上的红布片，躲到人缝里。

小姑娘眼疾手快，抓住了帽子。她的父亲二黑顾不上管她，正气呼呼的站在那里，像一尊铁塔。姑娘顺手把帽子塞给身边的小和尚。小和尚笑嘻嘻地接过去，撕巴撕巴戴在头上。现在，小和尚的光头不见了。

老婆婆说："老猴精喜欢娶媳妇，你也要配个媳妇吗？"

小和尚的脸红了。

过了一会儿，戴眼镜的人拉开马车的后箱盖，放了一个长长的木板，顺到车里。穿长袍的人把袍子掖到腰间，沿着木板走进去，从车里推出一个大铁笼。这个人站在笼子前，就像一块做成立柜的榆木，方方正正的。他的力气大得惊人，可以单手提起那个大铁笼。要知道，笼子里还有一只狗熊呢！他露的这一手，把人们都镇住了。小孩子吐着舌头，满怀敬畏地摸摸那双满是骨节的大手。他的手冷飕飕的，跟冰砖一样。怪不得他对人那么不客气呢。他的力气实在是太大了。他当然会看不起人！穿长袍的人打开锁子，放出来一个肥肥胖胖的黑熊，便径直走到一边，闷闷不乐地掂起一把大刀来。那么沉重的大铁刀，就在他手里左左右右地来回颠。他还能把它抛到高过头顶的地方，再毫不费力地接住，在身前身后随意耍弄。不过，他的脸上始终没有表情。小和尚心想：这人因为力气大，就没有个高兴的时候吗？狗熊呢？哦，这是个个头很大的家伙，爪子上、肚子上都是又粗又长的黑毛。戴眼镜的人走过去，对它低声说了句什么，黑熊便人立起来，抄起那个穿长袍的人递给它的大刀，学着他的样子耍了起来。那刀可能是太重了，狗熊弄了两下就累了，躺在地上耍赖，说什么也不肯爬起来受罪。那老头子看劝它不住，就怒气冲冲地走上前，用棍子狠命打了它几下。狗熊哀嚎着，在地上疼得直打滚，惹得围观的人一齐唏嘘。

老汉停下手，走到观众面前，做了一个罗圈揖，愁眉苦脸地说："各位大哥、大嫂，各位老少爷们，不是我心狠，实在是没办法啊。俺老家在山东济南府，千里迢迢来到贵地，也是缘分。只因为家里收成不好，欠了地主老财的债务，把俺扔到牢里坐了整整十年。出来后，老婆、孩子都跟着人跑了。哎……这才逼得俺跑河北、跑河南，到处卖艺。一年下来，好赖也能混个肚子饱。"他抹了一把眼泪，换上一副生气的样子，指了指穿长袍的人，说道："谁承想，我这兄弟上个月给我买了这个赖货，老生病不说，还吃得死多，一天要吃三十斤粮食。现在物价这么贵，你说，这家伙……谁能养得起啊？”说着说着，他又要掉眼泪了。围观的人们齐齐心软起来，都要给他凑份子，帮衬些粮食啊、钱啊。老汉很有骨气地表示，他乃好汉一条也，绝不接受钱上的施舍，只求一点粮食就够了。

这时候，那个戴眼镜的人再次出场了。他端着一个又扁又大的簸箩，走到老汉身前，劝说道：“老哥，你就不要推辞了。不能让人家脸面掉地上啊！”说完，他就端着簸箩走出去，见人就鞠躬、致谢、流眼泪。遇见好汉遭了罪，洛阳的老乡们心肠很麻搭。虽然都不是财主，这点义气还是要保住的，不能丢了紫阳镇的面儿啊。有些人把买菜的钱、卖肉的钱，都献出来了。不大一会儿，簸箩当间鼓起来。一张五毛钱的小票儿掉到地上了。二黑弯腰捡起来，还给那个眼镜男。

收过钱，演戏法的人精神大振。狗熊也像喝了老酒一样，把大刀舞弄得晕晕乎乎的。他们还能吞宝剑、吐火球。剑和火明显都是真的。

这些人演完了也不走，不怕戏法会穿帮。老头子说：“明天，你们再来看，我这里还有新的戏法。”

他们似乎认得小和尚的师傅——大和尚。晚上，他们就借住在青龙寺。这让小和尚很高兴。他一路跟着那伙人走进庙里，看他们跟大和尚很熟络地说话。大和尚叫慧明。慧明把他们安顿在寺院北边的几间小屋子里。

擦黑的时候，猴子、狗熊和山羊、青骢马都拴在紧邻的厢房里。小和尚候在窗口，看那三个猴子喝水、吃馍馍，扒开长毛，捉身上的虱子。虱子从毛根揪出来，挤到指甲缝里，在嘴里咬，咬得吱吱响。虱子又从毛根揪出来了，又咬在嘴里了，在尖利而细密的牙齿下截断，咯吱咯吱响，像冰面裂开了细纹，像砂纸打在马蹄铁上。猴子在无休无止地奋力咬着。虱子在无穷无尽地蹦出来。

小和尚的耐心快要磨光了。

安放马槽的墙根处爬上来一只壁虎。它瞥见了那个正在吃草的大个子，不由得卷起尾巴，抖了一抖，遂快速而灵活地爬到高些的地方。墙壁在彼处凸出一个土疙瘩。它攀定那个优越的位置，定下神来，便甩甩带着斑点的细长尾巴，观察着呼呼吃草的青骢马。青骢马吃饱了，闲得没事干。它似乎想起了什么重大的事情，便看向窗外趴着的小和尚，表情凝重地沉思着，而对仅在咫尺的壁虎则漠然无视。在这局促的厢房里，它像一个落魄而不失体面的国王。

这匹青骢马以客犯主的高傲让壁虎觉得十分恼火。大马伟岸的雄姿让整个厢房看起来像个侏儒世界。壁虎还注意到一点，这位客人的尾巴笔直有型，毛发光滑，蓬松柔软，一副养尊处优的老爷派头，相形之下，作为主人的它就显得可怜多了，尾巴光秃秃的，透着寒酸和土气。这怎么行呢？壁虎在自己刚刚占据的制高点上唧唧叫着，提醒客人：这里是它的地盘，大家一定要注意，它对每件事都是有发言权的。青骢马摇摇头，毫无回应，而邻屋的一窝老鼠却闻声而至，在角落里来来去去地赛跑。老鼠这东西跟人一样，喜欢欺生——把那匹长着大犄角的山羊搅扰得很不安生。在不该长出棱角的地方，怎么可以安置个大喇叭呢。那个难看的大犄角让壁虎和老鼠们都感到心烦意乱。山羊咩咩叫着，跳了几跳，烦躁地挣着缰绳。

小和尚揉揉眼睛，觉得有些困。

青骢马似乎在微微发笑。它看到了小和尚，看到他脑子里划过去的梦的痕迹。它立了起来，立得那么高，脑袋几乎要触及到屋顶。在它的马蹄下，放射出蓝色的梦的光环。小和尚罩在光环里，真的困了，以至于他以为自己在做梦。因为他看见青骢马腋下居然长出一对翅膀，带着那匹马飞出窗洞。窗洞上结着蜘蛛网，蛛网上挂着新近捕获的冰凉冰凉的星辰。窗洞和天空一样，高远、深邃。

那匹青骢马被窗洞吸引着，飞了出去。马蹄铁敲击着窗框上的木条。它的身体像钻进木桶的螺丝钉，吱吱咛咛地旋转着，消失在结实而粗壮的木桶里。一个老态龙钟的老太太，骑着木桶荡秋千。她的嘴巴喷出绿色浓雾，一边招手，一边咯咯笑着，飞向烟灰缸般的夜空。

青龙寺屋檐上的太白星不停摇晃，飞过来飞过去。

小和尚的脑瓜被木桶上的铁箍磕了一下,瞬间疼起来。

睁开眼一瞧,天已经黑透了。那盏破旧的马灯还亮着,但马灯下的壁虎不见了。青骢马无影无踪。木桶、老太太跟着不见了。

狗熊抓着笼子上的铁条,大吼了几声。屋子里瞬间安静下来。

它的叫声很粗野,给这乌黑的夜晚打满光点。那叫声真像烫伤的哑巴。

小和尚决定回去睡觉。刚挨着枕头,他想起了哑巴哈桑的故事。

像烟雾那样消失

以前,孩子们入睡前,总是要看一看夜空:有的夜晚,会像烟雾那样消失。星光下的人,在烟雾里走着,走着,走着,不见了。哈桑的故事,就是这样。

这个故事是外公讲给他听的:哈桑掉进井里,井里有个蛤蟆,蛤蟆睡在床上,床上多出来个哑巴。哑巴来到山上,山上有个兔子。兔子嫁给哑巴,哑巴娶了媳妇。媳妇生个孩子,孩子是个蛤蟆。

哈桑很喜欢小和尚,给他摘过很多果子。

后来……他打猎的时候失踪了。

小和尚哭过几次,忘不掉那个沉默的哈桑。外公说:"他被一条大黑蛇叼走。蛇的肚子就像一口深井。哈桑再也出不来。"

那些乞丐打哪里冒出来的呢?谁也不知道。他们的视线从最矮的地方扫出去,把卑微而唐突的目光留在乡间记忆。他们习惯于坑坑洼洼的生活,在农民的院子外徘徊着。土路上,异乡人草蛇般出没。每当紫阳镇的人走出家门,便能和异乡人彼此撞见。游荡者面目阴晦地穿过田野,和候鸟身后的乌云并排行走。乞丐们驱之不去,命定要缠绕着乡间的历史。他们伸到脸前的手是皲裂的,就用这脏污的手指抓着碗筷,仰起脸来,瞻望着镇子上那些面色红润的当地人。

在这破败的群体里,只有会讲故事的哑巴是例外。他经年累月地披着一条藏青色的外罩，腋下夹着小小的包袱卷儿。夏天来了，他还穿得那么厚实。那件色调暗沉的青袍子几乎像蛇皮一样贴在身上。他那么穷，却始终不肯出卖他的那把刀。那是一把闪烁着暗绿色锋芒的宝刀。

自从认识小和尚，哈桑就不用装哑巴乞讨。

小和尚问道："你为什么总是抱着那把刀？"

他说："它叫作'无影'。你看，刀上边这个人影就是我！"

小和尚看了又看。刀上没有人影，只有一条青色的小蛇。

缺吃少穿的日子没有毁掉哈桑的乐观。他站在街角，在昏黄而宁静的茶馆背后的巷道里，反复讲述着鬼怪出没的传说。每当说到那些恶鬼，瞳孔里便闪出一匹濒死的黑骆驼。哈桑说："骆驼是最有灵性的，它能提前预知凶险的事情。"当屠夫们蹲在小溪边，眼望着热气腾腾的汤锅，开始在砂石上霍霍磨刀，准备给它来上一下，骆驼的苦情就迸发出来了。他说，他去过一个叫人马座的地方。那里到处都是沙漠。大漠里荒无人烟，除了呜呜叫着的寒风，就只有鬼怪和骆驼。他说：那满身疙瘩的温顺的傻大个儿，会在刀尖的寒光里号啕落泪，把一大片沙土打湿，把要杀它的人哭得发颤。"不过，等到他们挽起衣袖，还是会杀它的。"这句话，每次都会把小和尚吓得钻到那件藏青色的棉袍里。

他的故事有一个相似的开头。

"骆驼死的时候，掉下的眼泪很多。所以，在死了以后，它们的魂灵很干燥。我见过一匹骆驼，它的魂灵有这么大，比我的拳头还要大！"

只有在小和尚和孩子们面前，他才会嘟嘟囔囔地讲话。一开始讲故事的时候，他的嘴巴总是很笨。他驼着背，就像年迈的蜗牛。随着他的指点，那大眼睛的骆驼在巷道尽头一闪而逝。紫阳镇的小孩子不敢在街道上疯跑了。他们安静地听着哈桑的故事，用野草般的幻想养活了那些呜呜叫着的怪物。

讲完故事，哈桑就要去打猎。

哈桑背着弓箭，上了北邙山。

他在凌晨时分撞见了修罗鸟吗？要不然，他为什么像烟雾一样消失呢？

哈桑走了，把他的刀子遗忘在村庄里。

这是一把藏青色的刀。刀辗转流传，落到一个老头子手里。老头子准备用它杀一只鸡，再杀一只羊，为过年做准备。

那年冬天下雪了。

刀上有个青色的蛇影，看着很吓人。但它在结冰的天气很迟钝，就好像冬眠了一样。杀鸡的时候，它连鸡的喉咙都割不进去。它连一把柴刀都不如。

刀逼近绵羊的时候，绵羊一动不动。它镇定地看着刀，那眼神真是温柔极了。“当啷”一声，这把没用的刀落在地上，陷在雪里，再也不肯出来。

整整一个冬天，刀冻结在地上。大家快把它忘了。

春天来了。刀还在沉睡。一个盗墓贼光临那个村子，走到它身边，想要把它带走。这迟钝的刀却突然跳起来，杀了那个无辜的人。血在地上流淌，被饥渴一冬的刀啜饮得干干净净。

盗贼的坟墓凸起在村口，周边几十米的果树、草木都枯萎了。青龙寺的和尚们坐在草垫子上，给逝者唱三天经文，祈福。

盗贼的儿子长大后，总要背着那把刀，就跟带着仇人一样。

刀闪烁着青色的毫光，终于把这个刀客引到紫阳镇的河滩上。

洛阳人把这个刀客称为老洋人。

他是洛阳最大的土匪头儿，有三百个老婆。

小和尚住着的地下室。窗格子亮了。

一团水雾散入空中，闪射着奇异的光芒。光线柔和而清新，在读过的书里、坐过的椅子上、爬过的山坡上，无处不在，化入异乡人的黎明。

醒来后，小和尚站在慧明师傅的禅房前，知道师傅出门了。

小和尚的心里要着火。

他急等着师傅回来上早课呢。去大殿前等等吧。他跑起来。

大佛的眼泪

修罗鸟的幼崽和野鸭一般大小，滑翔在大殿的周边，在天空下嬉闹，争夺着瑟瑟发抖的雏鸡。它们把长着绒毛的小鸡雏弄到半空，扔下去，抓起来，一直到它不能动弹为止。母鸡高昂着头颅，站在土堆上，愤怒地抗议着什么。修罗鸟躲开了母鸡。这会儿，它们正麇集在白塔的顶部。在这透亮的早晨，到处都是肆无忌惮的身影。白塔下面的一切，似乎都跟幽灵一样。

小和尚来到大殿门口，隔着门缝窥觑。

一群人攀到高处，用刀在大佛身上刻画着什么。

大佛似乎流泪了。

大佛的眼睛直直地瞪着，显出威严，又显出此前未有的恐惧。

小和尚突然想起溪水边待死的骆驼——那蜗牛般渺小的哈桑。

大太阳下，小和尚感到手足冰凉。那个眼镜男站在一只箱子上，泰然自若地指挥着盗伙：三只猴子、一只狗熊、顶竹竿的老头儿和那力气惊人的汉子。

他看清楚了：他们这会儿是在凿刻大佛的脑袋呢。他们已经切下那个威严的头颅，装进一人多高的大箱子里。他怀疑自己又发癔症了。可是，仔细看过去，这荒谬的景象跟真的一样。没错儿，是“他”——那个戴眼镜的人，——指挥着这些荒唐的家伙。老头儿拿出一把锯，把佛头锯开，不停地锯着。佛头被分成了几份，装入大箱子。火花在铁皮匣子上飞溅出去。烟雾笼罩着殿堂和柱子。佛头不见了。他们把地上的箱子扛起来，往外走。

小和尚注意到那几只笑眯眯的猴子。铁箱子在它们肩上轻得像一团棉花。

小和尚看到眼镜男的样子。他也是笑眯眯的。

大雄宝殿的大门打开，走出来三个人，老头子、戴眼镜的男人和那个瞎子。青骢马、狗熊不见了。大殿里的佛兀自端坐。揉揉眼睛，再看过去，大佛的头颅还待在脖子上，但眼神却失去昔日的光彩。

瞎子似乎看到小和尚飞也似的逃走的身影。他若有所思地点点头，低声念诵道："如来者，无所从来，亦无所去，故名如来。"

戴眼镜的人笑了笑，又哼一声。

玩把戏的人上街做生意。院子里空了，空得跟抽干水的池塘一样。小和尚没有跟着去。他来到师傅的禅房外，喊一声："师傅，你在屋里么?"里边静悄悄的，没有回音。

他轻轻一跳，推下房门。门后边的木条在闩着。

用一个小铁片拨开铰链。吱呀一声。

他蹑手蹑脚溜进去，想要觅寻什么。可是，这屋子里哪有陌生之物呢？玻璃瓶的位置，高高低低的排列次序，烧杯和量器的大小，甚至是那些草药的气味儿，一切都太熟悉。红花、薄荷、防风、柴胡是辣的，葛根、杏仁、白芷、地丁是苦的。大罐子里的蔗糖附着在桔梗上，散发着腥甜气息。

一串晒干的老鼠挂在墙角，毛发和油脂快风干了，只剩干枯的皮囊。两条小小的竹叶青蛇婀娜多姿地攀在画幅里，纠结在小竹竿上。鹅黄色宣纸。她们的眼睛细小而狭长，妩媚地觑着来客。这小小的美人儿站在枯燥的墙壁上，俨然使暗室生辉了。《五灯会元》翻开了十页，摊在桌面上。书签上题写着一行字："世间可有人深味世尊之意？世间可有人先得灵性之变？前路邈邈，元神难复……"

小和尚忽然有些羞愧。千不该，万不该，不该怀疑自己的师傅啊。

这时，在北边的厢房里有点动静。小和尚知道，那是变戏法的人所住的地方。他离开师傅的禅房，快步跑过去。

房门居然自动开。

果然，装着大佛头颅的箱子都堆在苫布下！

铁箱子里套着更小的箱子。小箱子是用花梨木拼合的，上边布满鬼脸纹络。打开其中一只木箱。屋子里瞬间阴暗下来。小和尚眼前一黑，摸到大佛的一只耳朵。两个穿着戏服的小鬼正在耳朵眼里睡觉。听到动静,他们立即沿着耳廓上的沟壑爬出来。这两个小鬼,犹似仆人,装扮俗气。它们跳到桌面上,对着小和尚大骂不止,谁让他惊扰了一场好梦呢?

另一个年纪看起来很大的怪人,不知从哪里冒出来的,来到高处的一只大箱子上,头顶官帽,俯身观赏着这场嘴仗,有点欣欣然不胜之至的意思。由其举止、仪态看来,倒好像一个品级极高的要员。

停了停,那年迈的怪人和颜悦色地说:"小和尚,你赶快跟我们回去吧。"

他的口音虽然听着怪异,倒也不是不能听懂。

小和尚指了指高处那个老人,问道:"你是哪位? 怎么毫无来由地使唤人呢?"这一问不打紧,倒惹得那两个仆从打扮的小鬼怒发冲冠,骂得更其厉害。

"不知高低的家伙,侏儒,罗圈腿,喝马尿的小丑,你敢质问伯爵大人?"

"胆大包天,厚颜无耻,可笑之至,还不赶紧跪下,让伯爵大人踢你脑袋?"

这一幕新的戏法,让小和尚目瞪口呆。

几个小人的尺寸仅及蚕豆,然自视甚高,反将小和尚看得跟泥牛、磁马一般卑贱。骂出的声音戾鸣不已,又恶毒,又刺耳,弄得整个屋子嗡嗡作响。

三个小人口干舌燥,命令小和尚端碗水过来解渴。小和尚哄他们回到耳朵眼里躺好,说:茶水马上就会奉上。一俟小鬼进去,盖子就合上,还加了锁。小人们发怒了,在里边闹将起来,实在很泼烦。

过了一盏茶时分,大佛的耳朵终于安静下来。

小和尚想:它们大概又渴又累,睡着了。

屋子一角传来滴答滴答的滴水声。趋前一望,在另一只佛耳里,却藏着桃核那么大的钟表,底座是一个玉石做的癞蛤蟆。三个小人,站在蛤蟆的身上,权作钟表上的时针、分针和秒针。一个小人很年轻,戴着将军帽,佩着宝刀;两个女的,一个是蓝色衣裙,一个是侍女,穿着艳丽的正装,眼神凄迷。

这真是一个有趣的玩具。

小和尚的脚踏到了一只箱子上，觉得脚下一软，禁不住惊叫。

却听得箱内噗的一声，似乎谁在偷笑？

正在讶异之间，半空里又传来噗的一声窃笑。小和尚朝笑声传来的方向走几步，四处张望，只见桌角上方的墙壁上有个圆球状什物，在蠕蠕颤动。凝神看去，那拳头大的什物是会活动的，伸出三个触须般的指头，在墙面上一杵，“嗖”的弹到窗台上，又来到门槛，做出把住门口的姿势。小和尚不想理它。然而那黑乎乎的圆球却拦住道路，喝问道：“你这蟊贼，怎么敢惹我？”

小和尚说：“我不是蟊贼。你呢，你又是谁？”

那黑球球搓了搓满是灰尘的脏手，志得意满地答道：“我乃太岁是也。你敢在我头上动土，可是活得不耐烦了，嗯？”

小和尚虽然吃素，胆子却极大，心里一着急，便喊将起来：“休得胡闹，让开！”那黑太岁有些畏缩，但它依旧拦着去路，并将身体膨作一个更大的黑疙瘩，把门口堵得严严实实。黑太岁身上散发着臭青泥的刺鼻气味儿，来自河底有淤泥的地方。个子越大的太岁，臭味也越大。

小和尚向来不喜欢有臭味的东西，觉得这黑太岁很是憎烦。双方对视了足足一刻钟时光，谁也不肯让步。倒是那自称太岁的黑疙瘩先撑不住，眨了眼睛。

谁先眨眼谁就输。

这是老规矩。

太岁缩回原样儿，灰溜溜地不见了。

佛头一装进铁箱子，就变质了。把佛头变成些妖里妖气、自命神怪的东西，莫不是那些变戏法的人搞出来的？

要把这里的一切告诉外公么？

小和尚溜出门外，在院子里走来走去，下不了决定。

就在这时，头顶响起一阵窃窃私语的鸟鸣。

一只大白鸟，驮着一个满头小辫的女巫，正在商量什么事儿。

小和尚摸到一颗小石子儿，作势要扔过去。

大白鸟和女巫一起飞走。飞得无影无踪。

慧明越来越忙。一天下来，难得想起小和尚。

他一天到晚不出门，也不再那么逗趣。

“啊！今天真是个好天气！”这句口头禅，他也不爱说了。

小和尚翻开书，读了两行，又放在桌上。

他居然学会了叹气。就像慧明师傅有自己的口头禅一样，小和尚也会有自己的口头禅的。想到将来的日子，小和尚有些悲伤。

变戏法之二

紫阳镇不知不觉变得热闹起来。变戏法的人吸引了全镇的注意力。

他们来到集市上，撑开棚子做生意。棚子里的戏法要交两个铜板。表演戏法的人把三个金黄色的子弹放在冒着黑烟的锅上炒一炒，吞下肚去，喊一声，好了！一拍屁股，子弹便从屁股下面出来了。还是热乎的！被吞下肚的还有滚烫的铁砂、烧得通红的铁管子。变戏法的人把子弹、铁砂和铁管组成一把长枪。这枪是可以射击的。对着梧桐树打去，火光四溅。

他们能把活人变成死人，又能把死人变成活人。

老头子不顶竹竿了，因为他要演死人。戴眼镜的人用手点着他的额头，画出一个十字，然后念了一个咒语，命令说：“现在，你离开这里！”果然，那老头子全身僵硬，冰凉冰凉了。站在前面的观众都走过去，伸手触一下。他的身子冰凉冰凉的，冻住了。他的身体硬邦邦的，就像上冻的牛肉。人们惊讶地缩回手去，满怀畏惧地看着那个眼镜男。他说话的时候，嘴唇吧嗒吧嗒响，跟大鲶鱼一样。眼镜男拍拍手，说：“过来，过来，都过来！”那个瞎子和猴子们凑过去，把老头子横放到地上，扯开一个白布单子盖住。他绕着白布走了三圈，走得很慢很慢。他念了一个新的咒语。念过以后，结冰的老头子有反应了，额头上的汗水津津而出。观众们都在屏息以待。眼镜男喊一声："哪里去？"瞎子在旁边代答道："奈何桥！"问的人继续喊着："哪里去？"瞎子答道："奈何桥！"眼镜男进一步提高嗓门，大吼道："去不得，回来！"瞎子不搭话。眼镜男一把扯开瞎子的蒙眼罩，再次吼道："去不得！"眼罩除下来后，所有人都看清了。瞎子本该长着眼睛的地方一无所有，就像木匠刨过的白板。白板上忽然开出一个半寸大小的洞来，射出一束暗绿色的毫光。人们顿然惊呆。就在这时，躺在地上的老头子掀开白布单子，用微弱的声音问道："各位乡邻，请问我在哪里？"他一连问几声，令观众们都着了魔，跟着答道："这是紫阳镇。你到紫阳镇了！"老头子如释重负地站起来，踢踢腿，伸伸胳臂，开始收钱。

隔一段，来看戏法的人越发多。棚子里的戏法涨价了，要收十个铜板。他们用妇人的纱巾变出了钞票，还用石头变出银元。他们把满满一箱子纱巾和满满一箱子石头蛋儿卖给这些乡里人。变戏法的人向观众详细讲了戏法的操作程序，还现场演示好几次。他们的戏法屡试不爽。结束的时候，他们叮嘱自己的买主，一定要把买回去的东西捂在瓷缸里，上边压一块鸡血石。还有，要等十三个月以后才能打开。时间不到，法力是不起作用的。

人们沉浸在轻松获利的幻觉里，都被这个戏法迷住。男人们不种庄稼，从远处的村子涌来。妇道人家也不甘落后，背着孩子，层层叠叠地等候在棚子外，希望从付钱学过戏法的人那里讨点消息。

结果，晚上回去，所有人兜里的钱都一分不剩。他们把买回去的宝贝埋在缸里，压上鸡血石，安心等候着发财的日子快快降临。

二黑那天也去看了。他没有花钱买那些石头蛋儿，因为他怀疑那个戴着眼罩的男人。他偷偷跑出去，找到武占元，说："镇长，你快管一管。那伙人是骗子。"

武占元立刻带着人过去。

武占元要他们立刻离开镇子。

那个怪模怪样的老头子说："我们去河滩上住，行不行？"

武占元说:“可以。但是有一条,你们不能再演戏法了。那个东西害人!”

变戏法的人在绵羊河西边的河滩上住下。

那时候,河滩的芦苇已经开始吐出白絮。风里飘着甘甜的气味儿。

他们在那里种下苹果树。紫阳镇的人告诉他们:“现在不是种树的时候。”

他们笑一笑,继续栽种苹果树。

过两天,苹果树发芽了。又过两天,果树上结满绿色的小苹果。

小苹果变成大苹果。大苹果变成果汁。红色的,装在塑料瓶里。

镇上的人到他们的房子里,花钱买来,给孩子们喝。

镇上的人很多。果汁也卖得很好。

“喝下这种果汁,人会变得非常聪明。考第一名,中状元,发财,当县长。”

紫阳镇非常需要果汁的这些功能。

主妇们高兴得心花怒放,催促孩子们赶快喝下去。喝过果汁的孩子确实变得很聪明,看到变戏法的人变成一条蛇、一匹马、一只山羊、一个塌鼻梁的弯腰佝背的小丑、一个山一样高大的白胖子。他们把结果告诉大人。大人们非常开心。同时,紫阳镇周围的村庄也表示佩服,村子里的人再次蜂拥而来。

每个人都感到非常幸运。那些变戏法的人难道不是神仙吗?

小孩子们入迷了,围着他们的帐篷不走。他们在果树下搭起帐篷,生火做饭,遛马,那只老猴子能把画着猫耳朵的风筝放到高处。风筝落下的地方,就会腾起一阵烟雾。修罗鸟穿过芦苇丛,在浓烟中飞来飞去,吱吱嘎嘎地欢叫。

在当地人的帮助下,神仙把芦苇滩里的积水排到河道里,砍下木头做房子。房顶上搁着一个高高的木架子,连着一根细细的白线。每当秋风掠过河滩,木架子连着的白线就会吱吱响。此刻,木架子里就会钻出些鬼魂来,绕着房子跳舞。

"你们站到这面镜子前,对着镜子摆摆手,镜子里就会唱歌。"

人们试了试,果然如此。

镜子里映出三个小人,长得很丑,但是的确会唱歌。这是一首儿歌:

一二三四五,
金木水火土。
六七八九十,
大鱼吃小鱼。
太乙山,大石头,
万物生长在远古。

如果是一个戴着帽子的傻蛋站在镜子前,镜子里的小人就会这样唱道:

九头鸟是傻瓜,巫师是傻瓜!
你们都是傻瓜!我也是傻瓜!

大家都喜欢第一首歌。大家都不喜欢第二首歌。

人们对这面镜子满怀畏惧,恋恋不舍地看着那个老头子把它收起来。

戴着金丝眼镜的胖子和当地人交上朋友。他有很多这样的朋友。

"看看这脸色,你需要拔罐,你的头疼症肯定很厉害。"

"吃个苹果吧。你家的两个儿子现在怎么样?摔断的腿好了么?"

"我听说,邢四爷又骂人了。哎,那个老家伙确实是个混蛋!"

"你们要养猪的事儿嘛,应该是能成功的。哦,现在改为卖黄酒。黄酒恐怕不行,你的脸上没有酒窝啊,而且,你的手相显示你今年会破财!"

"说来说去,这镇上的事儿真是不公平。什么,都是镇长的错儿?对,你说得对。跟衙门里沾点边的人的确良心不好。一点都没错。"

这个人在镇上大受欢迎。因为他有两大本事:一是会看病,不管什么病吧，都能手到擒来，最重要的是，这治疗都是免费的；二是会看面相，看手相看得也挺好。你只要往他面前一坐，他准能说出你心里想的事儿。

一个人在想什么，害怕什么。这胖子准定知道。

他最喜欢跟人拉家常。别人也喜欢跟他拉家常。张家的媳妇，李家的公公，王家的儿子，赵家的舅舅。每个人都有那么点秘密。张家媳妇的秘密，王家的儿子知道。李家公公的勾当，赵家舅舅明白。于是，汇总到他这里，就齐活了。

大家都叫他“半仙儿”。因为他戴着一副眼镜，所以又叫“镜仙儿”。

在他这里看过病，捎带着看看手相、拉拉家常，大家的心情非常愉快。

不到一个月的工夫，再也没有人想起“该把他们赶走”这样的话。

果园有一个住在镜子里的神仙。跟神仙走得近些，肯定没错。

专门为这个而搬家的大有人在。

说实在的，河滩上的地也是不错的。随便开一块荒地，就能活人。

于是，木房子周围盖起来的房子越来越多，连成“T”字型，连成“十”字型，连成“田”字型。河滩上渐渐变得热闹起来，连小偷、强寇和流浪汉们都愿意来聚居。那里还有女人的身影。她们来自远方，要躲在河滩上生孩子。等到她们离开，谁也不晓得去了哪里。生下来的孩子没人认领，只能和孤魂野鬼一起玩耍，加入镜仙儿的戏班子。

会唱戏的王天财来看了看，觉得胖子有些古怪。

为此，人们很讨厌王天财，甚至觉得他唱的戏也没有以前那么好听。

此地被南来北往的人称为“大苹果园”，成了个临时集镇。

压在缸里的鸡血石没有一块能够按时打开。有的人心急，提前搬起石头，缸里空空如也；另一些人则把日期或时辰推后了，缸里同样是空的。所以，到最后，用来发财的咒语都失效了。尽管如此，这并未影响到紫阳镇笃信符咒的热情。有些人偷偷跑到河滩的木房子里，花钱买回一张画着符号的黄表纸，在孩子额头上贴了七七四十九天。画一串铜钱表示这孩子将来会成为财主，画个萝卜疙瘩大小的官印表示这孩子是个宰相，画着乌龟的将要长寿，画着仙鹤的表示会成仙。既有乌龟，又有萝卜疙瘩，又有仙鹤,那就不得了。在所有人购买的福祉里,只有一家兑现了。那家的孩子被抓到革命军的部队里当兵,因祸得福地升了官,成为一个排长。排长带着三个卫兵,扛着明晃晃的火枪,气宇轩昂地回到紫阳镇,娶一个媳妇,又领着媳妇去嵩县,要跟镇嵩军打仗,继续革命。戴眼镜的人看看排长还在流鼻涕的新媳妇儿,给画了一个很大的乌龟,让排长贴身带走。这次没收钱。

第二天早上,黑蚊子传染的瘟疫从河滩开始发病,蔓延到镇子北边的洛阳城。那条河叫作绵羊河。变戏法的人在河边治疗疾病。他们给人喝下红色的苹果汁,把蛇毒菇的粉末倒在伤口上,止住高烧的病状。瘟疫过后,苹果汁耗完了。变戏法的人也在生病。除瞎子以外,大家都离开河滩。

河滩上起了一场大火。这把火是老洋人放的。

自打父亲死在这里,他就开始痛恨紫阳镇。

火焰在芦苇丛里燃烧,把石头和铁块烧红。绵羊河的水倒灌在沼泽里,淹没木房子和帐篷。

瘟疫结束后,芦苇滩上一片焦黑。

第六章　没有影子的人

世间最好的地方

紫阳镇在洛阳的西南方向。它一直就在那里。即便芦苇烧得精光，它还是一声不吭。从这一点判断，它真是个很好的地方。

紫阳镇的北边很高，南边也很高。北边高，是因为那座棋盘山。山顶像棋盘一样方正。西岭流出一道水，汇成绵羊河。河水向西又向南，把镇子一分为二。

南边很高，则是因为绵羊河打镇子中间穿过，写个"之"字，一去不回地注入东边的洛河。大山养育了河流，河流养育了镇子。

有山有水，还有那么多人在屋子里做饭。所以，它什么也不缺。

东西两面的客商、货物，都会在紫阳镇逗留一下，补充给养。远远近近的船夫、扛大包的苦力都知道紫阳镇是世间最好的地方。

几千年来，紫阳镇的农民死死守着那点庄稼地。逢着战乱时节，门前的庄稼在马蹄下生生趟出一条大路。北方打仗的时候，士兵们打着呼哨，骑着马，把洛阳的粮食、紫阳镇的农夫一并拴在马车上，带到陌生的地方。他们出了镇子，总是要沿着灰白色的道路南行。穿过武营、邢庄等几十个村庄，可在数日内抵达洛河的南渡口。南方打仗的时候，士兵们又沿着这条路，征伐北方。在这条南来北往的道路上，也不知过了多少马队、战车和亡命之人。老人们说：自从闯王李自成把老朱家的福王点了天灯，这里的寨堡和寨兵就兴起了。强者为刀客，弱者为鱼肉。

刀客多了，水运便有些衰退。

当客源大减、船政不振后，原来的客栈、骡马店、饮食店和大一点的商店、药铺、典当房全撤往洛阳，连站在门口的红灯笼下嗑瓜子的大妹子都走了一批又一批。市场和庙会比以往萧条多了。

由于油水少、事务多，还要防卫棋盘山周围的匪情，从洛阳分派下来的官员都不愿到紫阳镇履职。自打前一任镇长惹恼棋盘山的刀客被剁掉，大概很有几年没人来这里撞官运。

武营村的村长武占元被县里任命为代理镇长。来来去去好多年头。这个前清的老秀才是远近有名的绅士，老好人。在他经管的年月里，镇公所的铁链子生锈了。占元的信条是：恩怨自解，凡事马马虎虎也就差不多。这里是小小的化外之地。一切均可由地方上的士绅们商讨解决。一切以不撕破脸为妙。

后来，棋盘山的刀客首领胡老歪把税吏赶跑，自己下山收税。占元却不生气，说："那……你就适当收一点吧，多了可不中。"

为了化解生活中不时冒出的龃龉，人们选择忍辱负重、和稀泥、打马虎眼。但这又不是圆滑和世故，而是公认的智慧，维持体面所必需的风度。

"中"，这是紫阳镇特有的士的气味，一方水土的秉性。不凌厉，不霸道，但是也不退缩。不是庙堂之忠，而是无心的、日常的，是无可无不可的忠厚。

然而，属于紫阳镇的好日子很快结束了。

路口的小酒店迎来最好的时代。男人们在那里饮酒、赌博，到处吹牛。骗子们来到城乡各地，在这个世界骗走能够欺骗的一切。漫漫长夜，蟋蟀躲在草根下鸣响，田野里长出鬼气森森的景物。

新来的张大帅在加紧剿匪，人头挂到木杆上。可是，土匪并不因此而减少。豫西的男人喝过一壶老酒，便会忘记刀枪加身的痛楚。

饥寒交加的豫西，似乎包裹着整个世界。逃荒的人纷纷带着家口逃离故乡，而刀客们则沿着相反的方向行进。他们长着几乎一样的面孔，塌鼻梁、大耳朵、四方形的脑袋,黑棉袄、灰裤子,打着花里胡哨的用碎布拼凑成的绑腿,扛着猎枪或者老式步枪。他们穷得什么都没有,带着闪烁不定的眼睛和一颗迎接死亡的心,走上刀客之路。

在路过紫阳镇的时候,形同乞丐的刀客们伸出枯瘦如柴的手指,朝向每一扇打开的门。只要出来一个面目良善的紫阳镇居民朝他们搭话,他们就会毫无保留地倾诉起路上的遭遇。有时候,他们中的一个人会突然说起老洋人。老洋人带着饥饿的逃亡者走上更加饥饿的道路,席卷了豫西的乡村和市镇。秋天推进到霜冻。一些人说,他们的朋友投靠老洋人,穿上皮大衣和靴子,吃一斤半一块的大肉。众人的嘴巴是一块石磨。紫阳镇上的小孩子都知道老洋人,脸儿白白的,整天躲在屋子里,看起来就像个洋大人,所以,大家叫他老洋人。

老洋人用人头做的夜壶撒尿。老洋人把财主和他们漂亮的姨太太放到油锅里炸成丸子。老洋人有四大金刚,十八罗汉,七十二太保。老洋人是鬼谷子的关门弟子和酒曲星君的拜把兄弟。这个噩梦般的名字让财主们瑟瑟发抖。每逢一拨流民在胆怯和怨怒的驱使下结成团伙,那些新兴的刀客首领便被称为“老洋人”。

老洋人是豫西的止疼剂,也是孩子的安眠药。

老洋人还没来到镇上,但人们纷纷传言,老洋人很快就会光临。

是呀,那些年代,大家都这么说。这么一说,才觉得活着有点意思。

咯咯巫来到紫阳镇

小和尚入学了,跟着老师背诵草履虫、乘法表和皇帝的家谱。

下午,小和尚站在横跨河流的大桥上,远远地注视着,他能感觉到修罗鸟逸散的气味儿。听,那是它们掠过树梢的声音!半空中,地下,草木和泥巴的周围,到处都滞留着它们不住咳嗽的魂灵。

在寺庙前的台阶上,能看到船头上坐着的老婆婆。她盘腿坐在一张永远铺着牛毛毡和破席子的床上,皱着眉头,捏着一副纸牌。她抬起头来,望着匆匆走近的小和尚,对着他招手。

假期来了,他们可以隔着河道喊话。

她一说话,嘴里就冒出一股绿色的烟雾。

“你是谁?”

“我是咯咯巫!”

“你是老母鸡么?”

孩子们都大笑起来,齐声喊道:“咯咯咯,咯咯哒,咯咯咯哒,老母鸡报喜了。”“我是老母鸡,我下了个金蛋!”“我是老母鸡,我生出一个磨盘!”

老婆婆生气了。她一生气,脑袋就会飞出去,飞过河面,飞到他们头顶,牙齿咬得咯咯响。

“你们这些坏家伙!蛆虫!”

小和尚没有笑,因为他还没有得到回答呢。

“你真的是一只老母鸡么?”

“不,陛下。我不是老母鸡,我只是咯咯巫而已。”

陛下?是“陛下”吗?孩子们再次哄堂大笑。

老婆婆坐在甲板上,抽出一张纸牌,一张小王,用力挥动,示意他们看一下。她的胳臂和手从远远的甲板上一下子探过河面,就像一个长臂猿。

“看看吧,看看吧,是不是跟你长得很像!”

纸牌上画着小和尚的面孔,还戴着一顶古怪的帽子,手里攥着一个放羊用的小拐杖。拐杖的最上边画着一个微笑着的骷髅头。它的嘴里含着一株桃花。

桃花的花蕊间慢慢滴下一滴眼泪。

孩子们又笑了。这次,他们笑得更加开心。

小和尚的脸气得涨红:“骗子,你骗人!”

那张嘴巴张得很大,得意地说道:“没错儿,你是我们的小王,当然要叫‘陛下’!是我最先发现你的,对不对?将来,你一定要对国王说到这一点!这个对我很重要!”

“老疯子!”“老疯子!”

大家都唱起来。路边经过一群大人，看到这情景，也忍不住笑。

老婆婆遭到挖苦，真的生气了，张口喷出一大口烟雾。

这烟雾是会死人的！

孩子们一齐逃走。

没过多久，老婆婆就不生气了。她热烈欢迎小和尚到船上玩耍。

他牢记着外公交代过的话，总是摇头。

老婆婆有很多黑罐子。藏品有干皮的蜘蛛，散发着臭味的咸鱼，泡不知多少个年头的加了盐和芝麻的黄豆，还有各种颜色的泥巴、草木和水的混合物，以及深埋其中的绿皮鸭蛋。

她说，那都是她的食物，也是她给人治病的药。

她说："这个蜥蜴非常好，免费送给你，要不要？"

因为盛情难却，他收下了。

老婆婆用一种古怪的眼神盯着他，说道："知道吗，你是一个没有影子的人。用水浇一浇，这条蜥蜴会成为你的影子。"

小和尚把一杯水洒到干枯的蜥蜴上。它醒过来，在他手臂上爬着。爬着爬着，那小东西钻到他的领子里，找不到了。

一周以后。

坟墓尽头的小路上，走来一个矮小的和尚。一只硕大的狮子从树林里蹿出来，站到高高的山岗上。他们看到了对方。那猛兽淡蓝色的眼睛永远印在脑子里。他能听到山林深处的嚎叫。抬头看看前方。寺庙外，灰墙，蓝天，让人迷惘，一种从来没有过的阴凉沉入心底，叫他感到惊异和战栗。

落日的余光从船帆上反射过来，照着寺庙的门楣。牌子上现着"青龙寺"三个字。所有的树木都在地上投射出一个好看的锅盖般的影子，所有的云朵上都有一个暗黄的黑边，只有他的脚下没有影子。

也许，有些人的影子是在口袋里装着。他翻出了所有的口袋，但那里边只有一些草根和吃剩下的橘子皮儿。于是，他很失望地站起来，在台阶上快速地蹦几下，同时也用力拍打着。

一条大黄狗从草丛里追上来，跳到石头台阶上，在那里不停嗅闻。狗的影子随着灵活的脑袋偏到一侧，扁平而肥大。

小和尚问道："你在找什么呢？"

他有一种直觉，认定这条狗是会说话的。

果然，它开口了，爽快地说道："我在找一个影子。"

"你的影子在你的尾巴下边。你就是因为这个，才咬自己的尾巴吗？"

那条狗答道："不不不，这点智力我还是有的。我要找的，是你的影子啊！"

"我的影子？"小和尚顿时惊讶起来。

"对呀，你不是一个没有影子的人嘛。我来帮你找回影子啊。"

"你……认识我吗？"

"当然认识。我叫阿九，来自人马座。"

"我啊，我叫和尚。大家都这么叫我。"

"那么，我们就算认识了。我最近很忙，先走了。"

"慢着，你住在哪里？"

"我住在邢家庄，邢四爷的家里。"

"哦，我知道了，是那个爱唠叨的邢四爷啊，二黑叔叔的后院。"

寺庙的大门打开，房门左侧现出一只吃草的山羊。

这不是邢四爷家的山羊吗？

羊的胡子全白了。它抬头观望，似乎有话要说。它的眼睛那么深邃，里边装着深绿色的丛林，深绿色的语言。小和尚停下脚步。山羊低头跑开了。它的尾巴碰到树林边缘翡翠般的枝叶，冒出火花。

正是在那一天，他闻见了死亡的气息。那气息有点儿像熬好的糖浆，在铁锅里冒着泡，翻滚出腥甜而焦糊的气味儿。

大门洞开着。做过晚课的和尚们要打扫门前的路面。

他决定不管那个影子。它会自己回来的。

既然如此，他还有什么可期盼的呢？是盼着妈妈在黄昏时分唤他回家的那种温暖？是盼着树林中受了伤的啾啾飞鸣的麻雀落在掌心？还是别的什么？他不知道。那些长大以后的事情，他还从来都不知道呢。在昏暗的油灯下，他听到的永远都是吓人的鬼故事。外公，哈桑，还有那些陌生的流浪汉。他们不知疲倦地讲下去。他是不会相信的。但在那个影子走失的黄昏，在那些回响于脑海的召唤里，他辨出一个温暖的声音。

白乌鸦唱着归巢的晚歌，从塔尖掠过，飞向河流的心脏。在那里，一定存在着一个没有欢乐也没有悲哀，没有色彩也没有声响的国度。

他不由得想到，也许有一天，他会像飞鸟一样丢失在夜空，和这大地上的事物两相遗忘：外公是否知道，那座孤零零的落满阴影的坟茔下有一个小和尚？

想到这些，他似乎长大了。

魔鬼的遭遇

早晨起床，小和尚抬起头来，看到一棵大榕树。

那的确是树，但那枝头停着一只大鸟。不用说，这就是传说中的魔鬼。

魔鬼把树的美姿毁掉了。它停在哪里，哪里似乎就成了魔窟。

小和尚很讨厌魔鬼的眼神。

“你是谁？”

大白鸟反问道：“管我是谁？我说我是魔鬼，你信吗？”

小和尚说：“这里的一切，都是你在捣鬼么？”

魔鬼却不想承认。它眨眨眼，显得聪明极了：“我要说不是我，你信吗？”

小和尚说：“我告诉师傅去！让他把你抓起来，关到笼子里。”

那扎着无数小辫的陪同魔鬼到处巡视的咯咯巫，倒是不慌不忙，只听她嘎嘎一笑，说道：“对魔鬼来说，这不算什么。你应该跟魔鬼先生好好合作才是。”

小和尚低头捡起一颗石子儿,掷到树上。魔鬼张开大嘴接住,嘎巴嘎巴一嚼,咽下去:“嗯,味道还不错,好像是用嫉恨做成的美餐。”

咯咯巫严肃起来,劝说道:“孩子,你是一个好孩子。你还小着呢,听听魔鬼先生的意见,对你是有好处的。”

小和尚说:“魔鬼,魔鬼,可怜的魔鬼。我看过记载你的出身的所有故事。你连一只猫都没办法,你连阿九都没办法,还想在这里教训别人吗?快走吧!”

魔鬼一下子呆住。

魔鬼念个咒语,暗暗问道:“阿九,阿九是谁?是一坛子老酒吗?”

咯咯巫小心翼翼地说:“阿九不是酒,而是一条狗。”

如你所知,阿九住在邢四爷家的东厢房。它负责看守五只山羊和门外的三棵枣树,以及大门上的对联。

阿九每天六点起床,在树下撒尿,然后就要巡视一番。

它先到西厢房,隔着门缝数山羊。一,二,三,四,五。一只也不少。

阿九点点头,满意地搓搓前爪。接下来,它缓步来到大门外,站在二黑家的菜园背面,看一看大门上贴着的对联。在足足五十根羊棒骨的距离上,那门板上的两位门神(一个秦琼,一个关公)睁大眼睛,和阿九互相打量着。这是一场无声的较量。谁先眨眼睛,谁就输。阿九一次也没赢过。后来它才知道,门神的看家本领就是瞪眼睛。关公瞪的是右边的枣树,秦琼瞪的是左边的菜园。小偷来了,他们瞪眼睛;镇长来了,他们瞪眼睛;皇帝来了,他们照样瞪眼睛。即便邢四爷扛着轿子,或者良友扛着锄头回来,他们也要瞪眼睛。

阿九搞不懂:像他们这样,吹吹胡子,瞪瞪眼,为什么就会受到莫大尊敬?

其实,他们什么也干不了,只是装装模样罢了。阿九不止一次看到,那些来访的客人把大门敲得咚咚山响,门神却从来不去招呼一下。

长此以往,家里的门板不敲坏才怪呢?它实在看不过去,便对着客人怒吼两声。结果,被邢四爷骂得很惨呐。

四爷家的院子既没有小偷,也没有皇帝,连过路的乌鸦都不肯光顾一下。

阿九不能说,这都是因为邢四爷太贼、太吝啬、太喜欢骂人。

阿九只能说:这种日子,实在好得不能再好!

阿九的朋友

阿九共有三个朋友。这三个朋友即:驴子、蛇和一只白乌鸦。

看菜园的驴子,是邢四爷推荐给二黑家的。那驴子叫声很大,自认为是个贵族。按照邢四爷的说法,它最低值二十块钱。自从驴子到了菜园,担负起看守蔬菜的重任,虫子、野鸟和麻雀们再也不敢偷吃。可是,二黑家的菜似乎比以前更短缺。有一天,二黑到邢四爷家串门,说起这件事。邢四爷说:"我卖给你的那头驴子绝对可靠。你就是把它拴到磨道里,它也不会偷吃一粒粮食的。"

天才知道,那头驴子的最大爱好是绿叶蔬菜,而不是硬邦邦的燕麦和玉米粒。

这一点,只有邢四爷、阿九和驴子自己清楚。

于是,逢着天色擦黑的时候,驴子会时不时地给四爷捎一点青菜。

久而久之,阿九多了一个朋友。

邢四爷还给镇长武占元推荐了蟒蛇。这条蟒蛇也成了阿九的朋友。

蟒蛇的职责是看护婴儿。自从慧明和尚把那个日后也成为和尚的小婴儿带回紫阳镇,大蟒蛇就走马上任。当婴儿吮着手指头,睡得又香又甜的时候,大蟒蛇就推着四个轮子的摇篮,在武占元家的大院里走来走去。当婴儿一觉醒来,看着天上的云彩,或者哇哇大哭的时候,穿着黑布大褂的蛇就开始唱歌了:

阿哩哩,阿哩哩,阿哩哩哩,
呀咦哟,呀咦哟,

陪你到那天边。
看到山,看到水,
看到星光落进了河水。

蛇的歌声那么忧伤。每当它唱到最后一句,那些眨巴着眼睛的灯光就灭了。灯下的孩子们在安祥的夜晚睡了过去。或者,是在躁动、不满的梦里睡着的。

听到这低沉的歌声,阿九和白乌鸦就会结伴而行,去看望那衰老的蛇。

这时,看守菜园的驴子开始巡夜了。它是村里的兼职更夫。路过占元家安置婴儿的卧房,它总会大吼一声,好让整个村庄安静下来。

它听不惯蛇纤细而苍老的歌声。

白乌鸦对那条蛇说:“你唱你的,别跟那值更的驴子一般见识。”

蛇根本不在乎驴子的意见,只是照例感叹一声:“夜已经很晚了。”

没有影子的人

小和尚去找慧明上早课。

每天的早课是念经。盘腿坐好,念“南无阿弥陀佛”,一万八千八百遍。

晚课是敲木鱼,背书,加上念经,经文也是那句“南无阿弥陀佛”。

到早课时分,别人念经,慧明师傅在禅房里练习倒立。

汗水顺着贼亮的额头滴在地上。

师傅天天倒立,雷打不动。

小和尚蹲在墙边看倒立,不言不语。

“倒立,倒立,练好倒立懂道理!”

说完,慧明站起来,挠了挠亮光光的脑袋,合掌赞叹:

“阿弥陀佛!今天真是个好天气!”

窗外有个竹林。竹林上挂着一个太阳。天上有几朵白云。白云下是一座远山,把它青黑色的身影送到青龙寺的窗前。

"你怎么了?"

"我没事儿。"

"呵呵,你是想媳妇了吧?"

"你才想媳妇呢!我丢东西了。"

"那你自己去找啊,跟我吵吵有什么用呢?"

"就是因为找不到,才来找你嘛。"

慧明把这孩子从头顶到脚跟仔仔细细翻看了一遍,瞧瞧这里,摸摸那里,在每一个毛孔里搜索那个藏起来的影子。可是,没有任何收获。小和尚感觉到慧明有些惊慌。小和尚把衣服一件件脱下来。两个和尚手忙脚乱。大和尚给他检查胳肢窝、脑后、耳朵眼、鼻孔、手指甲、脚指头。

慧明搬出来一把椅子,让小和尚站到上面转圈圈。他们抬头看了看天。天上的太阳异常光亮。孩子在上边转的时候,他就拿着一根长长的竹棍,蹲在地上观察。地面是青砖铺就的。在转动身体的时候,地面上依旧没有影子,但转得久了,还是能看到一点淡淡的灰影子。不管他怎么晃悠,这影子始终只有一个黄豆粒那么大,而且,它还能随着孩子的身体倾斜度蹦跳着。

慧明松了一口气,把地上缩成小球的影子指给孩子看。这影子固然不像是周围那些树木、假山、柱子的影像那么体面,但毕竟还是有的。小和尚受到鼓励,转得更带劲了。可是,转到后来,开始有些头晕,便央求道:"师傅,咱们能不能停下来,歇一会儿?"

和尚说:"那你在椅子上站好,不要乱动。"说着,他猛地挥起手里的竹棍,对准那个淡得几乎看不见的影子敲一下。这时候,那个豆粒大小的影子似乎向上跳了一下,不知弹射到什么地方,再次消失。

慧明看看周围的树梢、地面,都找不到,便说道:"小和尚,你耳朵灵,能听到什么动静不能?"

孩子竖起耳朵听一阵,说:"我好像听到一个落在水里的声音!"

他们穿过青龙寺里的一片小树林,结伴来到那条挖凿出的人工河,让孩子站在那道石拱桥的正中间往下看。河水里什么异物都没有,唯见顺水漂过来的蝌蚪和冬天里枯死的树叶。慧明从口袋里掏出一根缝衣服用的大针,交给孩子,然后自己下到河边,把河里的青苔和水草扒拉开去,站起身,又对他喊道:“你再试试,看这次怎么样?”

小和尚从桥面安着的栏杆上探出上半身,问道:“怎么了? 我什么也看不见啊!”慧明让他把左手的食指刺破,往河水里滴下一滴血。

手指伸到河面上,血在一滴一滴往下掉。

“好了,够了! 你把手指头捏住,不要再搞了!”

慧明蹲在水边凝神看去,只见血滴落下的地方,慢慢浮上来一片干枯的梧桐树叶,一只蓝色的小鱼紧跟着出现了。这小鱼仰面朝天地躺在水面上,随着那片枯叶起起伏伏,有似醉酒之状。慧明挽起裤腿,迅速下到齐腰深的水里,把这条鱼捧到手掌心。

小和尚下到河边,看了看,觉得这条鱼好玩极了。

它不仅长着猫那样的胡子,而且,还长着细细的腿。

这天的早课时间就这么结束了。

回到禅房,他们把鱼养在一口水缸里,在上面加了盖子。等到晚间到来的时候,小和尚掀开盖子。那条鱼苏醒,在水里慢慢游动。

慧明进来后,微笑着看看,说:“你的影子回来了!”

小和尚低下头看看地上,他的身体在蜡烛的照耀下映出一个瘦长的黑影,在墙面上一动不动。他走到哪里,那个影子就跟着来到哪里。他又和别人一样了。

慧明安下心来,继续熬他的长寿药。

药已经熬好,从锅里来到大玻璃瓶里,然后来到桌子上散气儿。屋子里有一股奇异的桂花香味。慧明俯下身去闻了闻,还不忘调侃那个叫人烦恼的影子。“你跑啊,看你这下还能跑到哪里?”等凉得刚刚好的时候,慧明往药水里撒了一小撮药面儿,倒进去几滴薄荷油,然后出门去隔壁拿漏斗和小玻璃瓶,准备往小瓶子里分药。

小和尚感觉身上有些异样，有谁躲在暗处扯着他的衣服往下脱。衣服倒没脱掉，可是，他很快就感到身上冷得打颤。当无意中瞥见烛光晃动的屋子一角时，他惊讶地张大了嘴巴，因为他发现：那个影子受到挑衅，真的生气了，它想要离开他的身体，用力挣开去，就像一只蝉在早晨的亮光和微风里努力脱掉外壳一般。现在，它只剩下一条腿还留在他的身体上。小和尚竭力控制自己，但已不能镇定。一阵撕裂皮肤的疼痛到来的时候，那个瘦长的影子顺利摆脱他的身体，迎着门口的炉火走过去。它吹熄炉膛里的余火。接着，它来到桌子边，把玻璃瓶抱起来，把瓶子里的药水灌到自己肚子里。然后，它揉揉肚子，用鼻子嗅了嗅，闻到空气中的鱼腥味。它来到水缸边，捞出水缸里的蓝色小鱼，并带翻那口大缸。水在地上流淌。一眨眼工夫，它又跳到窗台上，打开窗子，纵身一跃，和那只小蓝鱼一起，飞了起来，消失在灰白色的带着斑马条纹的夜里。

整个过程中，屋子里一直无声无息。炉子被踢倒在地，水缸臃肿的身体像葡萄架一样躺在地上。水流无声，浸灭暗红的余火。窗子被撬开，正对着乌黑的夜空。伤口般的窗洞，看着和尚们打着饱嗝经过庭院。谁也没有觉察到，小和尚正陷在泥泞不堪的幻觉里。他似乎正随着一个看不见的钟摆，在黑洞洞的沼泽里滑行，舌头上分泌出砒霜特有的甜丝丝的苦痛，耳朵里风声呼呼。他一度想要从眩晕里起身，拉住那个黑影子，呵斥它，叫它停下这一切恶作剧。可是，他挪不动脚步，伸不出手脚，身上只传来一阵阵冷颤，那冷颤让人疼得寻死觅活。

慧明回到屋子。地上一片狼藉。那个原本装满药水的大瓶子里什么都没有了。他问道："是你把我的瓶子倒空？"

小和尚摇摇头，指指门外。

慧明抓起瓶子用力摇动，里边已经空空如也。大和尚低低地惊呼一声："我的弥陀佛啊"！

在惶惑中，他抓住小和尚的手腕："那么，事情就这么完了？"

第二天早晨，慧明破例没有说那句口头禅。他甚至连烧炉子的兴致也没有。

小和尚哭丧着脸，凑过来说："我的影子……"

慧明说："去问问你的外公吧，他可能知道。"

外公的夜晚

"外公，聚宝盆是真的吗？"

"不，这是假装的故事。"

"那么，在我们这里，有没有一个真的故事？"

"真的故事？你说的是真的聚宝盆，还是真的发生过的事情？"

孩子依旧在迷糊着。睡神似乎笼罩了屋子。老镇长说话的声音越来越低，越来越空洞。在这神秘的氛围里，孩子睡意阑珊。

老镇长叹口气，翻开一本厚厚的书册，满怀惆怅地说道：

"我不知道，我不知道。谁知道呢？"

孩子快要睡着了。老人轻轻地摇着小床，对着窗外，对着大鸟似的桑树，讲起第三个故事。他的声音像蚊蚋的哼鸣，像经过树梢的微风，飘过孩子的梦境，使他的好奇心缓慢地、像一棵桑树那样地成长着。而在那些关于远方的谜语般的故事里，在孩子们不断生长的想象里，必然要成为那匹离奇的青骢马，成为人，成为人的一员。而且，每一个孩子，都将在这样的故事里成为古老的洛阳人。

一言不发的世界，就像国王的忌日。

我们记载往事的墨水是鸡血石和芦苇墨锭里绽放的蔚蓝色。

洛阳城横亘在我们的历史里，一条神秘的地平线弯弯曲曲，诉说着过去。

孩子，我告诉你，这就是真的故事。就是《寓言故事集》里对你父母的仅有的记载——连讲述这个片段的哈桑都说，这是一个悲剧。

你不妨听一听，这洛阳的历史与往事：

洛阳往事

悲剧必然是一幅画。

巍巍高楼下，杨柳系青骢。

酒楼上彩旗飘飘，柳树上拴着一匹青骢马。

那时候，洛阳已经是个天高皇帝远的地方。最后一任皇帝宣布退位了。

即便如此，洛阳的一切也都生活在天长地久的规矩里。下等人磕头，上等人坐轿。公鸡在打鸣，母鸡在下蛋。洛河脚下，田野里冰雪覆盖，高楼上盛产浪子。初春天气，旧时亭台，一切都很好。这从酒店老板贴在门楼上的对联就能看出来："一群鸿雁天边过，半只烧鹅地上爬。"每个字都写得一笔一画，稳稳当当，站得住，决不至于摔跟头、掉面子。这体现了洛阳人讲规矩的好处。

不过，人在年轻时候，完全不管这些。

酒楼上的年轻人正是这样想的。他在走廊里赌钱，大呼小叫。

这是一个穿着白上衣的年轻人。他已经连赢了十三把，手气好得要命。他站起身来，和一个同伴说话，无意间看到两只大雁飞过楼前。这两只大雁还各自拉了一泡屎。一泡屎拉到正在拴马的男人头上，另一泡屎，拉到青骢马的鬃毛上。手气好，心情自然也好。这白衣白脸的后生禁不住大笑起来，仰起脸去找那两只大雁的下落。

不幸的是，这匹马很有性格。它的反应居然比主人都要激烈。眼见它上蹿下跳地怒吼着，快把马嚼子扯断了。楼上的人在楼道里探出身子，倚着栏杆，看那匹像雷电一样暴躁的青骢马。大家都在笑嘻嘻地欣赏一匹马异乎寻常的愤怒。

比这更不幸的是，楼上的白衣人还对那匹马说了一句闲话。

"臭马，你的性子比人都烈啊！"

青骢马冲着楼上的白衣人长声嘶鸣，其状不胜愤怒。

白衣人拍打着栏杆，笑得越发离谱。

楼下的男人费了九牛二虎之力，好不容易安抚住那匹马。

他挠一下头上的鸟粪，问："那个作死的人是谁？"

旁边有人告诉他："你不要过去，人家可是有名堂的。"

那男子笑了笑，走上楼去。

他站在白衣人面前，直直地看着对方，骂道："你的嘴太贱了。"说话的同时，他出其不意地砍中那个嘲笑他的爱马的人。

白衣人被砍中嘴巴，满面流血。在最初的惊慌过后，他急忙躲到狭窄的楼道里闪避。他的力气很大，用力夺下了刀。他抹去嘴边的血，恼怒地说："日你先人，我是老洋人的儿子。"

走上楼的男子看看这个白衣染红的年轻人傲慢而又惊慌的小白脸，眼睛里掠过一丝嘲讽。他的刀被夺走，但却毫不在意，迅速从袖子里掏出一把驳壳枪，对着那个漂漂亮亮的年轻人连射三枪。

见惯生死变幻的豫西人，也被这一幕惊呆。

白衣人的朋友冲过来，要拦下那个男子。他挥动手里的枪，打穿其中一人的膝盖，冷冷地看着他们。眼见再无人出头，他便施施然下楼，告诉掌柜的："我是宜阳县女支山下的白老八，要报官的话就赶紧去吧，八爷我在这里等着！"

这男人到店堂里要了花生米、牛肉和一角酒，返身走到柳树下，看一个小伙计给他喂马。等到他和他的那匹马吃饱喝足，才起身离开。

楼上那几个人死死盯着他的一举一动，看着他故作镇静地吃吃喝喝，旁若无人地擤鼻涕，抽烟，磕打鞋底上沾着的泥土。他一走，他们也马上跟出来。他们一起消失在洛阳城迷宫般的街巷里。

出城后，眼前是一片开阔地。

打城根下冒出一拨刀客，都骑着马，挎着刀，远远地跟在青骢马后。

他一回头，他们就停下来，在马上侧过身子看风景，并且拉过毡帽两侧的帽耳朵盖住脸。他认出其中两个，正是那白衣人的跟班。谁都能看得出来，他们是要跟踪他，以图报复。

穿过宜阳县城的西门，即将返回老家的时候，他们还是不即不离地跟着，就像长在背上的影子，挥之不去。

每当他拨转马头去追，他们就一言不发地远远避开，但似乎并不是出于害怕，而更像是觉得这样很有趣。他们呈扇形散开，躲避追逐，在马背上吹响口哨。到黄昏来临的时刻，他歇宿在宜阳县城的一家大旅馆里。那些人就跳下马来，盘腿坐在街道上，候着他露面。他牵着马，从后院的一个小门里溜出来，想要悄悄走掉。但是，他刚出那个正对着庄稼地的小门，就听到四野里响起一路上已很熟悉的撕扯棉布般的嗤嗤笑声。他估量了一下，决定还是返回旅馆为好。重新回到院子的时候，他发现房顶上也蹲着人。

从离开洛阳以后的将近两天时间里，双方的距离一直就保持在一箭之地的样子。这个距离，对于一个被跟踪的人来说是足以致命的。横放在马背上的火枪射击距离很大，随时都可以把他撂倒。但他们看起来不愿意这么玩。

眼看快到他的老家泰和村，那些人还紧紧跟着。

这时候，他才有些惊恐起来，忽然想到家里的妻儿老小。

他骑在那匹青骢马上，绕着村子走了三圈，想不出一个好办法。于是，只得委托一个经过村口、逃荒要饭的外乡人捎话过去：你去跑一趟，问问那些人到底想怎么样。

他们告诉那个传话的人：你白老八杀了老洋人的儿子，是不可能逃脱的。尽管如此，老洋人还是愿意给你两个选择，要么自杀，要么让刀客杀光全村。

白老八到家后的第二天凌晨。

泰和村笼罩在鲜嫩的阳光下。

离着寨墙八丈远的地方，刀客们连夜挖出一条规整的半人深的圆形壕沟。

早晨的阳光，照耀着泰和村的鸡鸭牛羊、公婆儿媳、家长里短和哭闹不休，也照着一脸漠然的刀客们。这个群体有两千多人的样子。有些人蹲在坑道里磨洗锈迹斑斑的铡刀、枪刺，另一些人在打瞌睡、抽烟、说笑话。

天气越来越热。夜间，到处都是篝火，亮得能够照见蚊子叮咬的小疙瘩。

双方僵持了一个月。村民们急于逃出去，但刀客却不急于进攻。

终于，整个村寨陷入了空前的恐惧。

昨天，走近刀客的村民又被杀了三个。这是三个快要疯狂的人。一个是女人，另外两个是她的婆婆和丈夫。他们的头被割掉，抹上绿颜色的油漆，挂在一根竹竿上。乌鸦飞过去，在晒得流出油脂的面颊上啄食。

白老八终于扛不住了。他说："愿赌服输，不能让别人给我家陪葬。"

村里的保长穿着破棉袄，提着一个破灯笼，和一个会算命的破老头子一起走过去，来到领头人的面前，说："白老八讲了，他情愿选择第一个办法，但他媳妇就快生产，是不是能给那孩子留条命？"刀客们经过表决，同意了。

最后议定的条件是：赔付一千大洋；白家十三口人在夜间子时前全部自尽；白家媳妇怀着的孩子如果在子时以前不出生，就随全家一起活埋。

那匹青骢马后来归了老洋人。他喜欢烈马、快刀。

人们说：这一点共同爱好，使得白老八最后保住了那个子时出生的孩子。

接生婆来了，指导这家人给孕妇灌肥皂水，吃薄荷糖。肚里的孩子纹丝不动。他们又用艾草铺满院子，让她躺在上边打滚。为了节省体力，让她坐在一口镶着铜边的水瓮上，蹲下去，站起来，再蹲下去，再站起来。羊水破了。女人的痛苦随着血涌流出来。接生婆手忙脚乱地把女人搀扶到屋子里，仰面靠在被褥上。

一个毛茸茸的小动物来到这个世界。

在目睹孩子落草为人的一瞬，白老八惊叫一声：

"天啊，他是个带翅膀的蚂蚱！"

这个小怪物的腋下长着一对毛茸茸的翅膀。

母亲低头看看孩子，又看看不知所措的丈夫，分不清是哭是笑地扯扯嘴角，说了最后一句话："来得好，像个小和尚。"那孩子圆溜溜的眼睛、圆溜溜的脑袋，记不得母亲受苦的时光。他哭得最厉害的时候，母亲已冷却下来。

临近子夜。外边刮风下雨。风很大。雨很急。

墙外的树木、房顶的屋瓦和村口的石磨啪啪作响。

村庄在惊恐的雨夜里奔跑，就像即将决堤的河流，河流旁边的草棚子里卧着一匹镇静的黑马。当河流和马匹融为一体，静止在一团墨绿色的拥抱里，婴儿的哭声戛然而止。

那位邋里邋遢的算命先生就候在门外。听到哭声停止，他带着圆形的画满格子的星象盘走进屋子，满脸疑惑地看看做了父亲的白老八，说："怎么办，这孩子没有命相？你看，这盘子上的指针一直在走，一直在走，不肯停下来……"

他的星盘区分为十二个区间，分属于十二个星座。每个星座区间又包含金、木、水、火、土、风、雷、电这八个命格。每个命格下分为赤、白、青、蓝、黄五个色条。在生命降世的第一时间，他会连续拨动盘面上的指针，一直到那个新生儿停住哭声为止。此时，他需要牢记三枚指针停留的位置，因为一个人的命运、性情、走向，将由这圆盘上的星格和色条所决定。

那天，他把时针顺利地定在子时，但分针和秒针好像出了问题。

事实上，整个星盘都有点问题。

在人马座的方位上，三个指针短暂地停了一下，合而为一。随后，它们共同沿着盘面上五花八门的表格、色彩、文字走动起来。算命的目瞪口呆地看着，不知所措了。盘子上的指针好像运转在真空里，不断滑行，毫无阻碍。

算命先生挠挠头皮，看着满怀期待的围观者，自我解嘲地笑道："这孩子属马，而且，还是一个驸马……看样子，会有福报的。"

刀客们在村外潮湿而漆黑的雨夜里鸣枪示警，高声怒吼。

马蹄子踩得大地摇晃起来。

在更遥远的地方，传来一匹青骢马熟悉的悲鸣。

暴雨如注。

屋子里的接生婆一声惊叫："快看快看，这小子居然笑了。"

大家好像发生了一点争执。

树叶喧响。在腥膻的羊毛气味里，闪电反射到靛蓝色星盘上。

算命先生拍了拍手，门口出现一团黑影。白老八对那黑影里的人说："就是你要保护我的孩子吗？你抱上孩子，到紫阳镇去。我的岳父武占元会照顾他的！"

外面屋檐下的黑影里走出一个和尚。

一个光着脑袋、念着经文的真正的和尚。

他是怎么来的？

和尚就像混在人群里的乌鸦。它不招惹人，人也不去招惹它。和尚喜欢吃饭，念经。第二天，离开泰和村的和尚继续吃饭，念经。

最后，你要知道，和尚们念经的时候，一般都没什么好事。

哦，孩子，不要伤心……这就是我们的命运，天煞星的命运。

时间过去好多年。

孩子变成老人，而老人则变成了孩子。只有洛阳是永恒的。永恒的东西，有它自己的法则，有它自己的故事。

在蛇看来，洛阳人是泥巴做出来的。

在芦花鸡的眼里，洛阳人是从鸡蛋壳里爬出来的。

而在一匹青骢马的记忆里，洛阳人是从漂满葫芦和南瓜的大洪水里钻出的。

孩子，我们作为洛阳人，和水有着不解之缘。

狂风摇撼着大地，洛阳人衣不蔽体。他们葬在北邙山上。死后，他们又在棺材里点起蜡烛，读书、算卦、喷嚏、打摆子，延续着饮食男女和战争。他们和那座山上的修罗鸟一样，不死不灭，被另一个世界纠缠着，折磨着，活得天高地广。没错儿，洛阳人没有时间观念。但这不是他们的错。

他们从土里钻出来,又钻进土地深处。

他们不喜欢人马座。

在人马座,他们只能活在玛吉斯国王破破烂烂的日历本的夹缝里。

这里可不是人马座,而是洛阳。在洛阳,人烟稠密。人们生儿育女,活在蔚蓝色的往事里。

时间弯曲得如同拱桥。

洛阳人是我们的子孙后代。

我们的孩子们分分秒秒地诞生出来,在四方形的平原上奔跑。他们的眼睛是蜜糖色的。但……从我们的老国王遭到那次谋杀以后,洛阳人便丧失来自人马座的时间,更见不到荷叶大师放在大佛耳朵里的无花果时钟。

冬天到来的时候,大佛耳朵里的钟表车厢便开始嘀嗒作响。这是一场黑风暴即将来临的前奏。六点零六分的午夜,藏在里边的巴克王子必须逃离寄居的车站,飞向冰雪世界。

假如他继续待在车厢里,炸弹就会准时爆炸。

当巴克从表盘里飞出的一瞬间,大雪铺天盖地。

这是一场用于止疼的大雪。

在过去的洛阳,下雪是正常的。这是芦苇战争的后遗症。白雪覆盖春天,农田上的芦花鸡和王朝的历史一闪而过。有时候,一些民族因此而消失。

在六点零六分的沉默里,风雪如约而至。

一场来自人马座的大雪起航了。它刻在洛阳人的记忆里,让他们模糊记得这场雪是鱼骨粉变成的,那场雪是棉花变成的。但不管怎样,雪最后都会变成石头,变成水,变成深棕色的春天。每当收割芦花的季节,洛阳城外就会飘起一场鹅毛大雪。就像孤灯大师在渡口演唱过的那样:大雪从夜晚开始起航,最终把人们带到穷困的平原。缺粮、饿肚子,等等。

母与子

在洛阳,村庄里不断发生着饥荒。村庄里有饿死的人,但唯独没有哭声。

太阳,出来吧!太阳一出来,红得可怕。雪和春天都坍塌了。这时,连死亡都是那么耀眼。乌鸦钻出潮湿的原野,像一粒黑色豌豆,翻滚在记忆里。而在历史深处,在一个新的故事鸣锣开场的时候,那些戴着白帽子的村庄一声不吭。

这种千变万化的日子,洛河岸边的老太太们见得多了。

老太太怕冷。她裹上开花的棉被,站在院子里,不住叹气。她看着儿子爬到高处修缮房顶,用和过泥巴的芦苇堵那几个被风豁开的漏洞。高处的风很凶。她懂得这个。她什么都懂,但她饿得不想说话。她抬头看看那群飞走的乌鸦,把话藏在肚子里。

一说话,她会觉得身上更冷。

她眯起眼睛。儿子在她眼里缩成小黑点。

她这儿子叫作张三。世上叫张三的人很多。他们被叫作张三,是因为他们都有两个哥哥。老大、老二、老三都喜欢吃野菜。野菜就是草。在洛阳,地主和士兵们吃粮食,而张三家吃草,皮肤和舌头像牛一样粗糙。哥哥们是在雪地里挖野菜时倒下的。他们死去的岗坡很贫瘠,连构树都不愿扎根。几天前,张老三把老大、老二逐个背回来,他们手里还攥着没吃完的野菜。这野菜是有毒的。洛阳人把它叫作"烂肚皮"。它是癞蛤蟆变成的。癞蛤蟆死后,身上的皮在土里长出这种带锯齿的草。生吃"烂肚皮"的人,大部分都会毒死。

张三走在路上,心里想:哥哥们的肚子肯定是烂的。

哥哥们的身体沉得要命,就像装满冰块的麻袋,硌得他肩膀疼。

张三修房子的时候,他们就躺在脚下的老屋子里。

他盖上那片烂瓦,准备堵住最后一个缝隙,在洞口看到两个哥哥。他笑笑，咧了咧嘴。他们躺在屋里并排铺开的草席上，盖着一条白单子。在这样的下雪天，他们居然一动不动地睡了七天，像个真正的大财主一样。今天，老大和老二没有像往常那样爬起来，拧着弟弟的胳膊。虽然他依旧没心没肺，老是对着人傻笑，他们却没有像往常那样揍他。张三想，他们不再揍他了。他有些高兴不起来。

他坐在屋里烤了一阵火，还是高兴不起来。

吃饭的时候到了。早饭和往常一样，只有一碗菜汤——煮过的"烂肚皮"。

老太太喝了几口，把碗推到儿子面前："你吃吧。我吃得差不多了。"儿子说："我不饿。"停了一会儿，张三端起碗，看看碗底，一口气喝光了剩下的半碗汤。

吃过饭，那个粗瓷大碗还鼓着肚子，站在桌案上。

外边的天色越来越亮。母子俩入迷地看着桌子上的粗瓷大碗。

张三说："这要是吕洞宾给的饭碗就好了。放一碗面进去，吃一碗长出来一碗。吃了还有，吃了还有。"

母亲说："永远也吃不完。"

屋子里终于有了笑声。

母亲提醒道："少说两句。说话越多，饿得越快。"

张三不吭声。他确实觉得饿。

"刚吃完饭就饿了？"

张三点点头，说："妈，我天天饿，就没有个不饿的时候。"

母亲说："你去看看外边，谁到咱们家来了。"

张三不想动，头都没抬，说："这个光景，哪来的人？"

外面有脚步响。还真有人上门。

来了一辆小车，车上搁着粮袋。这是张三的东家。

东家的儿媳妇在给佃户们分配粮食，好让他们度过荒年。最后来到张三家门前，停留的时间多一些。她交给张三一个金项圈、一个装着小衣服的包袱卷儿。她说，想委托张三出趟远门，把东西捎到洛阳城边的紫阳镇，并给父亲武占元捎个口信。她还交给张三几块钱，说，“来回要坐船，你把这点儿钱带上。”说完，她们就走了，快得跟一阵风一样。

张三说：“东家的儿媳妇不是老早就过世了么？”

老太太关上门，使了个眼色，让儿子坐下来，不要胡说八道。

可不是么，那年月，谁还有力气过问这些事儿？得了口信，传过去就可以了。东家一走，老太太就忙活起来。她要给儿子准备明天出门用的吃食。她烙了十张干饼，做了十斤炒面，还捏了些菜窝窝。

张老三吃了一个窝头，身上有了使不完的力气。他喝了一瓢凉水，把拉车推出来，把两个哥哥埋在后院的坟茔里。

张三拈出包袱里的金项圈，往脖子上比画了一下，咧着嘴嘿嘿笑。

张三把干粮数了一遍，笑嘻嘻地说：“妈，怎么都是‘十’啊？”

母亲也笑了，说：“憨儿，因为你只认十个数啊！”

张三在院子里劈了高高一堆柴，码放到厨房的墙根下，又把水缸挑满。他对母亲说：“刚才挑水的时候，我碰见东院打光棍的四叔。他出去找吃的，刚回来，两条腿直打趔趄。我看，他恐怕活不过今天……”

老太太说：“你去给他送一碗粮食吧。”

儿子别别扭扭地，沉默了一阵，说：“挨饿的人多了，又不是他一个。姓剧的弟兄八个都饿死了，也没见谁管过。咱家挨饿的时候，谁又来看过一眼？”

老太太说：“别人管不着。你四叔还是得管一管的。他帮咱家种过地，你又不是不知道。”

送过粮食回来，已经歇晌了。

张三和老太太吃了一天饱饭。

睡到半夜里，张三被一个声音惊醒。这是老太太在想事儿呢。

他迷迷糊糊地问道：“妈，你哭什么呢？是不是又饿了？”

母亲说：“我不饿。我吃得太饱了。”

“吃饱了你还哭？”

“我没有哭。我想到你爹和你哥哥了。他们都是饿着肚子走的。”

张三长长地叹口气，翻个身，睡不踏实。

母亲在隔壁房间自言自语地说话。说一阵子就停下来长吁短叹。这是她的老毛病。每当心里有事的时候，她的嗓子就会上火。那悲叹声溢出嗓子眼，拧成一个细细的尾音，绵延不断，穿门出户。那是她命里的疼。她的身体就是被这看不见摸不着的疼痛给拖垮的。

到了往常鸡叫头遍的时分，天色半黑半亮，沉甸甸的。可是这天，村子里异常寂静，没有鸡鸣，没有声息，一切都轻飘飘的。

老太太把儿子喊起来。她胆子小，不敢出来送别。

她站立在灯前。影子爬在窗户纸上，像一条小小的毛虫。

张三来到厨房，把昨天做好的食物每样匀出来一半，盖在锅里。然后，他背上东西，高高兴兴出门了。

老太太掀开锅盖，看到分出一半的干粮，不知会作何感想？"没有神保我，我照样能把信送到。"张三嘟囔了一句，走出院门。

到了村口，隐约见到水沟边燃着一堆火，有人蹲在雪地里取暖。张三已经走过去，又忍不住回头看了看。哎呀，这不是他早已过世的父亲吗？老子问："三儿啊，你真要去洛阳吗？我看，你还是回去的好！"张三点点头，表示听见了父亲的问候。他取出两个窝窝送过去，待到走得近些，雪地里的火堆不翼而飞。分明是自己眼花了？张三摇摇头，继续走下去。

翻过哥哥们死掉的那道坡，就能看见远处的洛河。

一只不讨人喜欢的乌鸦嘎嘎叫着停在树上，一动不动地盯着过路人。张三走过去，对着它骂一句。乌鸦受到惊吓，拍拍翅膀飞走了。半空中跌下两只崭新的黑布鞋，圆跟尖头，穿上试一试，正合适。

穿着新布鞋，来到村子最东边的乱石岗上。那里被雪染白了。张三回头望一望村子，猛地一抬头，一个青面獠牙的大鬼对着他连连摆手，让他回去。张三心里有气，对着它吐口唾沫。大鬼惊叫一声，化作一团雾水。

"真是撞见鬼了！"张三嘟囔一句。不过，他很快又高兴起来。一眨眼就走到岗坡后边。村子消失。又一眨眼，就走到宜阳县城的大桥上。

桥上有人，桥下有船。人有男有女，船有大有小。张三看了又看，走到一条船上，交一份船钱，气气派派地说："三毛钱，我到渡口下船。"

船家说："三毛不行，四毛！"

张三是个爽快人，想了想，加了一毛钱，说："四毛就四毛！"

船即将开走的时候，张三心里忽然有些激动。

他问船家："到渡口得多长时间？"

船家说："老远了。你不要急，总会到那里的。"

那个渡口，连接着前往紫阳镇的官路。

水路离城三十里。这么远的路，东家只相信他张老三。张三一下子觉得耳顺眼亮，气定神闲。急什么呢？划船的老汉说得对。不管多远的路，总有到达的那一天嘛。急什么呢？

船走了半天，还没到渡口。张三拿出干粮袋，取出一个饼子，不紧不慢地吃起来。老汉看了张三一眼。张三把自己的饼子分一半给老汉。老汉不要。张三说："见面分一半。你吃吧！"张三用缸子舀起一杯洛河里的水，就着饼子咽下去。他一边吃，一边对自己说："不急，不急。我有十多天的干粮呢！"

上了岸。船家告诉他："你带着主贵东西，不要乱跑。你可以跟着别人。别人走大路，你也走大路，别人走小路，你也走小路。"

张三一愣，说："老人家，你怎么知道我身上有主贵东西？"

老汉摇摇头，把船撑离河岸。

张三探手摸了摸包袱里的金项圈，还好，结结实实的，一点也没变。一只蚊子在河边唱歌。蚊子落在他头顶上。他个子高，身板大。他挠了挠头，像个丈二金刚，虎虎实实地走下码头。刚下码头，一个戴草帽的人从他旁边走过去，两个人互相碰一下，都打个趔趄。张三对那人笑笑。那人也笑了笑。彼此走过去。

张三摇摇膀子，看着那人的背影，心里想："他跟我老四叔一样，走不稳。看来，洛阳也在闹饥荒。"

不大一时，天色暗下来。张三在小店里住一夜。第二天，张三跟着一群人上了官路。他听人说，西北角的一条小路离紫阳镇更近，只有六天的路程。于是，他拐上那条小路。小路荒无人烟，看不见庄稼地，鸟的叫声一阵阵凄凉。走了许久，张三有点害怕，便准备打退堂鼓，回去走那条官路。这时，他看见路边草丛里坐着一个人，饿得脑袋耷拉到膝盖上。待细看时，却是认得的。这不是跟他撞过一面的那个人吗？

那人的草帽已经丢了，脏得一脸灰。张三对他说："老兄，你不能这么坐着。这一路上，我看见好多人，一坐下就起不来了。"

那人仰起脸看着他，眼神呆滞地说："不瞒老弟，我现在就起不来。我生病了，又饿得没有一点力气，只能等死喽。你身上有没有吃的？有的话，借我一口干粮。"

张三站在那里，也不说有，也不说没有，脸上青一阵白一阵的。

那人低下头，对他挥挥手，说："老弟，你走吧。"

张三正要走开的时候，听见那人长叹一声，说道："哎哟，我的命好苦啊。我死了不打紧，我七十岁的老娘和两个小娃娃可怎么办呐。"张三硬着心肠，又走了几步。却见那人的眼泪在鼻梁骨上流成河，不由得人看了不难受。他心里一紧，眼前的景象变了样。待回到那人身边，他从大包袱里掏出一个窝头，俯身递过去，说："吃吧。吃完了，你好往前赶路。"在他解包袱的时候，那人目不转睛地看着。

那人不去接递到手边的窝头，只是感激涕零地拉住张三的两只手，一叠连声地道谢："兄弟，你是好人，好人呐！"

张三感到哪里不对头，他用力挣了一下，居然没有挣脱。那人的力气大得出乎预料。他还对着张三咧嘴一笑，笑得很吓人，说："兄弟，坐下来歇歇，怎么样？"身后传来杂沓的脚步声，来了一大群人。

他们来得非常快，手里有木棒和刀棍。这分明就是一群土匪。张三没见过这阵势，不由得又惊又怕，高声喊起来："我不要坐，我还要给人传信呢……"话还没说完，后脑勺上被打一棒子，脑袋开花。张三倒下了。

那个坐在地上装病的人站起来，招呼他的同伴。他们搜过他的身以后，取走大包袱和小包袱。大包袱里是干粮，小包袱里是小孩穿的小衣服和一个金项圈。

张三没有失去意识。他听见那个装病的人说:“饶他一命吧。我看这傻子还不赖。”

张三倒在地上,整整睡了一天。在这一天里,没有一个人经过这条小路。夜里,有一只野狗路过这里。它大概是迷路了。狗在他的脚脖子上啃一口,把他弄疼。他醒来后,那只野狗随之吓跑。站在地上,看着昏暗的夜色,他的第一反应就是到码头上找人。

天亮后,张三找到那个在码头上晃荡的干枯黑瘦的中年人。

他拉住那个人的衣襟,说什么也不放,说:“我知道,我活不成。东西你既然拿去,口信你也得帮我捎到紫阳镇。”

他一说话,一动,血就从他的脖子上往外渗流。

那个令人胆战心惊的裂缝清晰可见。

那人眉头皱得紧紧的,说道:“你的命还真大。问一下,你是哪里人?”

张三说:“我是宜阳县泰和村的张三。我东家的儿媳妇让我捎口信呢。我告诉你,我把我妈给我准备的干粮给分成两半。那个东西是不能分的。一分,我就活不成,我自己知道。”

那人说:“巧了,我是洛阳县的李四。”

张三顿时呆了呆,问道:“你真叫李四吗?”

那人说:“我真叫李四。”

张三说:“那好,我眼看也活不成。托付你一件事,你一定得答应。你把我的口信捎给紫阳镇上的武占元。对了,你认得他吗?”

李四说:“他是个很有名的人,我怎么能不知道呢?你说吧,是什么口信?”

张三说:“黑骑士和鸡血石,都在一个影子里。”说完,他犹豫一下,扭住对方的衣襟,瞪大眼睛,说道,“你念一遍,我看看你记住没有?”

那人随口念一遍,问道:“这是什么意思?”

张三说:“这就是口信。”

很多过路的人经过，听到他们的对话，但他们闻言一笑，继续赶自己的路。每个人都在为肚子里的一口吃食拼命跑动。越是饿到极点，越是不敢停下来。一停住脚步，就随时会倒下。他们知道这个争执和吃食无关，便再也懒得过问。

张三笑了笑，松开李四的衣襟，说："我活不成了。你给我四毛钱，我要坐船回老家。我想死在离我老娘近的地方。"

李四真的掏出四毛钱，把张三送到船上。

起先，李四给他一块大洋，张三不要。张三只要四毛坐船的钱，说："我这人实诚。"李四看着他，腮帮上的肉跳了两跳。

上了船，张三终于安下心。他觉得头脑里有一阵大风刮过去，浑身冷得受不了。于是，他拉住李四的手，贴心贴肺地说："老哥，我告诉你，咱俩算是有缘啊。我跟你讲，我把我妈给我准备的干粮给分成两半。那个东西是不能分的。"说完，张三扑通一声倒在船头。

李四喊了几声，再也喊不应。

晚间，天上没有月亮，正好赶路。李四趁着夜色走一阵，感到下巴上有点黏糊糊的东西，便顺手抹了一把。那是傻瓜张三的血。

在一个树林簇拥的十字路口，他站住了。

他心里颇不安宁。抬头看看天。天是灰蒙蒙的。这个天就没个开眼的时候，老是罩在庄稼地的外沿。这时节，天与地缩成一个碗口大的世界，令人气闷。他想起一些快快乐乐的日子，也想起别的。一个曾经死在他手里却被他忘记的人忽然浮现在脑海里。那个人有一副可恨而凄惨的猫脸，两只眼睛老是像猫一样滴溜溜转。那家伙送给他一个打不起的官司，还把他老婆逼得上吊。老婆死了，还有必要去打官司吗？去他娘的，就在这浑水里混下去吧！他二话不说，当天夜里就挖出那人的两只猫眼。

他现在记起来，那个夜晚和眼前有的一比。

捎口信

李四定定神，穿过树林，朝着树林东边的武营走去。一路上，那些遗忘已久的人不停闪现。他们打着火把，敲着沉闷的羯鼓，从身后追来。他停下，扔去石头和狂怒的叫骂，他们忽然消失在乌冬冬的天下。反复折腾半夜，耳朵里嗡嗡响。等到两个穿着制服的兵在眼前出现的时候，他竟有些恍惚。他们蹴在一棵树上，不怀好意地邀请他上去坐一坐。那个笑眯眯的兵尤其叫人讨厌。他再次怒了，冲着树杈打一梭子弹，把他们打得粉身碎骨。在跌落的地方，腾起一股白烟，又幻作一滩暗红的血迹。他绕开那滩脏东西，假装若无其事的样子，继续往前走。肩上的包袱真的成了一个大包袱，像一座山一样，沉重得叫人烦恶而困倦。很快，眼皮就困得睁不开。他饿了。腰间长出一个大得出奇的南瓜，黄色瓜皮，灯笼般的，叫人喜欢。南瓜上有个小小的针眼，往外冒出热腾腾的蒸汽。他老婆在锅灶间笑眯眯地看着他。她脸上红扑扑的，还是那刚出嫁的样子。他愣了一愣，心里想：这是熟了！为了打开这个瓜，他想出各种办法，但它总能摆脱他的控制。它滑脱手，顺着树干往上爬，逼着他像个狗熊一样跟着爬上去。近在咫尺。南瓜爬上一段，就在树干上停下来，低头看看，一副讥笑的面容惹恼了他埋在心里的怨毒，也更加激起狂性。

最后，他还是抓住了，一拳砸到南瓜的脑壳上。

他的拳头陷进那团黏稠可恶的东西，叫他感到前所未有的反胃，便蹲在路边呕吐了一阵。结果，什么也没吐出来，却倾倒出不知何年何月吃到肚子里的一把钉子、来不及消化的草籽和一堆石头般硬结的番薯，还吐出来一个小小的纸片，上面写满乱七八糟的讼词。纸片在地上迎风抖了几下，往远处水田飘去。

水田里的蛤蟆大得像磨盘。磨盘重得像石磙。石磙长得跟他娘的老财家的院子一样。他们把他绑在院里的柿子树上打他，打得他咬碎钢牙。他大叫一声，发誓要把他们挖心掏肺，再点了天灯！

他忽然醒悟，从迷糊里跳出来。他拔出腰间的刀，往腿上划了一下。疼痛从皮肉下电过全身，让他每一根骨头疼得颤动。

他坚持往前走，片刻也不敢停留。

来到武营村外的河堤上，天色突地亮起来。李四决定歇一阵子。他再也爬不动。昨晚，在树林中厮斗的时候，后背上被插过一刀。现在，浑身都不好受。他坐在河堤边的一棵树下，枪就横放在两腿之间。他已经拿不动它，觉得不堪负累。等他想要再次起身的时候，扯动那个伤口。他心里不由得狂躁起来，想起池塘边的一幕："妈的，这两个黑心肝的小子……"

一个起大早的人看见一个血糊糊的人倒在地上，惊叫起来。

李四也在惊叫，让他不要抛下自己。

他把李四带进武营，去见武占元。

李四看出了武占元的怀疑，但他仍然讲了这个口信的来历。它从何处来，将要往何处去。他李四为什么要接这个烫手的山芋。

武占元拉肚子了。

对话总是断断续续的。等到李四说够板儿，武占元已经进了六趟厕所。

宾主双方都觉得很不好意思。

刚坐下，武占元又喊了一声，火烧屁股地往后院跑去。这一去真是水深火热啊，把人等得凉透了。李四孤零零坐在这个陌生的厅堂里，很是孤单。过了不久，他坐不住，就趴到桌子上睡过去。他困倦极了，连脚指头都不听使唤。

等到武占元一脸歉疚地出来，李四早已僵在那里。

不速之客李四，是死在武占元家的第一个刀客。

这让武占元觉得过意不去。

窗外飘进来一辆纸扎的马车。一群小鬼拉着一车土从窗外进来，停在李四身前。小鬼们跳下车，拉着李四的胳膊，把他搀扶到车上。李四起来后，他的身体缩成壳子虫那么大，深深地埋进土里。

拉车的马嘶叫一声，飞出窗台。

武占元揉揉眼，恍惚间，李四和马车都从眼前消失。

武占元不言不语地站在那里，真心是后悔。他应该听听李四的话。完整地、一字不漏地听一遍。现在，没有机会了。

武占元摩挲着桌上的小包袱卷儿，把门口站着的那个人叫过来，给他交代事情。

“他死了么？”

武占元抬头看看他，说道：“他死没有，你不会自己看吗？”

探手一摸，李四已经过去，断了鼻息。

第七章　肿胀的溪流

来了一支队伍

落雪以后,刀客骑着马攻打镇子南端的坞堡。

这是邢家庄的人合力修起的一座寨子。全村的人都猫在里边过冬。他们和武营村的人商量,在两村之间的大路上也建起一个堡垒,设立岗哨,但武营的绅士们对此嗤之以鼻。武占元劝告他们:"没必要自己吓唬自己。"他的乐观是有道理的。他以代理镇长的身份告诉人们,镇子上一旦来了大队刀客,可以到洛阳求救,而驻扎在洛阳的镇嵩军在赶跑张大帅的队伍后已经接管大城,随时可以援救。邢家庄的人将信将疑。

开春了。忙过春耕,和武营隔着一条马路的邢家庄的人们不再犹豫,开始组建自救组织,恢复古老的红枪会。邢家庄的人派二黑和他的堂兄弟们请来山东师傅,占住大路,在那儿搭起棚子演练武术。这导致两个村庄的对立愈演愈烈。

念过书的武营人看不起这种乱哄哄的行径,而练武保家的邢家庄人也很反感土豪们指手画脚。他们说:"既然有钱读书的财主们要把钱藏到屁眼里,带到棺材里,而不愿出钱建寨堡,那么,在刀客打来的时候就不要巴望着能够获救。"他们对面的武营人却说:"不稀罕!你们有钱造乌龟壳,那你们就造好了,不要扯上我们!我们这里有政府撑腰,不需要乌龟壳子!"

双方各自派出人马,在荒野里械斗过几次。武营村的人到洛阳县衙门里去了一趟，于是，洛阳城里派出一支队伍，到镇子上进行调解。

城里的高团长决定让这支队伍一直待在镇子上，防匪治安。

这支大约有三四十人的队伍被下放到乡间后，非常寒酸，找不到可以做营房的地方，只能在大路上搭建临时帐篷。寒冷的早晨，他们出操的时候穿淡灰色的军衣，头上扣着薄薄的军帽，穿不起棉袄。他们的钱，都拿去抽大烟、赌博了，没有多余的闲钱置办衣服。他们瑟缩着，一边跑步一边流着清鼻涕，脸颊冻得乌青。没有跑上二里地，就支撑不住，要停下来歇一歇，喘口气。村民们聚在大路边看笑话。邢家庄的人们为此而讥笑武营村的人，说："看看你们请来的痨病鬼，风一吹都能跑到西天老祖那里！"又说："这支队伍一没钱，二没枪，又穷成这个样子，只能应对小股的刀客，如果是老洋人来了，照样能把老财的脑袋砍下来做夜壶！！"

武占元看到这些病歪歪的丘八，也感到丢脸。

镇子上驻扎队伍的事情，很快就引起棋盘山的刀客胡老歪的部下强烈不满。盖因镇子南头的大路是棋盘山通往南方各县的主要道路，官兵们赖着不走就等于在他们的咽喉上埋下一枚钉子，无论如何也不能容忍。

武占元出面调停，让带队的朱连长把队伍拉到绵羊河北边的学校里，把大路空出来，恢复南北通行的功能。而这又引起学校里老师和学生们的一致怨愤，开始拟电文、发布告，或者给报社里的朋友们写信，控诉紫阳镇的主事者向军阀和乡村土匪低头让步的丑行。洛阳的报社记者来到镇子上，不忘敲诈一下管事的武占元。他们写了两个稿子，拍下照片，扬言要发到外国报纸上。

武占元给记者们发放烧鸡、双黄的绿皮鸭蛋和大粒豌豆这些地方特产，供他们带回洛阳城里享用。记者们参观了镇子上历史古老的武氏祠堂，还吃过一顿上好的烧鸡。在赞美了祠堂和烧鸡后，他们满意地离开这里。

世外桃源

紫阳镇像个世外桃源。世界乱得一团糟，唯独它是安然无事的。

1920年代。豫西成了土匪窝，男人们不种庄稼，落草为寇。

在洛河两岸，出行毫无安全保障。没有结伴，没有带枪，谁也不敢上路。

即便这样，紫阳镇依旧吉星高照。

逃难的人们都说：这里的运气比别的地方好。

朱连长贴出告示，开始招兵。

当兵的是那些混不下去的人，想充光棍的人，渴望发财却没有资本的人，以及无父无母、没家没业的人。用一句老话说：尽是二流子出身。当了兵，制服一穿，更加要吹胡子瞪眼睛，痛痛快快地撒野。

兵们在街道上转悠。他们跟着老兵学会在刺刀上划火柴、点烟卷，把帽子歪戴着，龇牙咧嘴，踢翻瓜子摊，大闹小饭馆。兵们的嘴里喷出高粱酒的酸味儿。

朱连长的驻军日益壮大，达到三千多人，于是，朱连长请示了上级，把队伍迁到被称为"大苹果园"的河滩上。这就是绵羊河西侧的那片荒地。以前，这里住过一群变戏法的人，很是繁荣。

现在，它又开始热闹起来。

军士们在河滩种植芦苇，一眼望不到头。清理乱石瓦砾，拉起一道围墙，圈出来一个大约六百多亩地的空场，建营房，训练新兵。

大苹果园成了军事禁地，墙根下种满苹果树。越来越多的人当兵吃粮，在河边种芦苇，爬到树上摘苹果。闲下来的时候，他们在操场上跑步，喊口号。用稻草扎成假人，练习刺击。夜间，照例要沿着果树环绕的墙根拉屎拉尿。

刀客们也赶来入伙。这些人参了军，就更加凶恶。押着乡绅们下乡征粮的主要就是他们。他们干这个有经验。四面八方的村子开始骚动。村民们不堪搅扰，却无力对抗。

无法无天的军人统治了村寨，所到之处，天天都有口角、械斗。

吃亏的永远是乡里人。

朱连长成了朱团长。他说，他脑子里装着的都是事关国计民生的大局。

兵不在多,但多也很重要。人多开支就大,开支大就要多征粮,征税。军饷吗?这不是问题。朱团长随时随地都可以征收的。

朱团长的脑子绝对好使。

朱团长从老家招了一批人当护卫。

谁也说不清他的老家在哪里。

不过,这都不要紧。这都是些无关紧要的事儿。

护卫队督促着一切,管理着一切,还可以执行军法,处置不听话的人。这个护卫队由八百人组成,名字叫“钢铁卫队”。护卫队的首要任务,就是把整车整车的粮食搜集起来,从密密麻麻的村庄运到苹果园,储存在朱团长的库里。

护卫队的头头是个很有特点的人,面相老,严肃,阴沉,而且有一双鹰爪般的大手。这个队长经常在乡间转悠,腰里别着一把长长的尖嘴钳。钳子的模样与手掌很般配。遇到抗税、抗粮的人,他总是爱用这把钳子拔掉你的门牙。高兴起来,他可能不会拔掉你的门牙,而是你老婆的门牙。除此之外,他还喜欢把烧热的锅扣到小孩子头上,把毒蛇和蜘蛛放进大婶们的口袋,往饭锅里放一碗食盐。队长说:多吃盐,可以强身健体。他的部下也一样,喜欢为村民们着想。把多余的粮食整走,不让种地的人多吃饭,免得患上胃病。把养大的猪羊赶走,免得它们在村民的院子里拉屎拉尿,有碍观瞻。

朱团长说:“那是很不卫生的,不利于健康!”

护卫队的成员就像一个模子里刻出来的。

他们不辞辛苦,跑到有喜事的人家收税。

当他们来到良友家门前的时候,良友正在放鞭炮,庆贺孩子满月和新房封顶。护卫队在队长的带领下,直接闯进去,送给良友一个税费单子。他们要收良友家的五项费用,分别是:建房税、房屋保护税、土地使用税、生育税和婴儿抚养费。

良友不高兴了。因为房子的建造和将来的维护跟驻军一毛钱关系也没有。动用祖传的地产，凭什么也要缴税呢？至于生育税和婴儿抚养费更是可笑至极。

鹰爪神色阴郁地盯着良友，说："驻军保护了你们的房子、老婆还有孩子，怎么可以不缴税呢？不想缴税的话，也可以……你把你的房子安上四个马车轱辘，给我拉走，永远不要回到这个镇子。"

他们掂走了三口铁锅。

良友的媳妇急得大哭。良友更着急，到他父亲邢四爷的屋子里求救。

从驻军的营地开过来一个连的护卫队，站在卡车上，架起机关枪，把聚在一起的村民驱散。

卡车横冲直撞，压死了两头小猪，一只羊。

良友家的大黄狗急得汪汪叫。

鹰爪队长指挥着人，在良友家新盖的房子周围挖出一条水渠。水渠大约有三米多宽，里边注满了从远处池塘里引过来的水。每天夜间一点零一刻，渠水比钟表还要守时，漫过良友家的门槛。蛙声和雷鸣齐至，河虾与蝌蚪共舞。在窗台上跳舞。打翻了餐盘，碰倒了蜡烛。伸出脚，淤泥便来到膝盖。

良友的新房成了浸泡在水里的孤堡。

良友的媳妇说，孩子哭闹得很厉害。

良友最终扛不过去，还是把费用交了。而且，交了双份的。

让良友和邻居们感到庆幸的是：由于邢四爷请了镇长武占元出面说情，鹰爪对他们还算客气。他们居然没有拔掉良友的门牙。

谁做营长，谁做马夫，由朱团长说了算。

谁家交多少粮，派多少捐，由护卫队说了算。

朱团长这个人很热心。

驻扎过部队的那所学校衰败了。学生越来越少，老师们已经无事可干。朱团长把学校的教室征用过来，在那里开办起军政训练班，想办法吸引当地的士绅子弟接近军队。训练班已经开办四期，学制一年。前后参加的年轻人有好几百。复兴后的学校设有三个班，一个农学班，一个机械班，一个师范班，学制都是两年，带有技师培养、人才速成的意思。大家看到当学生闹个出身比以前考科举更容易，就转变了态度，把子女们送进来，为的是拿个可以混饭的文凭。这些一涌而来的学生让兼任校长的武占元大为头疼，对这么多的女学生可怎么办呢？他和朱团长商量后，从省里申请到一个国医班的办学资格，把女学生归集到一起。这都是爱赶个时髦的姑娘，家长们则是脑袋削得最尖的人物。

国医班和其他班级没有多大区别。

念点古文，这就是国学。加上半生不熟的欧美政治、社会简史、地理课、生物进化、西洋算术，再加一点稀释过的外文，就毕业了。最后半年教的课程才是和“医学”有点关系的。打针、护理、上药，用动物标本指示解剖课上的操作规程。解剖课很受欢迎。女学生搞解剖，有个显而易见的好处，就是可以把做实验用的兔子大大方方拿回去吃掉，而且，因为有了专业知识，吃的时候再也不皱眉头。她们可以一边吃肉，一边指出手上拿着的那块骨头叫什么名字，某一根血管是静脉还是动脉。

军政训练班结束后，镇嵩军的总部从洛阳派来高级军官训话，颁发结业证书。这种发文凭的形式是从外国学来的，受到学生和家长们的追捧。

以前，上学是做官的最便捷途径；现在，则首选参军、服兵役。

用刀和枪改善人生的观念开始深入年轻人的内心。

在军营里，镇嵩军的学生兵和他们在外边街道上表现出的吊儿郎当的样子大大不同。那时，围墙又比初建时加高四五尺，增加几个岗楼。岗楼上，鸟枪换大炮。高大巍峨的工字房里，坐着朱团长。那所学校里用来唱歌、演话剧和开运动会用的锣鼓、旗帜、接力棒、撑杆都搬到这里，握在大兵们的手里。工字房里的办公室还有驻军专用的军鼓、喇叭、彩车；大堂里挂着镇嵩军的一面大旗，上面画着几个变了形的张牙舞爪的鸡鸭；孙中山头像换成段祺瑞的八字胡照片，从学校里征用过来的大办公桌上摆着沙盘，一排一排的毕业纪念照都是用军事演习的活动来作为背景。

办公桌后的墙壁交叉悬挂着两把军刀，拼出个很大的“X”。

刚刚从学校毕业的新兵问身边的人：“墙上是什么？”

“怎么了？那不是两根筷子吗？”

朱团长和颜悦色地告诉他们：“那是爱克斯，一个外国字母。”

新兵点点头，似懂非懂地说：“哦，是挨克死啊！一挨上就会克死，是不？”

紫阳镇屡屡受到政府嘉奖，被誉为“模范镇”。模范镇上应该有个榜样。朱团长呢，就是城里的绅士们幻想出的豫西军人的榜样。

除了过于白胖，朱团长几乎没有什么毛病。讲话的时候，他的嘴里时不时地冒出几个硬邦邦的外国词儿，谁也听不懂。

他吃得很少。每顿饭只吃一份凉菜，要么是腌萝卜条、卷心菜，要么是半份猪耳朵，一杯浓茶。他谨遵紫阳镇的风俗，不吃水产品，忌讳和“水”有关的一切，甚至连水果也不吃。女人们盯着他的薄嘴唇，目不转睛，当听到那种半懂不懂的外语的时候，她们甚至体会到一种……快感。在做报告的时候，他能用稍显别扭的紫阳镇的土话来发言，讲到动情处，往往会潸然泪下。在他那种又尖锐、又刺激的语言鼓动下，人们相信：洛阳人一旦拿起枪来，那就会赢得尊严。要消灭老洋人这种游匪，那更是小菜一碟。

戏班子的班主王天财，是个乐呵呵的人，两条腿安有马车轮子，满地轱辘。他连小时候的懒性子都能改过来，但就是改不了那口爱好。出门唱戏，唱完戏抽他的大烟。一天抽一块多的烟泡，要破费普通人家三四天的粮饭。他的戏班子够他抽烟用了。抽过大烟，望着天上发呆，哪朵云彩来了他都要追过去。说不好，落在脸前的都变成满地铮铮响的袁大头呢……天上有几颗星星，树上有几只麻雀，他心里早已透亮。可他管不着自己的命。不过，这又有什么呢？

整个镇子上，就他还算清醒，是个明白的人。

每次到洛阳，王天财都要吃小笼包，一吃包子就能遇到朱团长。

包子提回到旅馆，打开一看，用来裹包子的报纸上安放着朱团长那张拧着眉头的脸。报纸上还印着上峰发出的电文，要求朱团长留在紫阳镇长期驻守，消灭匪患，并破格提拔他。

朱团长站在油迹斑斑的报纸上，看着满心惊讶的王天财。

“呸，你是什么朱团长？你不是那个马戏头儿么？”

天财兄认出来了。这朱团长可不就是那个戴着金边眼镜的大白胖子嘛。

王天财在热得发烧的旅馆里光着膀子。

他质问道：“你是啥时候变成了带兵的团长？”

天财兄在腿上掐了一把。疼！他咧了咧嘴，确信这是实实在在的事：“好吧，你是朱团长，你是个好汉！”

王天财回到紫阳镇，印证了报纸上说的“模范镇”。

他悄悄地对武占元说：“咱们这个镇子已经完蛋了！”

他来了！

紫阳镇人满为患。这都是些刀客。

他们似乎是从地底下冒出来的。

傍晚，西天最后的微光投射在一户人家的西墙上。家中的主妇收拾好晚饭后的餐具，走到院子外看了一眼，准备锁闭大门。这时，大路南端的马队已踏碎路面。地皮微微颤动。正在院外嬉戏的孩子们纷纷往家里跑。惊恐的鸦雀拍着翅膀往北躲逃。正在往门上挂锁的主妇觉得这应该是一场罕见的暴雨。

她停下手，追寻着暴雨的响动。空气中没有水土混杂的湿热和腥潮。

一个头发精湿的年轻人从水沟里跳出来，一路狂奔。路过镇街的时候，他看见几个熟人还在闲谈，便扯起嗓子喊：“快回家，刀客来了！”

主妇闻听警讯，扔掉铜锁，把刚刚躺下的一家人全部叫起来，催促他们穿衣服、出门。夜色渐渐浓重。已经能看到官路上的火把。人喊马嘶中，夹杂着零星响起的枪声。“老洋人来了！”

“他来了！”

武营村的人没有寨堡，基本都外逃了。

邢家庄的人觉得堡垒还在,家里的粮食也还在,便不肯放弃抵抗。

火把点亮了天空。邢家庄和武营之间的庄稼地被撕开一道口子。刀客们在寨墙前掘出地道。随着一声呐喊,寨墙毁坏了。土炮在轰击围墙上的人。后半夜,寨子守不住了。红枪会的人和围住岗楼的刀客肉搏。惨烈的怒吼卷过原野。刀客们越过邢家庄,奔向镇街。在那里,沿着街面建筑起来的住房统统着火。黑黄的烟雾随着泼溅散射的白光猛然照亮村庄上空。

军队在大桥上架起机枪和迫击炮,防止匪乱蔓延到绵羊河北部。

人们从南岸过桥,逃往北边的学校。

有人请求守卫大桥的驻军援助。

驻军代表说:“我们只对上级负责。上级目前没有出兵的命令!”

过了大桥,逃入北边学校里的人群基本都是来自武营和附近各村的最机警的壮年人。有一个妇女看到自己家的房顶被游动的火焰掀到地上,紫红色光芒照亮了房子对面空空荡荡的戏台。这女人歇斯底里地跳起来叫骂。她的男人,一个脸色晦暗的大个子不声不响地搓着手,不时抬头看看自家的房屋。他们邻居家的女人走过来,小声劝道:“不敢哭,别把老洋人引过来!”这劝解倒是十分奏效。她马上安静下来,呆若木鸡地看着膝前的孩子。那孩子吮着手指头跑开去,不知道又发现了什么好玩的东西。

连眼睛昏花的老人们都从未见过这么大规模的刀客队伍。他们知道,这是老洋人来看望对之期盼已久的古镇。据说,他被高团长打败了,从陕县一路逃到洛河边。穷人和富人一起袖着手,被赶出被窝和房屋,傻傻地站在屋檐前的槐树下,看到街道和相邻村庄上空都有异常热烈的火光熊熊燃烧。

死神的舞蹈

人们眼睁睁看着世世代代聚族而居的室宇梁倾屋塌,窗台上排成一摞的空纸盒、煤油瓶和胡乱堆放的皂角伴着窗棂垮落时痛苦的呻吟跌在地面，发出夸张的碎裂声，然后和地狱深处的大火手舞足蹈地汇合在一起。

死神有一条鲜红的舌头。他沿着屋脊飞舞。他摇着绿色的柿子树，摇动火焰做成的尾巴。他沿着白云、枯草、夜晚的床铺，高高兴兴、满面通红地爬过来。

老人们拉住手底下哆哆嗦嗦的孩子，抱住他们的腰，捂住他们的嘴，不让他们哭喊，不让他们跑动。女人们已然恍惚，竟不知道自己出来究竟是要干什么。此后许多年里，这傍晚到深夜所发生的一切，永远像一个梦一样反反复复地重现着。在这心神不安的梦里，刺入皮肉的刀枪并不是最叫人恐惧的东西。沉重喘息的逃亡和鬼火般的瞳孔，才是真正可怕的回忆。鬼火到处，时间停滞了。人们在夜晚醒来的时候，还能看见鬼火照耀的那面墙。哭脸与笑脸都是毛骨悚然的，在沉沉记忆里一闪即逝。

火光中，刀客们如同吸食了一天烟土的鸦片鬼，没头没脑地亢奋，他们的影子在火光里轻盈得像长着翅膀一样，在年深月久的巷道里出没不定。他们多得就像浑身滴血的蝗虫，成群结队的，带着透明的皮肤和一触即溃的深绿色血浆，趴伏在可以啃咬的男人和女人身上，趴伏在迎面遇到的一切事物上，吸食他们，啮咬他们，糟蹋、粉碎、砍杀、销毁，也争夺、打压、哄骗、吓唬，而当食物、衣服、钞票、袁大头、牲口、家具、锅碗瓢勺、扫把和门板、鸡鸭和烟囱、猪圈和水缸、马灯、被面、棉袜子线袜子针织袜子出现的时候，当鞋垫、蔬菜、土豆、内裤、铁铲、农具、相片、水坑、月经带、油壶、三国演义、西厢记、疯婆子传、革命军、本草纲目、祖宗牌位出现的时候，当家长里短、寡妇门前、涌泉穴、臭水沟、花斑蛇、粮食囤、老鼠窝、饼干和残枝败叶、细玉米面、没发好的窝窝头出现的时候，当半碗花生米、红灯笼、琴棋书画、祖传珠宝和中药袋子出现的时候，当大酒楼、小饭铺、生肉店和熟肉店，当半生不熟、似熟非熟、完全陌生的人出现的时候，他们都会发疯地赶上去，发疯地争抢，当场拔刀子，捅死任何敢于阻挡的人。在这个失去约束的夜晚，只要任何略微可以发财的机会乍一露面，他们就从令人敬畏的刀客变成了乡间恶棍。他们是蘸着盐水的马鞭,驱赶得人群东躲西藏,横扫主街道和东西两侧开出的八条小巷——当地人称为八道巷——把这里和那里席卷一空。屋里和屋外变成一样的荒唐。紫阳镇古老而罕见的大祠堂狼藉不堪。出祠堂的时候,他们堆放了一排雷管,把大门口兴高采烈的石狮子炸得粉身碎骨。

在杀了一些人,绑了一些人后,对财产的清算过去。

跟任何组织一样,刀客队伍里的所有财产都要上缴。上缴多的人分得的一份自然也会更多,但决不会超过一个像样一点的财主在一月里消耗的钱粮。打劫时,他们最大的快乐其实是发泄一下打败仗的晦气和平日里衣食无着的怒火。所以,在这样的清算过程,老洋人的刀客们并没有投入最大的热情。有些发了点财的刀客想偷偷溜走,脱离这支队伍,但很快就被察觉。为了节省子弹,对他们的唯一处置就是砍头。

他们的头颅和他们杀过的人滚落在一起。

财产在戏台子上唱名、登记、送走以后,刀客们带有报复色彩的晚饭开锅了。这时,他们对吃的关心马上超过对发财的期望。

他们在唱戏用的戏台子前挖开一长溜地洞,在上边支起十几口大锅,又是蒸,又是煮,芳香四溢,八面喧腾。经过一个寒冷、饥饿的冬天,经过上千公里的奔逃跋涉,惯于四处亡命的刀客们已经变得衣衫褴褛、腹内空空。此刻,数以千计的人都扎堆围在那一溜儿大铁锅外围,以每一口饭锅为中心,包出十几个大得惊人的巨形卷心菜。铁锅周围,热气飞扬,飘摇的细雨、连天的哀鸣挡不住狼吞虎咽的快活。下蛋的鸡、带着泥点的冻肉,没能及时转移的小猪以及生了病的猫和狗、笼子里的长尾巴鸟,都被赶到镇子中心的十字口,在大锅前草草洗剥后吃掉。

他们没有收集到那么多的盐巴,大半人只能吃稍微加一点盐的白肉。超出常人的饥寒,使他们不看重食物的滋味,要的只是个饱。饱之外,如果还能一醉,那就天塌了也管不着。

为庆贺在这个比较富裕的集镇上的斩获,首领们把收缴上来的酒全部拿出来,供手下的刀客们享用。

没有吃到肉食的刀客们已转身走向火光猛烈的街道。他们把还没有来得及宰杀的大牲畜砍死，拖到大锅前自行加工。鲜红的血液划开一条刺眼的路线。

兴奋过后，一些醉得摇摇晃晃的刀客闯入民居，想找一些新的乐子。

拜佛

人们见到了传说中的厉害人。

他是个上了点年纪的男子，脸儿白白的。

就像王天财说过的：老洋人长得很耐看，一点都不带凶相。

老洋人到镇子上的第一件事是去庙里拜佛。

跪在蒲团上磕头，祷告。高高的法座上，蹲踞着永恒不变的大佛，趺趺而坐，嘴角含笑。大佛真的很大，头颅像雄狮一样坚固。眉毛飞入额角，右手搭在膝盖，竖起四根指头，无名指微微下压，做弯曲状。大佛高高在上，无法直视。

安坐供茶。慧明师傅问："施主，你觉得此地人烟如何？"

老洋人答道："我们洛阳人大概是天底下最爱管闲事的人，最闹腾的人，最会种庄稼的人；但与此同时，也是最冷漠的人，最残忍的人，对庄稼最缺乏诚意的人。在这世间，除了官人，洛阳人不知道还有可尊敬的。不到死的时候，我们便毫无信仰。这也是我们摆脱不掉、与生俱来、了无机趣的性格。"

慧明师傅说道："佛不能救人，佛只渡人。佛坐在心里，是信；佛坐在殿堂，是尘土。"

"既如你们所言，要这佛又有何用？"

"佛有佛的道理。若非如此，你为何拜佛呢？"

老洋人瞪大了眼睛，厉声说道："我拜的不是佛，是我自己。"

"拜自己的时候，你想到什么？"

老洋人张了张嘴，却忘了要说的话。

到了庙门口,慧明师傅问那老洋人:“你上过学吗?”

老洋人指着门外一望无际的大平原,颓然说道:“读私塾,读《三国》,读《革命军》,也读过圣人的教义。但那又能怎样呢?这就是世道:残酷无情。这是这片土地的命数。”

拜完佛,老洋人在镇上寻找宅院。

他住进了邢国恩的大宅院,把搜粮队和抓壮丁的两个小分队派往各个方向。搜粮队的头头叫作“四爷”。抓壮丁的队长分别叫作“老林”和“老朱”。在镇上,刀客们做的主要事情就是搜粮食,第二件事就是抓壮丁。

驻军开往别的地方去了。据说,他们要去洛阳参加一次演习,研究联合防匪的办法。红枪会和保安队的抵抗简直是微乎其微的。

这下子,老洋人倒不急着走了。

留在镇上的邢国恩和阖族出逃的占元都听到乡里人说,老洋人的队伍还是很讲规矩的。

在老洋人这种四处打秋风的队伍里,粮食是要命的东西。进到一户人家,如若能够搜出粮食就适可而止;如若一无所获,必定要杀一个人。这是死命令,事前就定好的死亡指标。假如哪户人家倾巢而逃,一个人毛都不剩下,那就更干脆,点把火扔到房子上,烧你个鬼日的。

布匹和衣服、牲口、小物件越积越多,连烟土都装了几大车,但堆在十字街口的粮食袋子却不见长高。搜粮只能变成抢粮、夺粮了。

四爷对老洋人说,在紫阳镇不能讲规矩。你越是好说话,人们越是躲得远,最近两天还有躲在山沟里打黑枪的人。出去搜粮的人每天都不明不白地死那么几个。最后,老洋人发话了:“杀吧。好人没法做!”搜粮队变成狼群。不交粮食就砍人,管你天王老子。终于,有一户人家的主人说话了:“不要动我们家。我给你们说个地方,你们去那里找粮,包你一年吃不完。”

那户人家派过来带队的人畏畏缩缩,贼兮兮的。叫人看着很不顺眼。谷仓设在镇子西南角那座偏僻的山下。道路蜿蜒,曲里拐弯,枯死的荆棘在脚下搅拌着,坑坑洼洼的路能累死一头犍牛。刀客们一路跟头地走着,不住口地叫骂。到的时候,已经是下半夜了。

是夜,无星,无月。

谷仓暴露在眼前。

爆炸的粮食

紫阳镇的谷仓可是有历史的。它是隋朝时候建的一座官仓,背靠山坡。山体挖出一个巨大的孔穴,用以储粮,外边做了三层遮护。第一层是树木,第二层是焦土、瓦砾,第三层是大块的石头,和山岩结合在一起,石头顶部长出茂盛的青草、杂树。

搜粮队的人打着火把,绕过树林和堆放的渣子堆,直接面临石壁。石壁上结满苔藓,看着有年头了。把脸贴近,即可看到里边的石门。

石门和外层石壁离有一尺之遥,炸开石壁的同时,石门也同时崩塌。刀客们顶着烟尘和下落的石头闯了进去。

室内十分广阔,有一股霉味。这是粮食积年累月散出的气息。高高的粮食囤环绕着山墙,危立在半空。把粮食扎起来的,是荆条和竹篾编织成的圆柱形围子。后墙下,十乡八村的难民木偶一般静静地围坐在一起,放着一张很小的八仙桌,马灯在桌子上照着。他们靠墙而坐,在黑暗中大睁着眼睛。

粮仓几乎像天庭一般巨大。

第一位进去的刀客惊呼了一声。

洞里回荡着尖音。

搜粮队的刀客愣在那里。

粮食囤子像怪物一样,从高高的地方俯视着蝼蚁般畏怯的人群。这巨大的东西摧垮了惯有的想象。威严,无声。

巨大的粮食,让人渺小起来。

炸药引发的巨响,还在穹窿之间盘旋。

武占元的大哥武魁元是这帮难民的领头人，就是他带领人们躲到这里的。听见巨响的时候，他仍然还像往日那样，招呼人们镇静下来。

他站起身，想和扑过来的刀客们交涉一下。

他们不可能买他的账。

武魁元说："我是族长，是武占元的大哥。我说，听我说两句好不好，官家的粮库是不能乱来的……"

马刀迎面劈落，带着狂暴的力量。一把弯弯如月的刀，砍在锁骨上最坚硬的地方。

武魁元像一棵老松树，晃动着，倒在暗夜里。

静坐的人往门口奔逃。

刀客们安放炸药的时候，王天财正靠在门口打盹。他迷迷糊糊听见洛阳城里过年放炮的声音。眨眼工夫，春天就来了。那个过年放的礼炮实在差劲，竟然在炮筒子里炸了膛，把他震得耳朵失聪了，身体也给弹射到半人高的地方。跌下来后，王天财看见那一幕惨景：男男女女都在飞快地往堆放粮食的粮囤上攀爬。刀客和村民们——以妇女、老人和孩子为主——难分难解地缠在一起，扭在一起。羞辱、蹂躏和摧残。撕扯，暴怒。没有光。后来，火把和狂笑点燃了紫阳镇的夜空。

一个女人被按倒。她的裤子掉到脚背上，头发上的血水滴滴答答。这是油坊掌柜家的儿媳妇。一个男子举起凳子往那两个匪人扑去。斜刺里一把大刀劈开了他的身体，使他折叠着、扭曲着倒下。

在一团纷乱中，人们忽略了粮食的苍穹，更不知道它的变化。但小和尚看见了，发出压倒一切的惊叫。屯放粮食的圆柱体从中间撕裂，一些暗黄色的半粉化的旧粮像软化的泥浆般汩汩流出，漫过人们的脚背。炸药引发的后果刚刚显示出来。粮食囤摇摇欲坠，把一种闻所未闻的声音灌满洞穴。它们失去山体后部的支撑，震垮了。那种深沉细密的呻唤，便是禁锢其中的粮食的喘息声。

洞穴深处传来可怕的吼叫，犹如万蛇嘶鸣，积存和矗立了不知多少年的粮食崩裂了，连带斜立的山体也垮了。从高空开始的崩溃来到地面上、半空中、每个人的头顶上，到处都是倾泻的声音。麦子、小米、高粱组成滚滚而下的洪流，淹没一切，冲毁一切，把地面上滞留的人没头没脑地盖在下面。父亲、儿子、妻子、女儿，分不清谁在呼喊。刹那间，人们犹如海潮上喷出的泡沫，随波起伏。许多人窒息了。

王天财当初因为懒，也为了解手方便，进谷仓后选择了最靠外的位置。这个决定救了他一命。在第一波粮食洪流到来的时候，他直冲门外，从作为仓库掩体的渣滓堆上翻过去，摔落在树林里。

仓库内外的人都变成了泥猴子。

粮食还在接连不断地涌出来，卷走砖石，摧垮树木，把迎面遇到的东西打得坑坑洼洼。它熄灭了火焰，而使自己成为火焰。橘黄色的粮食的火焰。粉末状的、灰尘状的、石头状的火焰。剪刀形的、猪舌形的、马鞍形的火焰。滚滚而来，滚滚而去，顺着那扇洞开的石门直泻远方。

王天财护着小和尚，惊得目瞪口呆了。

一条碗口粗的米黄色的蛇乘着麦浪钻出瓦砾堆，卧在那条古道上，鲜血滴沥，鳞片上沾着粮食的粉末。这是那粮食的愤怒的灵魂么？金黄色波涛凝固了。

天色曦微。东方渐白。

在无法理解的祸祟面前，人们发现了自身的软弱。看到粮食从巨龙的胸腔里涌流而出，碎裂为一地泥水，小和尚身边的一个老人无法自制地号哭起来。

这是老刘。炸油条、卖胡辣汤的老刘。每天都在揉搓粮食的老刘。

一个刀客拍拍他的肩膀，问道："你哭什么呢，屈成这个样子？"

小和尚突然说道："他哭他那吃粮的命呢！"

惊慌四窜的仓鼠，似乎无穷无尽，它们正在往外奔逃，把黎明笼罩的大地粉饰为一片灰白。

王天财突然相信：他的名字应验了。

天财啊——这粮食的洪水难道不是为他而来吗？天财兄腾的一声跪在地上，哭了。有生以来第一次，天财兄发自内心地哭了。他习惯于嘲笑别人的嘴巴抽抽着,迸发出狼一般的嚎叫。

天亮了。

啊！今天真是个好天气！

肿胀的溪流

一直到第十天夜间,混乱还在继续。抵抗刀客时,二黑的脖子被砍伤。他不得不躲着潮水般涌进寨子的刀客,随着人群逃出去。到了后半夜,他听说这群刀客只是来报复红枪会的,不会在村寨里常驻。而且,大部分人已经撤走。二黑打算回家看看。人们说,打住你那心思,现在不能回,说不定老洋人还在那里。二黑说:"不回不行啊,我老婆孩子都没出来呢。"加入红枪会以后,他的胆子变得大多了。他相信自己不会出事,就悄悄摸回去。

村子似乎变成个乱坟场。但他太想回家了,就继续往前走。走了一段,他缩头缩脑地躲在邢四爷家山墙后。四爷家的院子里,狗不叫,鸡不扑腾,房顶却烧得往下落灰,四堵泥巴墙直直地杵在空地上。自家的院里呢？压水井还在,几棵矮柿树,母亲住过的那间偏屋也在,而一直叫二黑感到骄傲的三间正屋跟牲口棚,却烧秃了。二黑的心里有根绣花针,生疼。这样的屋子,还有老婆孩子？二黑啊,你真不是一般地傻。

二黑身上哇凉。他嗅了嗅这个奇怪的村庄。烟火浓重。来自镇街的光照在墙上,把土墙分为上下两部分。上边的无限轻盈,几乎就要飞走了。下边的过于沉重,流淌着潺潺的水声。天空已经坍缩了,映在土墙上的人影瘦小无比。

这闹腾的村子,同时又一片死寂。血腥味透出空气,又冰又凉,刺激到鼻腔。他忍不住打了个喷嚏。二黑受凉时爱打喷嚏,跟驴子一样。

当年,二黑走村串户卖过大葱。一个姑娘推开大门,出来买菜。二黑看到她搭在肩上的辫子,有点眼花了,便忍不住,打出好几个喷嚏。买葱的姑娘笑得直不起腰,那条辫子翻上去了,掉下来,再翻上去,再下来了。

旁边的大婶直翻白眼，嫌她古怪。姑娘买了一把葱，买了一捆小白菜，问道："黑娃，你的菜怎么这么新鲜呢？"二黑说："我下夜偷的，在王母娘娘的后院。""那人家咋会没有逮住你？"二黑说："我长得黑呀，黑得看不见。"

"去去，赶紧到别处卖嘴吧。"姑娘捏着黑油油的辫子，走掉了。

从那天起，二黑想娶媳妇了。回去后，抓紧时间托媒人，到买葱的姑娘家说亲。那姑娘居然痛痛快快答应了。娘家人说："你要打听好，那家人娶不起媳妇的。"姑娘说："不怕。"

这就是玉凤。婚后回娘家，村里的小姐妹还在说："你长出这个模样，完全可以嫁个好家。他家里老娘是个算命的瘫子。"姑娘说："他不打我。他这辈子都不会打我。"这个消息倒是谁也想不到的。姐妹们顿时嫉妒了。"那他娘呢？他娘也不爱打人呀？"玉凤说："你们忘了，他娘是个瘫子？再说，他娘想打我的时候还撵不上我呢。"

结婚后，二黑发奋图强，变了一个人。菜是不卖了，雨伞也不卖了，在码头上扛了三年麻袋，又出过一次远门，回来后就买了地，盖了房。为了媳妇，二黑不混朋友，不赌钱，不抽烟。即便是磨道里的驴，也没有二黑这么靠实。

真的，即便是进了地狱，二黑也能做一个好鬼。

"二黑好强，但二黑是个老婆迷。"大家都这么说。

谁都不知道，一个好媳妇的好处有多大。

这事儿只有二黑知道。但他对谁也不讲。

媳妇前后给他生了两个孩子。大的是桂枝，小的叫文生。

身后，黑暗里，传出一个人压低嗓音的问话："谁在那里，是二黑吗？"声音十分的沙哑，苍老而干涩，就跟坟地里冒出的叮咛。二黑没来得及回头，身后的脚步已经到了。一只毛茸茸的手搭在他肩膀上。二黑感觉到脖子僵硬了，腿肚僵硬了，整个身体都在僵硬。

"你怎么了，是我啊。"

二黑控制着自己，扭过头去。

他看见的是谁?

他看见媳妇玉凤。玉凤老了足足十岁。玉凤有些凄然。一低头,又看到媳妇手里牵着的孩子。这是文生。他的个头一直没怎么长,仰着脸看二黑,又仰着脸看玉凤。孩子浑身是泥土和脏水,就跟刚从地里掏出的土豆一样。

黑暗里,男人感觉到一条小溪溢出肿胀的身体,痛不可忍。

脖子在流血。

二黑说:"咱们赶紧走吧,出去躲一躲。"

就在此时,二黑发现玉凤的眼睛瞪得溜圆,似乎看见极其可憎的事物。二黑焦虑地推推她,柔声说:"孩子他娘,你怎么了?这不是说闲话的时候!"顺着玉凤的指点望过去,一堵断墙后钻出来一群黑乎乎的东西。

二黑低声说:"你们快跑!"

玉凤带着孩子跑开。

这是一群喝醉酒乐而忘返的刀客。

那团黑影逼近到一两丈远。

"刚才,那不是一个女人吗?"

二黑答道:"你们看错了,那是个男人,老男人!"

二黑已经闻到刀客们身上的高粱酒气味。

枪响了,子弹打在他的肩胛骨上。打在胸口。打在大腿上。

二黑像一堆烧红的冰块,融化在夜里。

他的身体成了肿胀的溪流。这是毫无疑问的。

二黑希望,自己真的能成为那样的一条溪流。

当桂枝有了辫子的时候,每隔十天,玉凤就要坐在院子里,给桂枝洗头发、梳头。于是,二黑就时不时地听到一番悄悄话。

"桂枝,你要把背挺直。挺直,不是硬邦邦地直立着。"

"你的话真多。"

"不要嫌麻烦。要不然,就不是一个招人喜欢的姑娘。"

"那……什么样的姑娘才招人喜欢?"

“勤快，老实，但是不要受欺负。还有，说话得像我这样，慢悠悠地，显出很厉害的样子。遇到不喜欢的人，嘴巴要噘起来。虽然噘着嘴，但是还不能让人讨厌，要偶尔地笑一笑。笑的时候，嘴巴里含着一条小溪，轻轻地越过心坎。”

“要抹胭脂吗？”

“不能，绝对不可以。抹上胭脂，你就笑成了另一个人，而不是小姑娘。走路，要沿着直线，随风摆动的柳枝，轻轻地摇晃；说话，要轻轻地说，不要咬着舌头；不要抹胭脂，不要搽粉。要打心里头觉得自己美。”

“心里觉得美，就真的美吗？”

“是啊，是啊。”

在甜蜜而昏沉的意识里，二黑感到奇怪极了：流了这么多血，一个人怎么会感觉不到疼痛呢？红色在欢快奔流，像溪水一样，漫过篱笆。日复一日的操劳，早就把往事赶到看不见的地方，而现在，它们全都聚集起来，在眼前抖动着，拉长了身体，摊开了底细，组成一个看不见的世界：转着圈奔逃的猪；女人在生孩子，铺满床头的血水；奇形怪状的孩子，在黑暗里出生，在黑暗里离开。前方大亮，闪出一条宽阔的大路。死是如此宽敞的事情吗？他心里带着一点疑惑，在泥墙上撞了一下。刹那间，他做好准备，毫无抗拒地飞起来。他知道，他会死于外边的世界！

一切都令人惊奇。

就在此刻，他记起一件事来：“我那老婆孩子……以后怎么生活呢？”

乡村的风景

乡村的风景如火如荼，在生死之间，在炽热里摆脱和前进。

紫阳镇的夏天日复一日地盛大、璀璨。大街上，家家户户的门闩、铜扣和铁牌子都被夏日特有的阳光烧得烫手。一条狗因为无家可归，神色凄惨地伏在陌生的树荫下打瞌睡。对面，刑家庄遥遥在望的黄瓜车堆满柴草。推着车子卖黄瓜、酱油、醋和咸菜的王老七不在那里，被他调笑过的老老少少的女人也不在那里。他的瓜车上空空荡荡。车边卧着的狗和树荫下的狗互相打了个招呼,对着远处的同伴喊道:“忘！忘忘忘！”在它们的对话里,一些人很快离开这个世界,而另一些人则慢慢来到这个世界。不用说,这两个世界之间,是由健忘和回忆连结起来的鸡零狗碎。下午六点,凉气慢慢堕到地面。一只幸存的母鸡一瘸一拐,走出临时寄身的窝棚,在街道拐角寻找昔日熟悉的住处。它仰面看看周围的变动,觉得无限迷惘,不敢再往前走。

母鸡来到柴草车边,鄙视地看看那只无所事事的狗。它仔细检查车轮下堆积的碎秸秆,想要从中有点发现。在它警觉注视的火红的天空里,逸散着积存不化的晦气重重的烟云。邢家庄四爷的儿子,叫作良友的,推着车子经过这片空地,把母鸡收留下来,放到堆满家什、铺着薄被子的拉车上,让躺卧在车上的媳妇让开一块地方,好给母鸡留个下脚的空当。他家车子吱呀作响的声音吸引了伏在瓜车下的老黄狗。它尾随在车后,慢慢跑动。

在那个混乱的夜间,邢四爷坚持要留在寨子里看家。四爷说:“就是死,我也要死在轿子里。”他死得如其所愿,但也因此不知道自己做了爷爷。他儿子良友,遇事儿反应快,一看架势不对,连夜带着媳妇躲到西山的沟里。他们在那里生出来个冬瓜大的娃娃。天明后,他们听说刀客撤退了,便随着人流赶回家。家里已经成了个瓦砾堆。四爷赖以养家的新轿子砸得稀巴烂,只剩下一根抬杠,被人扔在院门前一丛低矮的花椒树上。良友捡起那根杠子看了看,没有话说。他媳妇抱着孩子,抢前一步,推开半掩着的大门,在院子里到处找邢四爷,还想着给老爷子报喜呢。

良友跟着进来,说:“别找了,那不,咱爹在那边地上睡着呢。”

正房东侧的鸡笼下,有个半人高的瓦砾堆,围墙、鸡舍和厨房倒塌后,在那里共同堆砌成一个半圆形。邢四爷的身子埋在瓦砾丛中,头上顶着一个筛粮食的大簸箕,簸箕上罩着他用白色细布做成的轿帘儿。四爷埋首其间,安静得不比往常。

到后半晌,瓦砾清理干净,露出一个完整的邢四爷。良友发现,父亲的身上还缠着那条从不离身的黑布腰带。腰带的边缝里满是固结的血迹。解开一看，老头子积攒几十年的大钱儿、小钱儿全在里边藏着。他决定把父亲埋在离家二里多的那块麦地里。回来后，良友已经累到不想说话。他坐在院里歇息一阵子，把挂在树上的腰带取下来，拿进屋，交给媳妇，让她好好保管起来。这时候，孩子忽然从睡梦中惊醒，呱呱叫着。良友的媳妇说："咱爹在天有灵，跟娃儿说话呢：娃儿呀，爷爷用老命给你保住了娶媳妇的钱。"良友笑笑。女人抬起头，看到丈夫的眼泪滴到孩子脸上。

散在各村里活动，因而被意外活捉的刀客都倒了大霉。

村里人使出各种怪招来整治他们。

天气热了。武占元拄上拐杖。他拄着那根枣木拐杖到处走动，安抚人们、劝告人们，让他们不要随意处置陌生的闯入者。没有人听得进去他的劝告。人们客客气气地听他说话，等他走了以后，每个村子里又开始新一轮的搜索、折腾。这些事情结束后，各村都在烧得面目全非的祠堂前执行打罚，带着点别样的意味儿。

占元身体变得很差。

占元崴了脚。过两天，他感觉好些了，还要出门。大家都在劝他："算了，不要瞎折腾，让他们闹一闹也好！"

埋下什么样的种子，收获什么样的回报。被捉住的刀客没有一个可以善终。当他们落单的时候，也是肉身凡胎，被诟骂的时候会觉得耻辱，挨打的时候要嚎叫，砸烂手脚的时候则昏死过去。其中一个刀客，被逼着喝下一大碗滚烫的煤油，当场死掉。还有一个刀客，腿上中了枪，躲在一个红薯窖里，后来终被发现，拉到还没来得及拆掉的戏台子前，绑在柱子上，划了一百多刀。谁恨他，就会拔起那把插在柱子上的匕首，来一刀。隔天下午的时候，这个刀客流尽了鲜血，但体内求生的本能竟然一直纠缠着他，不让他利利索索地死去。

那些天，武占元绝望地看到：凡是被村民们清算出来的刀客都死于非命。村民已不是原来的村民。仇恨已灌注到内心，很快就会生根，抽穗，结实。大乱初来，各村学生们都退学回家，帮助家人收拾残局。占元一向觉得很自豪的那所学校变得空荡荡的——农夫的后代们上学本就是为了谋一个活路，现在全家都没有活路，他们的学也就上到头。

二黑的媳妇带着孩子经过十字街口的时候，特意看一眼那个柱子上绑着的刀客。她忽然记起他们那沙哑可怕的笑声。于是，她走过去，二话不说，掂起一把尖头的铁锨，拍在他脸上，把那个可恶的鼻子打得陷进面颊，让他解脱了。

朱团长这天在镇街上骑马，碰巧撞见这惊心动魄的一幕。

团长对她说："你让他死得太舒服了！"

那个漂亮的叫作玉凤的女人干下这件恶事后，牙齿咯咯发抖，像被冰水浇过的庄稼地一样，僵硬，板结。她抬起头来，看到几个骑在马上的军人。她突然觉得肚子里疼痛抽搐，深深地吐了一口气，逼着自己不去看那个柱子上绑缚着的肤如脓疮的刀客。

团长身后的马弁用鞭子指指她，说道："喂，团长跟你说话呢，听到没有？"

玉凤抬起头，找那个说话的人。他们的影子像黑雪一样，把她覆盖在地面上。

团长说："你这女人是不是多管闲事了……应该让他活得更久些才好呢。"

她这才知道，驻军又回来了。她瞪大眼睛，看着他们头顶炽热的太阳，说："你才多管闲事！"这一刻，她看起来是在用力瞪着他们，但逆光而立的她实际上什么也看不见。她匆匆瞥一眼戴着军帽、提着马鞭的团长，拉上受到惊吓的孩子，回家去了。

马蹄铁敲打着街面。

那女人像狐狸一样，隐在一棵树后不见。

团长望着远处，勒着马，踟蹰不前。

罂粟开放的时候

紫阳镇刚刚收获的一点粮食不是被抢走,就是被突然增多的乌鸦和麻雀偷吃。最后,连用作下种的粮食也所剩无几。已经交过租子,而又耽误了种植时机的村民们受到劝诱,只得在地里种下更多的洋烟苗,以期收获一个罂粟季节。团长代表当地驻军到处劝说,给各村的农民们许下诺言,军队会以高出市场的价格大量收购这种特殊的经济作物。彼时,这种广泛种植在豫西的植物是芬芳而慷慨的。一亩地的罂粟可以抵得上十亩地的粮食作物。不管在任何时候,也不管是哪里的刀客,他们给所过之地造成的毁坏各不相同,但都会一致保留这种令人迷恋的经济作物,任其张扬舒适地长在地里。它不可以吃,不可以穿,但它让种植的人、路过的人感到心里踏实。它是这片土地上几乎唯一可以永恒通用的近似于银币的财产。而财产,正是一个农人离开土地、沦为刀客后的唯一信仰。

第二年春天。

在紫阳镇,曾经受到严格管制的洋烟种植被迫放开。

以后,每当罂粟花开的时候,那艳丽的颜色总是会激发出令人战栗的喜悦。紫阳镇的空气多出一种弥漫在心间的狂躁。田间地头,紫陌连阡,当然还包括遥远而不祥的都市通衢,到处都在垂涎它充满魔力的果实。豫西大地上的强人和弱者处处都需要它那汩汩涌流的浆液,及其令人昏厥的力量。

然而,紫阳镇的衰败没有因为刀客们的暂时离开而改善。驻扎在镇北头的镇嵩军在此后的时日里急速扩充,俨然开始以这里的主人自居,全面取代棋盘山刀客对各个村镇的管理权限,包揽征收赋役、田租和杂费(总计有五百多种)的生意,还有军队衣食住行所需的一切费用。不久,在冬天到来的时候,驻军已经可以利用镇子上的头面人物做事,让他们亲自出马,逐户收缴、催逼这些款项。由此一来,在各个大大小小的村庄和本镇的巷子里弄间,乡绅与农民、商贩们原本就脆弱的那点亲谊也荡然无存。

洛阳的官员们给他们治下的这个古镇上头年夏天发生的事件来了一个巧妙的文字转化,将其适时演变为一个可观的政绩。在前往开封述职的县长的履历表上,这个政绩体现为这样一行字:“祛老洋人之严重匪患,宣西洋友邦之科学精神。”上报给更高一级行政主管的战果是:“驻洛官兵、团练合作出击,斩获匪兵三百,俘其二百,车马、刀枪、粮食无算,民心思归,万众同庆。”这个布告还表扬了镇上的绅士和乡民,说他们正在群策群力地恢复家园。

布告贴在镇公所的外墙上。紫阳镇人把它撕下来,烧了。

一大清早,贴布告的镇公所大门前堆放着祭告死人的火纸、哭丧棒,祭品是一大堆干硬的牛粪。火纸余烬未灭,还在微微冒烟,诅咒着那个在城里闭着眼说谎的写捷报的师爷。

这事儿还有人追查过,不过,没有弄出什么结果来。

办案子的差役在镇上转悠的时候,不停地叹气。原来,他们来到这里,当地人已经把尸骨归置好,而比较讲究的人家则正在给死者整容。那些没人来认领尸首的光棍汉最惨。谁来寻觅自家亲人,就会把他们扒过来翻过去,于是他们就像炕壁上贴着的烧饼一样来来回回翻转。人们的心已经变狠了,甚至在乌黑的废墟上翻捡、寻觅断骨的时候也心平气和。

要把头骨和躯干部位重新缝合在一起,不仅需要力气、耐心,还得忍受心理上的折磨。

树木一团焦黑,散发着碳烤羊棒骨的味道。

报丧的钟声回响在各个村口。几乎人人都要穿白戴孝。

第八章　棋盘山下

大佛成了尘土

大兵们到庙里来了一趟,追查刀客。所有可能藏身的地方都搜遍了,只剩下那尊大佛。大佛实在太高大,连看他一眼都很费力。

朱团长说:“要是有五十个刀客藏在里边,该怎么办呢?”

为安全起见,大佛被毁掉。大佛成了一堆尘土。

小和尚快要长大。

紫阳镇的时间似乎停顿着。一只老鼠跑过对岸的河堤,慢得跟中毒了一样。邢四爷家的狗追在老鼠后边,似乎永远也追不上。它们花一天一夜的工夫才到达自己要去的地方。

老鼠进了鼠洞,而狗喘息着守在芦苇掩盖着的洞口。

蝗虫一点一点爬过膝盖,又轻轻一跳。蝗虫有一副绿色翅膀,还有长着锯齿的大腿和永恒不变的斜视眼。它在小和尚的肩膀上站住,安安静静地看了一会儿风景,便飞向一丛鸢尾花。淡蓝色的蝴蝶。河面上传来古怪的声音。

他站起来。

蝴蝶和蝗虫飞向远处。

紫阳镇的人都在凝望着太阳。

在太阳的阴影里,绵羊河被投射到遥远的北方。

紫阳镇的每一天都太长。

火红的夕阳毫无困倦地滞留在镇西的山岗上。

每当太阳停在树上,那一动不动的样子可真像一把大锁,把整个集镇封闭在炎热的季节。夏天的漫长增生出无限烦恼。老人呻吟在病榻上。

紫阳镇的阳光普照万物。这纠结的夏天令人联想到死亡。它那臃肿而堵塞的腔体就像一场无法治愈的鼻炎,最终耗尽期望。动物们急速繁殖,紫阳镇陷入前所未有的荷尔蒙混乱。

檐下的铁马和车上的铜环软得像面团,报时的大钟柔如棉絮,击之无声,而树木无缘无故自行燃烧。青龙寺外,乱石嶙峋的河道,火球摩擦水面,使得河水不断升温。

火球在水上追逐着大船。水火相薄,溅射出蓝色闪电。闪电在接连不断地击打着驶过水面的船。船上传来若有若无的鬼泣。其声低哑,细若游丝。白昼发生了雪崩式撤退。夜幕降临。

这是一个昼夜交替的刹那。

小和尚抬头看看慧明师傅。慧明一动不动,像一尊石像。

秋风裹着秋雨。

夜雨横江。小和尚长大了。

报纸上的世界

小和尚从学校毕业。

线装书已经成为新派人士难以忍受的存在。用小楷写出的印刷精美的教科书也毫无意义。

1920 年代的庄稼不缺水。弹指一刻,斗转星移。天上老在起雾。

不过,时光不是以一个节奏运行着。

王天财的世界和小和尚的世界显然就是两码事。

他是个戏子,靠这个工作养活着自己。

每当经过十字街口,来到茶馆,天财兄的抱怨就没停过。还有,他的抱怨从民国三年以后就没变过,像邢四爷一样,终于成了他的口头禅——

“我老王跟头些年相比,没有多大进步,缺着一口吃的!”“我在这个镇子上待得心慌!洛神小麦粉,雪白锃亮,十二块呀,可我哪里吃得起呢;我最中意的那是棒子面儿,花上一元就能吃四五天;聚财栈是完了,它卖的大烟泡忒他妈贵了,一块钱只能拿到手三个。哎,养着戏班子里的人,那点小钱,哪里够咱爷们用的?”

小和尚不关心物价,因为他是一个和蔼的读书人。

刚毕业的那段日子,他天天窝在青龙寺地下室,读报纸。

报纸上的世界,和茶馆里的王天财似乎是两码事,离得太远了。

那时候,没有完成进化的、多毛体质的欧洲人对中国事务很漠视。日本却不是这样的。9月,日军在山东半岛登陆,到处打枪。相比于日本,中国的主宰者更喜欢功能接近但却安全得多的鞭炮。在炮竹声声辞旧岁的幻想里,袁世凯穿上儒生们反复考证过的礼服来祭祀孔子。天津铸造出第一批带着袁世凯头像的银元。人们把这种新的钱币称为“袁大头”,而被骗走这种银币的人则被称为“冤大头”。

在下一个征尘四起的夏日,段祺瑞用新式大炮轰击赖在北京的辫子军,逼得张勋逃入荷兰使馆。脑后拖着猪尾巴的复辟梦破灭了。但在此后长达半个多世纪的时间里,约克郡的英国人一直认为中国遍地都是脑后带着羊尾巴的小矮人。据说,聪明但偏执的英国人只能以此区别面孔相近的东方人。

在枪和炮的世界里,加入了数不清的偏见、误会,还有埃及伊蚊的叫声,以及和平谈判和催促债款的吵闹。这就是报纸。

书写痛苦的卡夫卡离开人世,但善于制造痛苦的希特勒却在监狱服刑。国际禁烟会议要求远东各国禁止民众吸食鸦片。但实际效果如何呢?这一年,不仅仅是鸦片,连中国麻将也在德国风行一时。诺贝尔奖和平奖空缺……呃,这可能是因为中国爆发第二次直奉战争。为评说这次战争,美国《时代》周刊的封面上印着中国人吴佩孚凝视世界的肖像。他被描述为一个白手起家的平民英雄。他穿着一身威严的军装,在纽约街头的地铁站和贵妇人的起居室同时出现。他被笼统地称为

“GENERAL WU”。一个曲折动人的中国故事。

由于吴大帅登上杂志封面，紫阳镇连续好几年五谷丰登。老洋人被吴大帅收编了。老洋人反叛了吴大帅。

老洋人被张大帅收编。老洋人反叛张大帅。

老洋人被镇嵩军收编。老洋人反叛镇嵩军。

这一次，朱团长再也不肯原谅，决定公开讨伐。

在朱团长的督促下，镇嵩军在洛阳城的大街上、邢家庄路口和武氏祠堂外贴出许许多多讨伐老洋人的告示，还在报纸上登广告，刊出老洋人瘦削、苍白的头像，以示决心。

贴告示的现场很热闹，很嘈杂。守在告示旁的军士注意到，村民们看完布告，并没有产生什么义愤。

老洋人恐怕还会来的！

镇上的戏迷聚在一起，商议着要请一台戏。

就这样，立春过后，人们依照老例行事，打春牛、办庙会、祭社神。王天财和他的戏班子要唱三天大戏。人们将会来到镇上，看戏、逛庙会。

未来之城

慧明师傅走了。青龙寺冷冷清清。

小和尚推着独轮车，往返于棋盘山和青龙寺之间。路过大桥的时候，总会遇到看戏的人们。戏场里的戏还没开演。大家有的是时间。他们停下来，好奇地看看小和尚。其实，大家老早就听说了大佛被毁的事儿，但转眼之间也就忘了。那时候，这镇上有镇长，有军队，还有一点点救急的粮食。可以说，什么都有了。所以，有没有大佛，并不是多么了不起的事情。

惹得大家好奇万分的反倒是给小和尚帮忙拉车的这几位。

车斗前边是一头驴子，负责拉纤。驴子前边有一只大黄狗，摇头晃脑地领路。再往前，还有一条大黑蛇，衰老得腰都要扭断了——它头上顶着一个星盘,不知道派什么用场。

“小和尚,这是要干什么?”

小和尚回答说,他要重塑那尊大佛。

“驴子是干什么的?”

“驴子拉纤。”

“黄狗是干什么的?”

“黄狗念经,让尘土有灵性。”

“大蛇是干什么的?”

“大蛇带着指北针,给尘土找到归宿。”

“你还需要帮忙的人吗?我们有的是时间。”

这时候,小和尚把车停下来,认认真真地说:“不需要了。你们把时间用在该用的地方吧。”

大佛的土坯快要塑成。大佛的眼睛是空的,还差一点火候。

青龙寺白塔上飞来一只白色魔鬼鸟。

大鸟在塔顶做窝。大鸟一来,寺中的两块鸡血石便无故跳跃,奔出寺门。小和尚骑马追赶,一直追到寺庙以东约二百四十里的地方。那里有一个方圆四十里的大湖。石头跌入湖中,炽烈燃烧。湖水为之干涸。小和尚把慧明师傅留下的药水倒在石头上。石头在药水里融化,现出一个巴掌大的水印。

这是一个黑黑的影子。

只要把黑影放到大佛的掌心,大佛就能开眼了。

晚间,那只大鸟来到小和尚的地下室,问道:“你真的要这么干吗?”

小和尚说道:“大佛应该待在它本来的位置上。”

大鸟扇动翅膀,怒喝道:“这样一来,紫阳镇就不是紫阳镇,洛阳也不再是洛阳了。”

小和尚说:“魔鬼先生,我可以这么称呼你吗?请问,你收了别人多少好处?”

说到“好处”这两字,魔鬼马上笑了:“好处倒不多,不过是负责管理洛阳这座城市罢了！国王曾经答应我，可以在这里收点税，打打牙祭什么的。"

"你打算怎么管理？"

魔鬼摸摸自己的翅膀尖儿，悄声说："当然要让这里寸草不生，好方便我做烧烤啊！这里的蘑菇实在是太美味了！"

小和尚说："这是你们魔鬼才有的心思。"

魔鬼顿时翻脸了："不是朋友，便是敌人。你自己选吧！"

魔鬼受到了轻视，不由得怒吼道："好啊，你不用说，我已经明白。你放心，我会让你吃点苦头的。我一定会的。请你相信我，请你相信我。"

小和尚依旧没有说话。他坐在灯下，翻开一页经书，念起来。

> 那里有一座城，那里有一座未来之城。它不属于国王，不属于奴隶，不属于父亲，也不属于儿子。它不属于任何人。它只属于寻找它的人。当你的心里浮现这未来之城，当你画出一道寻找的轨迹，城便倒塌了，成为一座颓败之城。即便如此，你还要继续寻找，因为你的时间别无用处，只是用来寻找而已。在大佛注视的地方，在虚空里，在看不见的远方的迷梦里，存在着自由的未来之城。它不属于国王，不属于奴隶……

魔鬼听不下去了。魔鬼匆匆飞走。

被缚的妖怪

从第二天早上起，朱团长便开始跟寺庙里的和尚较劲。

朱团长很快就在这场力量悬殊的较量中获胜。他请来十个巫师，让他们用当年收获的新麦祭祀土神，在祭品当心放下一条拴过九牛的缰绳，当小和尚被逼着跳进去的时候，绳子自行跳将起来，缚住了小和尚的两条胳膊。

这足以说明:小和尚是个妖怪!

朱团长在小和尚的脸上套了一个特制的面具,以保证他再也逃不脱。然后,他被牵到寺庙的山墙下,拴在那株桂花树边。镇子上的人们听说抓住一个怪物,便热情高涨地来到庙里帮忙。

他们在树下挖出一个半人多深的土穴,把他肚脐以下的半截身子埋到坑里,周围压上五色土,夯实,还把他的两只手绑在一起,吊到桂花树的枝杈间。出于好心,他们还给他扎了个八面透气、四面通风的竹篱笆。如此这般,忙忙碌碌,那个被抓住的小和尚始终是笑嘻嘻的,对因为胆怯而聚集过来的人群说:“你们慢慢来,把坑挖得再深些。埋得太浅,我就不能生根发芽了。”

人们嗤嗤一笑,不那么害怕。

这怪物算是个怪有趣的家伙。

他们问:“你为什么没有跑?”

他答道:“朱团长不是说,我危害了紫阳镇的安全吗?”

他们又问团长:“不带开玩笑的,他为什么没有跑?”

团长说:“他天生就这个样子。”

大家都说:“是个笨家伙。”

团长说:“不要惹他!”

土坑里埋着的人不吃不喝,但却一直活着。肩旁长出一丛野生的葵花。葵花迎着太阳转动头颅,他的脖子也会跟着转过来转过去。见到谁从身边走过,他就会喊住那人,把时辰告诉人家。

他的上半身越长越高,像一张弓一样向着地面弯曲。有些日子,他看着就像河边那棵野生的榕树。当榕树伸到远处的气根长满根须的时候,面具变成一个铁壳儿。铁面具没有把他变丑,反而像个囚禁着的将军。嘴唇从面具下边露了出来,长出细密的黑胡子。

于是,他成了一个会说话的闹钟。他的话真多,不停地说着。

那都是些傻话。谁也听不懂。

闹钟里的眼睛透过面具,闪闪发光。

进庙上香的桂枝姑娘好奇地看着，用带着绿叶的树枝打他的铁脑壳。他笑而不语，定定地看着她，像针刺一样燥热。

那眼神分明是太熟悉了。桂枝把头顶的水罐放下来，倾到他的嘴边。

“喝吧，喝吧，可怜人！”

“我需要帮忙。”

桂枝分开他的胡须，再次把水送到面前。

“你吃，你把这窝头也吃下去吧，保住你那可怜的小命！”

他笑了。笑得怪怪的。

“我的灵魂也需要食物。我的灵魂才更加饥饿呢。”

桂枝笑了笑。

自打父亲二黑死后，这姑娘的笑容真的是太罕见了。

“你是那个倒霉的小和尚吗？”

“我不是。”

“你就是。别想骗我……”

逢着月圆时分，姑娘做着奇怪的梦，那个须发如草的野人来到室内，到处飘飞。他老是坐在月下的老树根上，等候着什么，萤火般的瞳孔钉在她的心里，叫人着恼。在那些稀奇古怪的梦里，他变成蜥蜴，变成枯枝，变成壁虎和跑过草地的牛马，变成一汪浑浊的湖水。

水中游动着一条蓝色的小鱼，在她的心里吐出气泡。

青骢马的故事

隔了不久，魔鬼来到桂花树下，笑嘻嘻地说：

“那么，你得见见地狱里的魔鬼才行。你得有所害怕才行，不是么？”

魔鬼点了点头，小和尚便瞬即破土而出，失去人形，成为一匹凄惨的青骢马。这匹马简直是没救了：饥肠辘辘，毛发脏污，浑身疤癞，还流着令人恶心的涎水。

月夜。它昏头昏脑地来到一个入口处，那是一个压着三足大鼎的窨井。

这个貌似沉重的大鼎实际是一个暗门。上边写着:“人马座 星际轻轨 通往洛阳 三点五光年。”一个长着核桃脸的老鼠邮差站在那里,对它挤挤眼睛,然后,把一个邮寄包裹的封条贴在它额头上。

青骢马发现,“它”居然还是个女性。

作为人马座邮政总局私下雇用的领路员,这种夜间活动的小老鼠实际上并没有那么讨厌。相反地,它甚至可以算是同类中的美人了:长着一身光滑的鹅黄色羽毛,尾巴短短的,绒毛丛生。那尾巴并不像真正的老鼠那样拖在肮脏的地上,而是高高翘起来,盖住了坚硬的核桃制作的脑瓜。在月光下,它的瞳孔却是绿色的,和绿豆一样狡黠善变。这位领路员朋友兼具了胆怯和机警、敦实与狡猾等品质,使其足以完成本职工作,赚得一份养活家人的薪资。

邮差搜过身以后,青骢马站在洞口,看见它点点头。马按照它的眼神提示,揭开井盖。洞口豁然打开。风声呼呼,隐约传出嘈杂的人声。邮差已带头跳进那个纵向开裂的洞口,沉入黑暗。青骢马照着样子闭眼,心一横,跳了下去。顿时,它感到身子像被电击,每根骨头都呼之欲出。它确信当时它在隧道里是往下行的。再睁开眼的时候,已经来到一处陌生的所在。这是一个方方正正的大院子,院子两侧布满了低矮的房屋。在它落脚的地方,有一棵高不见梢的大杨树。杨树上落着两只白乌鸦,乌鸦的脖子上挂着一串铃铛,在枝叶间叮叮作响。

它跟着那个唧唧鸣叫的邮差,茫然走到院子尽头的天井。

邮差顺着杨树爬走了。

天井院里支着一口大铁锅。铁锅下燃着粗长结实的银灰色木柴,锅盖上热气蒸腾,散发出一股一股浓重扑鼻的腥味。烧锅的老妪昼夜工作,已经累得直不起腰来。她甚至没有力气抬头,也没有仔细看它这个刚刚到来的客人,便用一种奇怪的鼻音问候道:“小伙子,你总算来了! 哎,我跟你说……我在这里守了快三百年,连一个可以说话的人都遇不上。你说说,这日子可怎么熬下去哟?”

说着，她站起身来，不停地摇头。她一站起来，肩上的脑袋就在脖颈上晃来晃去，那脑袋只是随随便便地用一根细铁丝系连上去的。这不就是那坐在船头的咯咯巫吗？她嘴里叹着气，发泄着积年累月的牢骚，把覆着铁锅的盖子轻轻掀起来。那盖子恐怕得有两张门板合起来那么大吧？走近前去，看了一看，锅里泛着水泡的尽是头骨，主要是牛、羊、猪的大骨头。翻滚的水花，还浮起几个人类的头骨，七窍中空，龇牙咧嘴。它心里禁不住抖了一下，往天井对面的小院逃去。

老妪尖声叫道："欢迎来到地狱，好好享受鬼城的美食吧！"

那老妪掂起一把大马勺，翻了翻烧开的大锅，尝一口浓汤，对树梢的乌鸦叹了口气："今天天气不错，咱们这里又闯进一个冒失鬼！"

院子外一片空旷，如同一匹马惊讶的心情。

乌鸦在枝头呱呱啼叫，寒冷的叫声飞入幽深。

云雾翻卷如海，在时间的向心作用下去而复返。

定睛看去，空旷中并非一无所有。透过层层迷雾，分明能够看见笼子大小的房间，拳头大小的院落，像橘子一样缩成圆球的男男女女。房间、院落和每个人的身形比例随着光线强弱而变幻。来到亮处的人和日常所见无异，一旦罩在阴影里，它们和他们便都急速缩小。在黑暗中待久了，前后左右只是一团虚空，让这匹马以为那虚空便是乌有，是圆空寂灭的世界尽头。

青骢马在光明世界得到的那点经验被颠覆得一塌糊涂。

这传诵不绝的无何有之乡，在暗黑里终结的苦寒之地，却让它蓦然感到亲切。恰在此时，一缕红色的光线打在它身上，又突然逝去。瞬间的照亮像抽打过来的鞭子，使它痛楚。疼痛贯穿心扉，喝令它清醒。它想要逃离了，然而，环顾四周，却一无可逃之地。它茫然地走着，被麻木的心境牢牢抓住，僵硬地穿过虚空地带。不知走了多久，眼前终于有了一点活气。在一个微光透出的石头山上，同时流泻出三条蓝色河流。不知其所从来，也不知其所从去。水中的鱼群露出脊背，鳞片蔚蓝而巨大，俨然晴空下的屋瓦。它吃一惊，站定了。整个世界从嘈杂跌入寂灭。鱼群的蓝色反光让它产生逼真的幻觉。视线穿过高耸伟岸的大山，看到山后的另一个自己。那是一个挣脱母亲的脐带后一路狂奔的人，从不回顾以往的经历。在烟尘纷扰却一无所有的世界上，青骢马的内心正在变成一个又酸又苦的烂橘子。它忽然感觉到，自己虽然年轻，却已经衰迈不堪；身体健壮，如狼似虎，而内心里只剩下腐烂的欲求。这个永不回头的坏家伙，分明就是它自己啊。青骢马禁不住打了个寒战。调转头来，它看见自己爬到山丘一样的鱼背上，沿着虚无的波浪起伏颠荡，不仅划出一道蛇形突进的轨迹，还随同那波浪消泯了本来面目，状如一个厉鬼。

这难道就是人马座的地狱世界吗？

鱼群消失在身后。青骢马对自己的质疑也开始了。

暗黑的环境让它感到近乎于堕落的亲切。它不得不承认，这也是生活，而且是全新的无遮无掩的生活。

在这里，生活纠正了自身的扭曲。一切景象都摆脱修辞与装饰，趋近于可怕的真实。在路边，每隔几步，便能遇到等待审查的灵魂。每个脖子上紧紧束着金项圈。每个人的味道各不相同。有的人血腥刺鼻。有的人臭不可闻。有的人像尚未成熟的青杏。有的人像腐烂的肉。有的人比生前还凶恶。有的人比往日更懦弱。没有谁知道自己的命运，但他们确然像厉鬼一样，面目阴冷，毫无情感。由于狰戾的内心无须隐藏，每个人的冷漠和残酷都定格在他的头像上。一个杀人犯的头肿得像个透亮的灯笼椒，表面上交替浮现出三张面孔。正面是狼狗一样尖而长的男人脸，五官模糊，而被他谋杀的两个小孩子惨白的脸却表情生动。

正在和杀人犯交谈的那位，以前是个偷儿，曾经到这杀人犯的家里光顾过数次。偷儿的脑袋和身体连通成一个葫芦状的容器。在开口说话的当口，里边装着的东西就会时不时地飘出来。最多的是钱罐子、褡裢、磨破的口袋，甚至还有被他十分敬业地打穿多次的一丈多长围墙。墙内的瓶瓶罐罐一应俱全，其中还有四个被磕破的醋坛子。他那被老醋腌渍过的身体挥发出的气味让有着洁癖的青骢马掩鼻逃离。等回过头来再看，那些人已经没了。

路边的风景疑云腾绕。一批又一批的人到来和消失。从项圈上的铭牌看来,这些人是来自各个星座的王族。他们在人间生活的时候,大多数都有各种各样的苦孽,他们背上插着的小旗子清楚地写着在彼处判定的罪名。深邃的山洞张开怀抱,截断了前行的道路。其间,闪电把人分门别类地装进各不相同的彩色漏斗。每个漏斗大小不同,上面标着不同的地域名称。

最大的一个是"洛阳 北邙山"。

候在这个四方形漏斗外的人最多。

穿过一面雕着狮头的内中空空的镜子,它来到岔路口。在这里,它见到一个法官,背着光,坐在飞速旋转的殿堂里,做着冥王常干的一件事——审犯人。

他们对话的声音沉闷如鼓。说话间,那座大殿滚动到远方了。

定睛看去,大殿却是建在一个琉璃罩里。

青骢马踌躇了片刻,来到第三个院落。

院子里传出时断时续的哭声。抬头看时,门楣上挂着一个牌子,用篆书写着"三哭殿"三个字。一个乌鸦侍者帮它拉开虚掩的房门,恭请它进去参观,而自己则振翅飞入夜空。从前门到后门依次排列着三个挂了牌子的牢笼。第一个笼子里关着不计其数的哭闹不休的小儿,双手背负在身后。牌子上写着"夭折鬼"。第二个笼子更大,关着上百个面色晦暗的青年人,双手上举,双脚离地,像腊肠一样吊在笼子顶端的铁环上。牌子上写道:"冤死鬼。"第三个笼子里只有一个秃顶的老人,被沉重的木枷压得坐在地上,仰面朝天,动弹不得。老人的嘴巴似乎被一个中空的状若蒜臼的石头撑开,从石头的中空处传送着胸腔、腹腔里各种脏器的回声。他血液流动的声音像窗户纸在剪刀下不停开裂,而小肠里积存的胀气倒流到口腔,如蛤蟆跳进池塘,噗噗有声。这个单身牢笼的牌子上写的是"滥杀妄言渎神贪吃鬼"。每当这个老人哀叹般地吐着气,屋子里就暂时静下来,聆听着多嘴多舌的痛苦。门口空荡荡的走廊里,置放着三个装满冰块的水缸大的铜盆,使得屋子里寒气刺骨,每个角落都在结着霜花。当老人不再哀叹的时候，其余的人却又哭泣起来。他们滴下的泪水在鼻尖、下颌那里冻成透明的冰柱。当青骢马无拘无束地走进屋子，所有人都瞪大眼睛，饱含怨毒地盯着它。它试着走近老人，想把他嘴里堵着的石头掏出来，还他一个舒舒服服说话的机会。但它伸出的援助之手却被那个老人狠狠咬了一口，疼得钻心。它骇然不已地挣脱。手上冒起一层水泡，轻轻一碰，水泡裂开了，露出皮肤下灼伤的血肉来。它这才知道，那个老人体内的怨毒已经到了无法排遣、充满腐蚀的程度。

青骢马十分生气地说："你这个混蛋，不分好人和坏人吗？"

那个老人也在恼怒着："滚开，我是叽叽巫，不需要你们这些傻瓜！"

青骢马逃到院外，却见那天上乱云飞舞，闪射出靛蓝色、火红色、紫褐色的五彩光焰，在天穹最高处交织、排列成密密麻麻的瓦片状的峰峦。一个大如卫星的铜鼎滚过九天，向南疾驰而去，一路上引起隆隆回声。铜鼎朝南的一面长着布满獠牙的大嘴，在飞速奔驰的时候随口吸食，把迎面遇到的飞蛾、长蛇、红脸夜叉和披着锁链的监犯一劈两半，尽行纳入腹中。

好不容易等到这铜鼎引起的混乱过去，它来到一个浅浅的水泽地带。一个须发斑白的老翁在水边悠然垂钓，吟唱着古老的歌谣："君骑马，我耕田，何日相逢在人间；君乘车，我戴笠，天上地下不分离。"唱完，他就高声喊道："愿者上钩，愿者上钩喽！"随着这句喊声，水中蹦起一条红尾金冠的美人鱼，顺着钓线游到他手里。他低头辨认一阵，叹道："不是你，不是我，谈的什么交情！"说完，他随手一抛，鱼便钻进水中，游了出去。

老人翻着白眼，看了青骢马一眼，对着水面继续唱歌。

这景象周而复始，没有个终结的时候。它呆呆地停了一阵，觉得甚是无趣。

过了一座数里长的假山，面对一丛极其茂盛的竹林，竹林右边可以拐出去。走上一座石桥。桥下是一排水流急湍的涵洞。过去以后，来到一座开满白花、青烟袅袅的坟墓前。那里正摆着一张大方桌，围坐着几个呼喝饮酒的差役模样的小厮，用人手人脚下酒作乐。他们醉眼朦胧地看着走来的青骢马，招手微笑。它见到如此行径，早吓得魂飞魄散，哪里还敢上前，便慌不择路地退回到石桥边刚刚出发的地方，觅到一个高些的所在，掉转身走开。

那儿隐约有条狭长的通道。

这七扭八拐的通路把它引到一个巨大的宫殿前，牌子上写着烫金的“地府”二字。殿堂四周花木扶疏，许多长着粉红色翅膀的鸟兽在树林间飞来飞去。路的右边是十几个紧挨着的庙宇、道观，两个扛着木杆、挑着旗子的黑衣人从庙前走过来，往殿堂方向走去。一个人头上安着牛犄角，一个人身后拖着马尾巴，都长得高大猛恶，俨如巡海夜叉。经过它身边的时候，那个身后拖着马尾巴的人停下来，对它打量一番，问道：“你是从洛阳来的那个人吗？”

青骢马想了想，说：“我就是你说的那个人。我要回洛阳报到，但不知怎么才能找到地方。”

那长着马尾的人说道：“你有买路钱没有？要有的话，可以送你。”

青骢马在下井口的时候，已经被那个邮差搜过身，值钱的东西都拿走了。它在口袋里掏了半天，连一个铜板也没找到，不觉慌张起来。

随手一抓，青骢马找到马蹄上嵌着的一粒金扣子。

那两个使者拿起递过来的金子，用雪亮的牙齿咬得咯咯响。

长着马尾巴的人喜出望外地说：“哥，这金子是真的！”

他们没有再难为它，把它送到过道尽头的河边。他们站在岸边，吹了声口哨，叫来一条船。戴着斗笠的船夫帮他们划着船，在黑暗里抵达对岸。河边有一棵直上直下的大树。这棵树正在枝叶枯萎的季节，虽有许多旁生的枝条，但叶子甚为稀少。飘落在池塘里的叶子鲜红夺目，是心形的，随着池水悠游起伏。长着牛角的人说：“你可以选一个叶子，念出口诀，把自己缩小，坐到叶子上，然后贴近树干，顺着树干的汁液就可以抵达你要去的地方。这个口诀的内容每天都在变化，今天的口诀是‘梦见白衣人’。你要连着念上三遍，才能起作用。我们兄弟俩收了你的大礼，心里实在过意不去，决定回赠一个小小的礼物，还请笑纳！”他把随身带着的刻有一头牛的贝壳项链送给它，就启程回去了。

青骢马见那个船夫站在不远处看着，似乎有话要说，便向他辞别："老哥，今天有劳了。我要赶着回去，就在这里作别吧。"

船夫说："小兄弟，你只知照章办事，日后的情形，你可知道会是怎样的？"

它不解地问道："这个话，怎么听不明白啊？"

那人又走得近些，呵呵一笑："若要我说实话，也不难。你得把你手里拿着的礼物嘛……"

青骢马只得把那条刻着牛头的项圈奉上，作为见面礼。

那船夫笑逐颜开地说道："你今天肯定是迷路了。刚才那是牛头和马面，他们怕你把这里的情况说出去，更怕你把他们收受贿赂的作为出卖给别人，已经对你做了手脚。送给你的这条牛头项链是监管你的，好方便他们随时把你召回到这里。"

青骢马惶然不已地问道："哎呀，那该如何是好？"

船夫递给它一小瓶药水，说道："不要紧，幸亏遇到我了。你把这瓶药水喝下去，保证会平安无事。"

这小小黑瓷瓶上刻着一条红色的蛇，蛇的脑袋上顶着两个镀铜的骷髅，似乎正在裂开大嘴微笑，一枝粉红色的桃花从骷髅的嘴角伸出来，一直延伸到瓶子背面，变成一把锯子。

船夫不紧不慢地摇着桨，驶向暗处。

青骢马喝下药水，连着念了三遍口诀。这口诀让它浑身刺痛，并在极短时间缩成一团，融化在一个小水珠里。然后，它盘腿坐在叶子上，随着叶子飞回枝头。沿着其中一条纹路钻进去，出没在波浪滔滔的大河上。河里的水逆势而上，把它送往一个翘出水面的岩石，停住了。

它攀上岩石，敲打着，听到脚下的水声缓缓退去。这可供立足的岩石实际是一个小小的花苞。两个黑色小鬼从岩石后现身，取出瓷瓶上的锯子，把岩石状的花骨朵锯开，再把它轻轻一推。

青骢马身不由已地跌落在坚硬的地面上，失去知觉。

在戏场里

六月六日。来自宜阳和洛宁县的刀客们抢劫了肉店、染坊、当铺和生意做得最大的粮店。被红枪会的人驱逐。刀客死伤八个。村民亦有伤亡。

六月初十。各村开始收粮。天气突变,下了暴雨。大水冲了龙王庙。庙里供奉的水神伍子胥被洪涛带到绵羊河下游的洛河渡口。驻军派出大兵,村民们出动了九十八辆马车,才把这位尊神请回来。连阴天,收粮的形势开始紧张。红枪会驱赶抢粮的刀客。

被刀客绑票的住户越来越多。传言中,老洋人又要到镇上。除武营以外,沿着官路的村子全部都在建造寨堡,保护新收获的粮食。

六月底,武营人组织的民团武装和红枪会实现和解。邢国恩和武占元在各村头面人物的敦促下一起走进武氏祠堂议事。他们联手召开一个防卫会议,议定共同防匪的章程。章程的条文是用美丽的宋体字写出的,印刷很多份。棋盘山的刀客胡老歪和驻防在大苹果园的朱团长都收到这份章程。紫阳镇各村实现村村联保。村民们加派岗哨,行人要接受盘查。

在洛阳,从这时候开始,没有路条(通行证)的人寸步难行。

刀客们的身影在镇周围绝迹。

紫阳镇一直是祥和而宁静的。

六月二十八。天象异常,出现旱情。大星现于头顶。镇嵩军总部指令驻军统一着装,以改善形象。

那时候,紫阳镇严重缺水。

六月结束了。六月:利于行,大吉。镇上在祈雨。再次请王天财唱戏。

紫阳镇的锣鼓敲响了。

生死变幻,无力制止这嬉闹的人生。

戏场外围,照例有一个临时的农贸集市。每个人都活在一团嘈杂里。

摊贩忙于兜售当天捞捕的鱼虾。买鱼的人正在用粮食交换一桶鲫鱼。两个戴帽子的大兵正在和走过面前的一大群农妇逗笑。农民丈夫听着那些不入耳的污言秽语,不由得皱起了眉头。但他们不愿去惹任何人。他们沉默地低着头,把集市上的土疙瘩远远踢开,催促那些被搭讪的女人赶快走开。兵们裂开嘴傻笑。

算命先生和骗子是市场上最活跃的。

除此之外,就是呱呱乱叫的鸡鸭了。

黄牛撅起屁股,把尾巴甩来甩去,一边走路,一边拉屎,和随地大小便的男人、小孩子一样快活。

年轻的农夫累得满头大汗,随手解开新浆洗过的单衫。

他们抱着襁褓里的孩子。女人在各个摊点比较价格。丈夫看着那个怨气冲天的女人掏出几张皱巴巴的纸币,怀着满心的不情愿,交给卖粮食的、卖煤油的、卖青盐的、卖甘蔗的。他觉得,每个人都要比自己狡猾,见识广,也更懂得她的心思。从扎着羊角小辫开始,她们就像母鸡一样,围着米粒转,围着锅台转,一直到老,脸上起了深深的皱纹。那个缠着围巾,抱着柿饼篮子的老太婆就是她们未来的模样。总是为了一角钱而吵架,为了一只拴在树下的白山羊而生气。甚至会为一个被偷走的水桶而跳河自杀。

天气越来越热,集市像露水般消失。

戏台外围的空地上满是甘蔗皮、红薯皮、瓜子壳、牛粪和尿布。

夜间,当人们围在河滩前看戏法、听戏的时候,白雾从棋盘山的山脚下逐渐涌起,逼近了泊在河里的小船、岸边的河堤、树林。村民们的房子像贝壳一样,浮在烟雾交集的地平线上。

紫红色台柱。飞来一只小小的苍蝇,柔软的翅羽划着不规则的飞行路线。它围着台子跳它的圆圈舞,也绕着敞开的戏台歌唱,旁若无人。一串犹未干涸的血迹吸引了它。经过一番暴饮暴食,它攀升到快乐的峰巅,舞蹈也好,哼鸣也罢,都变得更加有力。不大一会儿,它的同伴聚集过来。它们从家家户户的臭水塘、茅厕里争相飞出,麇集在舞台周边。

缥缈的天际,是受伤的野兽时断时续的呻吟。

太阳出来,把云层搞得粗暴而凌乱。

一个跑出戏场撒尿的人,一直跑到紫阳镇外的树林。他看见一列绿皮小火车,在半空中飞着。透过玻璃窗子,还隐约可以看见:开车的黑乌鸦披头散发,正在哼唱着歌谣。那歌声清晰可闻:

一只乌鸦,一只乌鸦,
开火车,开火车。
若是魔鬼上了车,
火车就要爆炸啦。

在恐惧的驱赶下,他发疯般地往外奔跑,但一堵看不见的墙重重打在脸上,把他弹了回来。一只大鸟飞出火车,冲他倒下的地方掠去,快得看不清尾羽。

这倒霉的人已经死去。

一道可怕的裂缝从喉咙开始,贯穿到腹部。内脏流出,却唯独少了肠体。伤口渗出的血是稀薄而黑色的水滴,散发着刺鼻的腐臭味儿。

浮现在脸上的黑线向躯干蔓延,流出黑色脓水。

天财兄穿着戏服,从戏台上跑过去。

他俯身看了一下,说:"你快来看,这不是中毒了嘛!"死者有一个尖瘦的下巴,腮边挂着奇特的笑容。

"赶快躲开!这脓水是有毒的!"

很快地,所有人都发现,他们被一堵看不见的墙封住。

烟雾凝结在一起,交织成半凝固的墙体。白雾已经严重改变了性质。当风吹过来的时候,雾墙一如往昔地悠悠飘荡,只是,那烟雾多出一重镜像效果。触目所及,胶结的白雾里游动着鬼魂般的人群。每个人都惊恐万分。他们虽然还在地上,可是,又分明是在空气中飘荡。镜中的人跟气泡一样,随时都在破裂。

更大的问题还在于:这堵由烟雾凝结而成的墙坚不可摧,任你刀砍火烧,只是纹丝不动。人们换了方向,换了地点,换了方式,换了工具,想要打破封锁。几个人相约着来到戏台西边近水的地方,想从那里下去,潜水逃命,他们试着把脚伸到河水里,可是,下半身马上传来一阵刺痛。腿脚已经被浸入河水的毒雾给毁掉了。几个大兵抬着一根长长的树干,往东南角的山坡上捅。那里最开始没有什么反应。过了一阵,白雾里传来低沉的喘息声,似乎谁在对面和他们角力。树干受压,断裂了。雾霾里传来清晰的打雷般的咳嗽,似乎还能听到讥笑之声。

大家再也不敢靠近坡地。

戏台周围的人,不是被那种可怕的鸟开膛破肚,就是被死去的同伴传染。除此之外,还有缺粮缺水的问题。密集的人口、恶浊的气味,再加上不断升高的气温和昼夜不息的大火,镇街变成了烤箱。因为缺少水的滋润,每个人的身上都在发臭。

人们把做戏台用的木头拆下来做饭。越是在白天,这些鸟类来得越是频繁。后来,戏台塌陷成一个斜坡。他们不敢再用戏台上的木头做文章,便把架子车砸开,做成劈柴。车子上还有些粮食。车子堆放到戏台外充任屏障,粮食则卸下来,堆放在戏台下安全的地方。大鸟们拍着翅膀飞过火堆,去到远远的棋盘山下。它们似乎在那里建有一个窝巢。

这些大鸟令人畏惧。它们的躯体硕大乌黑,看似笨重,但动作起来极其灵活。它们能够凌空盘旋、往下俯冲,还可以沿着地面快速行走,其速度不亚于虎豹。它们到处寻觅老鼠、穿山甲、林蛙、刺猬等小动物。只要遇到一个洞穴,它们就会习惯性地停下来,用锯齿般的尖嘴抵隙而入,像啄木鸟一样啄掏不止,地面跟着发出“笃笃笃”的响动。它们会在喉咙里发出拉锯般刺耳的喘息声,把那些小动物吓得失去理智。动物们一旦昏头昏脑、惊慌失措地放弃自己的居巢,出了藏身的山洞,茫茫然来到外面,就必定成为大鸟果腹的美味。大鸟绕着俘虏转圈,用鼓突在头顶的翠绿色的眼睛死死盯着猎物,鸣唱一种奇怪的只有三个音节的歌曲。在它们歌颂胜利的进食仪式里,动物们绝望地站在原地,垂下沮丧的脑袋。这种大鸟在进食那些比人要小很多的猎物的时候,并不是只吃脏腑内的肠子,而是连骨带毛地全部吃光,不留任何余地。它们不愿像蟒蛇那样一声不吭地吞咽,而是刻意掩盖穷凶极恶的吃相。它们每次只咬指甲盖那么大的一小口,然后,便叼着口中的肉食继续转圈,继续唱那莫名其妙的令人无法忍受的歌曲。当它们低声歌唱的时候,戏台下躲着的人屏息聆听,胳臂上起了一层鸡皮疙瘩。

正是在这种时候,人们才体会到这种大鸟的可怕。

晚上睡觉的时候,人们在手心里握一根燃着的香,免得睡过头。

河滩上总会响起古怪的鸟鸣。

月亮升起,食人鸟加紧袭击。

一旦看到滴着黑血的肠子,鸟群的疯狂就会变得无法抵挡。它们金属质地的庞大无匹的翅膀抵御了反击。用亮闪闪的尖嘴叼着柔软的肠子,傲慢地飞出视线。

人们发现,大鸟的尿液在释放出毒性后可以用来解毒。他们收集很多活着的虫蚁,放在敞口的瓶子里,坐等大鸟撒尿。血红的尿液把虫蚁杀死,就成为浑浊的黄色。经过澄清,变成棕褐色液体。把这种稀薄无味的液体分装到小瓶里,抹到伤口上,便可以迅速治愈大鸟的抓伤。鸟儿排泄出颜色鲜艳的粪球和充满威胁的尿液,便会远远地飞走,等着那些秽物干涸固结起来。

大鸟按照前两次排便的距离来划分地盘,彼此间保持着必要的分隔。一旦确立了领地归属权,它的伙伴就再也不能踏入,否则就会引发激烈的争斗。

鸟群的食量大得惊人。除了必要的休息,永无疲倦地奔走在觅食的路上。它们的肠胃几乎就是钢铁制作的,任何时候都可以进食。它们似乎一直在进食,一直在排泄。

到夜晚,人们必须忍着强烈的胃部反应,把鸟群落下的粪尿战战兢兢地清理出去。做清洁的过程充满危险。搬运粪球的时候要非常小心,不能把它碰破。

食人鸟最终还是窥伺到木板下的秘密掩体。

凭着追腥逐臭的本能和强悍的天性,它们匍匐在戏台上,用前所未有的耐心敲击那些掩体表层的木板。啄破一块木板后,掩体内的人没有逃过它们敏锐的视力。它们趴伏在戏台上,展开一轮疯狂攻击。掩体内射出的子弹惊跑了鸟群。但它们飞下台面,来到地上,从正面进行突破,再次接近掩体。这里的视野很宽阔,而防御则显然要比正对台子上方的地方来得困难。大鸟的翅膀和带着毒液的趾爪打在遮蔽物上,使得掩体外层的柴草和泥土簌簌下落,进一步扩大了那些缝隙。鸟群拥堵在掩体外,把头伸到木板之间的缝隙里,它们的脑袋被卡住后,和人面对面瞪视。庞大的身躯猛烈撞击着,外围工事面临垮塌的风险。

凡是可以动弹的人们都上前战斗,回击外边疯狂的入侵。

五天后,当太阳升到中天,大鸟们才离开。

瘟疫和幸福

桂枝受伤了。

她的弟弟文生被大鸟抓伤,一通狂躁,把她的手掌咬了一口。一个时辰过去,那个浅浅的粉红色牙印开始变黑,手掌钻心疼痛。母亲用削尖的竹签帮她挑破溃烂的地方,流出了脓水。她得到一滴药水作为治疗。只有一滴。因为做母亲的看了看气喘如牛的儿子文生,定下了主意。

药水实在太宝贵了。在记忆中,她并不是那么不宝贵。但今天就是不行。那些大鸟在天空往复徘徊,尖利的嘴巴上钩着死人的肠子。它们随时会回来的。它们还会冲过来的! 所以,就是不行。

瘟疫在人群中渐渐蔓延。人们越来越安静,越来越恐慌。

她躺在路边一个干涸的水沟,像只螃蟹。她似乎被母亲冷落了。

手背上长出了红斑。嘴边也逐渐长出斑点。它们就像胭脂色的吻痕,日益扩大,蔓延到哪里,哪里就开始瘙痒;皮肤透明而肿胀,鼓起一个包,往肉里溃烂。她的脸色越来越红。那可不是健康的红色。呼吸出现一点障碍。感觉嗓子里贴上了一枚树叶,不停地干咳。

很显然,这场瘟疫把她和母亲、弟弟分隔在不同的世界。

此后的日子,大鸟不再飞下来攻击。它们像死亡的阴影,徘徊在高空,发出刺耳的令人急躁的鸣叫。

在那堵雾墙内,还有一百三十多个人活着。

解毒的药水消耗甚快,越来越急缺。桂枝奄奄一息地躺在地上,非常认命。她知道,母亲正在躲避她的视线,想把药水留在最后,好用在文生身上。女孩子长大了,自然要出嫁。出嫁的闺女,泼出去的水,是外人。母亲已经把话说得很明白,足足说过三遍:这药水咱们俩都不能用,得留给文生,好给咱家留个后人。桂枝同意了。她心里说:好呀,这是天经地义的。

可是,她没有说出口。手背上的黑线正在胳臂上蔓延,使她嘴唇僵硬。

桂枝每天爬到坡地上,采集一些薄荷、苦艾、野蒿,烧成汤汁饮下。到后来,饥饿最严重的时段,她连熬药用的草木灰也喝下去了。至于那些东西是不是药,她也说不清楚。这是奶奶活着的时候教给她的。她感觉最强烈的,不是饥,也不是疼,而是痛心。母亲似乎想把她推开。

啊,苦艾呀。苦苦的。她把艾叶含在嘴里,嚼着汁水,心是苦的。

玉凤重新挖了一个山窝子,和桂枝隔得有十多丈远。

从女儿桂枝受伤以后,玉凤走路的时候就有意地躲着。不再沿着直线,像柳树一样微微摇晃。这位母亲像一条蛇,曲曲折折地爬行。像小偷一样,躲着女儿充满巴望的关注的眼神。手里拿着捡来的窝头,拿着抢来的小米,甚至拿回一块莫名其妙的肉。而这些,都不是给桂枝准备的。桂枝所躺的地方,靠着外边,是躲在干沟里的人必须经过的所在。从被感染的第二天早上起,桂枝就尽量闭上眼睛,安安静静地躺着。她能听到母亲的脚步声。由于饥饿和痛苦的双重折磨,听觉变得异常敏感。她像受惊的兔子一样,随时都在竖起耳朵。现在,她能分辨出上百种气味儿,包括那些杂沓回响的各不相同的喘息。有的人病了,有的人没有。但不管怎样，大家都变得日益小心。在出外觅食的时候，她只寻找那些可吃的草根。有一次，她从地底下掘出一窝粉红色的小老鼠。一只手伸了过来，把它们连着草窝端走。她抬头看看，是母亲。于是，她放弃了。她默默地低下头，竭力不去看母亲的脸色。因为她知道，只要对上眼，母亲就不得不跟她说话。

桂枝想：你根本不需要解释的。

"拿去吧，文生饿得快。"

说完，她跟在母亲身后，去看了看弟弟文生。

文生的喘息声越来越大。谁都知道：这是瘟病复发了。

药水抹在文生的身上，似乎没起什么作用。

回去的时候，太阳快要下山了。桂枝躺在那个土窝子里，突然觉得很委屈。打小时候开始，母亲教给她的那番道理，那印在她内心深处的好姑娘的形象现在好像完全不对。心里觉得自己长得美，其实并没有什么用处的。世界这么大，为什么就没有人爱我呢？啊，想到"爱"这个女学生们才会用到的可怕字眼，桂枝的身子不由得抖了一下。要是小和尚在这里，那倒可以说说的，她一点都不怕人笑话……

她似乎哭了一阵。周围的一户人家发出警告。

于是，她也就很识相地打住了。躲在土窝子里，可不是哭鼻子的好时候，再说，她不愿让母亲担心。

母亲到底有没有担心她的状况呢？真的说不好。

经过那天的事儿，母亲变得自然了一些，不再刻意躲着。

桂枝尽量装作一副轻松的样子，不去看母亲攥在手里的药瓶子。

半个月过去。生活恢复了昔日的平衡。

其间，又有好多人死掉。呻吟着，溃烂着，被还能走动的人抬到河边的坑道里，埋下去。抬一个人是要收费的。死者临死前，要把他的安葬费、掩埋费折算成合适的价码。钱就放在头边，一个触手可及的地方。专门有一帮健康的没有染病的人，自发组成了救护队，负责这项工作。他们在胳臂上套一个白布做成的袖套，上边马马虎虎地画个十字。这是那个西洋医生还活着的时候,教会他们的打扮。医生死了。他也被埋到坑道里。没有钱的人只能随手扔到河里。或者,丢在谁也不会前往的雾墙死角。

雾墙内的世界,显得十分怪异。

然而,生活片刻不停,有条不紊地行进着。

外边的人,已经遗忘他们。

十字街口的锣鼓敲响了。他们能够看到:集市开张了。大兵们来到集市上,横冲直撞;黑山羊在街口斗架,人们和往日一样聚在一起围观;卖柿饼的老太太挎着篮子,上边蒙着红布;卖冰水的,卖甘蔗的,卖孩子的,卖鸡蛋的。武占元带着几个人,在街头巡视,维持集镇上的秩序。小偷把手伸到不该去的地方。小姑娘和小男孩躲在街道拐角处,偷偷地亲嘴。她的乳房跟橘子一样酸涩。风吹过树梢,带着亢奋而神秘的呼哨,就像那些巫婆的呻吟。镇子还是那么古老,一点没有变化。可是,人们平白无故地患上了健忘症。

人类跟没事人似的,继续着生活。

所以,在瘟疫弥漫的雾墙内,也似乎有了一点幸福的滋味。

隔着雾墙望出去,附近的村庄依稀可见。农夫们在照常耕作,田间的牛和骡马迈着缓慢的步子走在田垄,大鸟飞过他们的头顶,没有任何停顿。它们在雾墙之外显得那么温和。小孩子在村口欢天喜地,打得头破血流。大鸟环绕在周围,有时竟停在他们肩头。

每天正午,大雾渐趋稀薄。鸟儿从东北方向飞来,宽大、舒展的翅膀划过空气,好像踩着湖面上的冰块,姿态倾斜,然而又始终保持美妙的平衡。透明的阳光反射在它们金属质地的翅膀上。碧绿的麦田,清新的空气,自由的呼吸。邋里邋遢的车夫驾着马车,驶过林荫道,一边啃着鸡脚,一边喝着烧酒,快活地哼着《小寡妇上坟》。歌声里,裹着红头巾的女人一闪即逝。

谁能想到,那些赶着破马车的人,窝窝囊囊、舌头打结的家伙,竟过着这般美好的日子呢?近在咫尺的他们,根本看不到受苦的同伴。

桂枝叹一口气，陷入迷茫。

就在这时，她听到一阵惊天动地的叫喊声：

"看啊，天上掉下来一匹大马。"

桂枝随着激动的人群，跑了起来。

地上躺着一匹新来的马。四面封闭，它是怎么进来的？

"杀呀，杀呀，杀了吃肉呀！"

"要是它能说话就好了。"

"问问它。怪物，你是怎么跑过来的？"

桂枝钻过人群，看到那匹躺着不动的受了伤的青骢马。

它的毛发浸满汗液，浑身散发着热乎乎的大动物的气息。眼睛半闭着，嘴巴一开一合。它还活着，在艰难地呼吸。

人们用木棒敲打它的屁股，打得它抽搐着，甩动扭曲的尾巴。它挣扎了一下，想要站起来。在蜂拥而至的围攻下，它无可奈何地卧在人们脚下。

"说话呀，问你话呢，你是怎么混进来的？"

青骢马不再反抗。它睁开眼睛，忍受着，看着他们。

桂枝突然扑上去。她抱着那匹大马毛发竖起的脖子，大喊道：

"停下，快停下，不要打了。这不是一匹马，是寺院里的小和尚。"

人们一齐大笑。多少天来，这是他们第一次欢笑的机会。

玉凤静静地站在那里。她在观察着什么。

"走开，你们都滚回自己的窝子里，这是我家丢失的马。它自己跑回来了。"

玉凤做出一副凶狠的表情，慢慢地、咬牙切齿地说完这番话，便瞪视着那些半信半疑的围观者。桂枝抬起头来，惊愕地看着母亲，不知道说什么好。

人群在骚动，很快响起一阵粗鄙的谩骂。玉凤一言不发，亮出了随身携带的刀子，像鬣狗一样不屈不挠地和所有人对峙着。那些饥渴如狂的人们最终还是却步了。他们舔舔干裂的嘴唇，恋恋不舍地看看那头膘肥体壮的大牲口，慢慢地、懒洋洋地散了开去。

玉凤低声而急促地告诉桂枝："快起来，把牲口赶回去！"

桂枝气恼地说："他不是牲口，是一个人，是人啊。"

玉凤缓和了口气，像哄小孩子一样地说："好好好。知道了。"

桂枝牵着缰绳，玉凤抓着马尾，慢慢地回去。

因为这匹马，母女俩和好了。

钟声

玉凤决定，全家合住到一个废弃的棚子里。

文生更衰弱了，随时都可能死掉。

棚子顶端吊着一口油漆剥落的铁钟。风吹过窗框，便当当当地响上几声。

钟声叫人心惊胆战。这是这个寂静的、被遗忘的世界唯一的乐音。

窝棚的主人本是七口之家。经过一段日子的煎熬，死绝了。

七月九。西天落星。玉凤下定决心，要杀那匹马，吃肉。

清晨，一只黑乌鸦卧在窝棚对面的桑树上，尖声尖气地叫着，似乎是叫着玉凤的名字。玉凤不声不响地站起来，走到一个角落。她掂起屋主人留下的一支打鸟的枪，来到门外，对着那棵树瞄了瞄，轰的一声，把枪管里的铁砂打到高处。乌鸦的血顺着树枝滴洒，洇湿地面，一直染红了那棵老树。

在玉凤打枪的时候，桂枝站在窗口，面目阴冷地盯着逃走的乌鸦。

黑乌鸦凄厉地鸣叫，跳到另一棵树上，钻进不远处的草地。

玉凤走回来，坐在门口磨刀子。

桂枝重新坐在那匹马的身边，眼神呆滞地看着母亲慢慢走近的身影。

"让开！"

"不，除非你杀了我！"

"死丫头，你以为我不敢？你以为我不敢？"

“那你就动手啊。他不是牲口,他是寺庙里的小和尚。”

玉凤冷笑一声,走开了:

“好啊,那你就守着吧。等到我们都饿死的时候,看你怎么说!”

“他的眼睛,你看看,那是他的眼睛……”

玉凤站住了。她回过头,气恨地说道:“那又怎么样？早晚还得吃!”

桂枝低声说:“我就知道,我就知道,早晚会是这样的。”

桂枝浑身瘫软下来。

她靠在青骢马的身边,牢牢地抱着它的脖子。

青骢马出人意料地安静,用温和的大眼睛看看窝棚顶端的铁钟,拿自己湿湿的鼻子蹭着桂枝的脸和手心。这里发生了什么,它看起来一点都不知道。

中弹的乌鸦又回来了。它紧盯着窝棚里的三个人,不停地吼叫。那叫声怨愤而刺耳,宛若撕裂的哭号。所有的人都认识它。谁也拦不住。一连几天,这乌鸦出没不定,怨鬼般的,纠缠着整个区域。

人们说,那是屋主的亡魂。它附体在乌鸦的身上,发怒了。

只要有人逼近,它就像泡沫一样消失。

离得远些,它又出现在道路上,号哭不已。

文生殁了。这孩子死后,头仰靠在母亲怀里,痛痛快快地看着东边的流云。在那个美丽而舒展的地方,墨蓝色天空挤压着漂流的云彩,大海一样深广。有麒麟浮现在山冈,尾巴和尖角拧作一团。麒麟不见了。飞过一群乌鸦。不久,又飞来一只迟到的白乌鸦。

玉凤待不住,把文生装到一个竹筐里,准备出门掩埋。

她也病了,脸色绯红,不停地咳嗽。

临走的时候,玉凤问道:“丫头,你到底走不走？我可是要走了。”

桂枝摇了摇头,呆滞地说:“文生……他死了吗?”

玉凤没说话,匆匆忙忙地出去。

白乌鸦一声不响,连嘴角都不见一丝笑容。这说明,它心情不好,很久没有吃过东西了。它穿着干干净净的白色外套,吮着手指,指尖上捧着终生携带的餐盘。在它的注视下,人类把鲜红的血流在街道上,幻化成满地扭曲的小蛇,满足它神秘的愿望。死亡汇集在乌鸦的白天,也汇集在乌鸦的夜晚。

这沉默的白乌鸦与众不同。它飞过树梢,像无形的指针,把穹窿分割为三百六十个刻度。它在鸣叫,在炎热的时候,在最寒冷的心境里鸣叫着。在这孤零零的来自霜冻期的乌鸦的注视下,村庄悄悄旋转,身不由己。村庄在四季里旋转,如同永不缺席的北风,如秋月,如芦苇滩上的一抹青绿。在流血与传说里,充斥着只有乌鸦才能克服的恐惧。它的出现,让雾墙外边的街道异常安静,连那几只好斗的公鸡都呆住了。

风在乌鸦的翎毛里穿过。

风吹响了铁钟,当当当响过一阵。

风在陌生人和死亡里旋转,像烦躁的牛群。

桂枝嘘了口气。一抬头,便能看见那只白乌鸦。

往日,它总是满足于大树上的枯枝,眼神平静,波澜不惊。但今天,它落在地上,来来回回地蹦跳,它的眼神阴郁而讥诮,让人感到惊异。

眨眼间,它成了一只红乌鸦!它的新衣服红得耀眼,就像刚刚即位的国王。

桂枝像被诅咒过一样,一动不动。她听到了乌鸦的歌声。

它一边飞舞,一边歌唱:

> 一只乌鸦,一只乌鸦,
> 开火车,开火车。
> 要是魔鬼上了车,
> 火车就要爆炸了。

月初圆。

正午,雷暴带来大雨。

雨住风歇。地面上颤动着兽的喘息。蜻蜓聚集到池塘上空,翕动弱小的翅膀。枯树脚下的木耳是饥渴的。月亮很远,蝉声很近。

蝉蜕掉外壳,安静地挂在枝头。

桂枝突然惊觉到:自己还活着,一直在活着。

周围太安静了。桂枝反而觉得不安稳。她放开大马,到门口走了几步。

“今天是个好天气!”

桂枝“嗯”了一声,没有回身。她正在观察外面的雾墙。

那堵墙似乎变得稀薄了。她能看到原来看不见的寺庙里的尖塔。

那匹青骢马慢慢站了起来,褪掉臃肿的外衣。现在,青骢马的皮毛下露出一个人的头来,一个胡子拉碴、眼睛发亮的男人。

“今天真是个好天气!”那人又说了一次。

桂枝听到窸窸窣窣的异响,猛然扭过头来。

她看到了他。那不再是一个小和尚。他的头发、胡子和长长的毛发像野人一样,笼罩在一贫如洗的身上。

“小和尚?”

他点了点头,说:“你的水罐呢?你的窝头呢?”

“在这里,在这里,在这里……”

“都给我吗?”

“都给你。拿去吧。吃完,喝完,你赶紧逃命。”

“那你呢?”

“我……”

她说不成话了。因为她的嘴被堵住。

“你不是一匹马吗?”

“是啊。我是一匹马。因为你爱了我,我才能脱身的。”

桂枝挣脱开来,躲到一边,说:“糟糕,我忘了。我会把瘟病传染给你……”

他说:“我才不怕。现在,我死都不怕……”

桂枝低下头,说道:“可是,我怕……怕得很呢。”

他们

有人敲门。这人戴着救护队的袖标。桂枝去开门,被牢牢地拉住。

桂枝喊一声,被打倒在地。

他们来了两个人,一男一女,打算抢劫那匹大马。

正屋里空空荡荡。打开用作厨房的小隔间,也一无所有。

“马呢? 昨天不还在这里吗?”

他们用刀子指着他,低声喝问。就在这个时候,那个上了年纪的男人拉起地上卷作一团的马皮,仔细看了看。完完整整的,像屠宰前剥下来的东西。

“马肉藏在哪里?”那女人把刀子插到他的肋骨下,低声问道。

“钱呢?”男人凑过来,也在逼问。

作恶的时辰,那一男一女显然还在病中。咳嗽,喘息,脸色绯红。

一道刺目的黑线贯穿了从鼻翼到下巴的脸部。

他们的手像鸡爪一样干瘦、皲裂,这是那些在瘟疫中受到侵害的人最典型的症状。可是,即便如此,他们还是不折不挠地作恶。

他们在咳嗽的时候,直接把喉下的飞沫喷到他的脸上。

那东西带着令人恶心的腐肉气息。

他憎恶地扭过头去,不想看到那女人的丑恶形象。

但这进一步惹怒他们。

那女人把刀子往前送了一下,眼睛就要喷出火来。

血滴滴下落,顺着刀把子,流在衣服上。

他呵呵傻笑,痴痴呆呆地看着他们。

“妈的,算了。我们自己找吧。这是个傻子。”

那老男人说完,爬到床底下胡撸了一阵。

他抓住身前的刀子,把它掰成两段。把女人抓起来,重重地摔到门外。老男人听到响动,探出头来,凶狠地说:“怎么回事? 死人了吗?”

"死了，肯定死了！"说完，他扭住老男人的脖子，把他从地面上拖起来，走到门外的空地，往树上连着撞击几下，这才放开。

他俯身抱起桂枝，回到屋里，让她平躺在那个简陋的床上。

她胸口剧烈起伏，眼眶周围肿起来，起了一层密密麻麻的赤斑。

桂枝被他们抓伤以后，昏迷不醒。

显然，那两个伪装成救护队员的劫犯中毒甚深。他们在不顾性命、沿途抢劫的途中，被瘟疫侵害到肺部。若非发财的欲望支撑着，他们可能早就倒毙在路边，化为一滩脓水。

桂枝发烧了，热度惊人。

晚间，他犹豫再三，还是决定解开她的上衣，给她打扇、散热。

半夜里，桂枝醒了，微笑地看着他，问道："今天，你说是'爱'吗？我们也可以吗？"

他点点头，给她掩起衣服，高兴地说："当然，当然。太好了。你醒过来了。"

"你都看到了吗？"

他尴尬地低下头，说："嗯，是啊。都看到了。"

桂枝低下头，若有所思地靠在枕头上，说："好热啊。这就是爱吗？好热啊！好热啊！叫人简直活不下去。"

说完，她靠在床头，又睡了过去。

脖子上的伤处在发炎，手指捺上去，便会冒出气泡来。桂枝在睡梦中痛醒，低声呻吟一下，昏死过去。他用小刀轻轻地割开一个小口，把嘴凑上去，用力吮吸。脓浆和血水混合在一起，发出刺鼻的苦味。他把吸到嘴里的毒液吐了出去。慢慢地，桂枝脖子上的黑线消失了，伤口周围变成令人振奋的粉红色。

他坐了一阵，用漱口水缓解口腔里的麻木感。现在，手臂有些发木，不听使唤。他再次站起来，跪在床前，把桂枝胳臂上的一道静脉划开，吮吸毒液，歪过头吐出来。不知道过了多久，眼前黑了一下。舌头僵硬得不会打结。

他把脖子上的金项圈摘下来，扔到地上。

他把过去的记忆也取了出来，抛在脑后。

然而，深埋在内心的火焰熊熊燃烧，使他记起慧明师傅的话来。

“小和尚，你身上的戾气越来越重了。”

“慧明师傅，我每天都在诵经，但心里实在放不下。”

“你说的……是仇恨吗？”

“我不知道，既不知何处来，也不知何处去，叫人好生气闷。”

“你能抛开疼痛，而只留下悲悯吗？”

“唯愿如此。可是，我的心里藏着一个噩梦。”

“是什么呢？说说看。”

“烟雾笼罩，现出一只喷火的恶兽。”

“那就是仇恨，一头无法驯服的野兽。”

“我想，我无法超脱。”

“它让你燃烧吗？”

“它让我燃烧……架在火上烤着。”

“佛便不是这样。沉静如一，世界之变无所施其功；一切过往，其知识、典藏、话语，其智巧、凶暴，皆为虚妄。”

“弟子有一心愿，我愿重塑大佛金身。”

“发愿便是好。无论如何，我要走了。你要保重，你要独活。”

别离时刻。小桥下。流水青青。

他扑倒在桥头。痛哭。

师傅已在板桥对面。“平白无故，何来如此醉态？”

“弟子忽然遗忘了曾经诵习的全部经典。上有丽日当空，下有九曲幽泉，竟不知此身何在。一念及此，不由得悲从中来。”

“一切幻象，终究湮灭。一切幻象，终究湮灭。”

如今，他深切地感到：身上的一切都是多余的。

桂枝给他捡来的衣服很不合身。领子紧紧地箍在脖子上，使他感到呼吸变得十分困难。啊，多余的肉身。啊，沉重的生活。他感到自己即将丧失气力,也就更加卖力地吸取那些足以致死的毒液。要救活她呀。救活她。什么都不要想。

怀里的钟表掉在地上,打了几个滚,压在那张马皮上。

钟表已经散架。时针和分针飞了出去,齐齐扎进马皮的眼睛部位。

恍惚间,那张褪掉的马皮似乎跳了起来。

他的钟表跟钥匙一样,打开了青骢马的时间。

马皮歪歪扭扭地蹦两下,来在床前,俯视着房间里的一切。它的头始终歪斜着,似乎是同情他们,也似乎是讥笑。

"来吧,唱个歌吧。把她叫醒。把她唤醒。给这世界留下一首歌吧。"

他内心里呼喊着。眼前浮现出那座未来之城。

所以,他要对那虚幻的浪游者说:"唱吧,唱吧。哪怕世界到了末日……"

他有一种强烈的直觉。它会顺从他的心意。

因为,它是他的黑影子,也是供奉在佛前的光明之躯。

果然,马皮唱了起来。在他昏迷以前,它已经开始:

那里有一座城。一座未来之城。

不属于国王,不属于奴隶;不属于父亲,不属于儿子。

它不属于任何人。

它属于寻找它的神之子。

当心里浮现,当画出图样,城便倒塌了。

即便如此,你还要继续寻找。你的生命别无去处,唯愿住在永恒的城。

在它的虚空里,在它的迷梦里,存在着自由的未来。

不属于国王,不属于奴隶……

在这至死方休的歌调里,雾墙崩塌了。

雾墙发出惊天动地的极不情愿的告别声，结束了一段梦魇。

魔鬼鸟尖利地鸣叫着，飞回老巢。白乌鸦开着热烈的魔鬼一般隆隆前进的绿皮小火车，飞到它们钟爱的时间底部的深渊里。猫头鹰眨眨眼。敲钟的老人走到村口，颇感意外地看了看那口铁钟。天啊，经过这么多变故，它居然还在那户人家的棚子上吊着。他拉了拉铃铛，那铃铛便跟钟的舌头一样开始讲话。

当，当当！当当，当当当！

在深沉的、清脆的、穿透浓雾的湿漉漉的钟声里，桂枝醒了过来。

一醒过来，她就开始惊叫：

“快来人啊，救救我的男人！”

“快来人啊，救救我的男人！”

秋天的马车

黑影子进入大佛的眼睛。大佛开眼了。

大家都很高兴。魔鬼鸟飞走，再也不曾回来。

但青龙寺外的一切没什么变化。

孩子们在漂过来的鬼船上得病，老人们在沉默中走向暮年。骑着马的刀客长出黑色的大胡子，威风凛凛地冲向下一个寨子。官兵们跟在后边，不停追逐。

酒鬼们重新聚会，把世界摇成了一个幻影。

河边的大雁在长大。大雁掠过一座高楼，拉出青草味的粪便。

那粪便不偏不倚，落在一个和尚的秃顶上。

“啊，今天真是个好天气！”

每当这和尚抬头望天的时候，就会看到楼上挂着的小灯笼。每个灯笼里都坐着一个白衣人。每个白衣人都骑着一匹青骢马。青骢马拉着车，跑到孩子们的梦里。在每一个依稀可见的梦里，都有一个小和尚。和尚站在楼下，凝视着地上的影子。巍巍高楼上，杨柳系青骢。那甚至不再是一个悲剧。

如果你这么想了一想，那么，太阳就出来了。

太阳以拖把一样的光芒扫荡寰宇，让你记住晨光里的一切：

天是青蓝色的。蓝色的葡萄架上秋风瑟瑟。蓝葡萄一串又一串，就像蓝色的小鱼，随风飞舞。它们唱给苹果树的歌声沉入心底，使衰迈的母亲也觉得欣慰。

含在阴影里的事物必将挣脱寒冷的外衣。新的生活在古老的世界上生长出来。在母亲哆嗦而颤抖的嘴唇上，在那根枣木拐杖上开出淡黄色的小花来。她会把你的命运讲给你听。那最后一句总是："玛吉斯国王扇动飞鸟一样的翅膀，再也没有回来！"

武占元最后一次来到田野。时间已是深秋。

他乘着一辆轻便的马车，缓缓行驶在松弛的土地上。

最后看一遍经营一生的土地。现在，它已经不归这个无力耕作的老人所有。地里的每一棵树、每一棵庄稼苗，和其中产出的每一粒果实，都不再属于他，而属于最需要拥有它们的人。现在，这四百亩地均分在一百多户农人名下。其中有六成是新近迁来的外村人。有了土地，苟活下来的人在芦苇和土坯造出的房子里是可以喘口气的。只有在土地上扎住根，残破的家庭才可以继续活人。

这片土地和武占元再也没有实利关系了。这时候，他才能看到它柔和的一面。它不再是他的财产，而只是积年累月的朋友。

他完整地走了一个圆周，也完整地经历过。

陇上一季秋色，人间一阵晚风。虽然有些晚，但收获了玉米、高粱和薯类、谷物的农民还是来到田间，播种冬小麦。他们重新制作了架子车，重新养起赖以为生的黄牛，而他们自己也成了一头耕牛。在属于自己的地头，他们无须窥探别人的脸色。只要有了一块地，哪怕是小得可怜的耳朵垂儿那么大的一个耕作空间，他们都是不会三心二意的。他们是天底下最忠于土地的种族。吃糠咽菜，甘之如饴；他们可以吃下谁都吃不了的苦,但却享受不了多余的福分。

这里的男人具有土性。一旦离开土地,他们就是羞涩的,这种羞涩往往造成外表上的愚蒙、木讷,造成内在的固执和无原则的同情。爱与恨,是这土地结构生命的藕断丝连。感激,他们藏在心里。仇憎,也是藏在心里。双脚踏在土地上,在那地老天荒的生活里,一个农夫的心灵燃烧着沉默的过去。

绝大多数女人,没有到过三十里以外的地方。她们的见识和理想,无非是古往今来别人剪裁过的碎片。她们所想象的好女人的好生活只在戏台上演出过。

在豫西,女人建立尊严的基础不是漂亮,而是能干;不是聪明,而是乖巧;不是站在麦田里怨天尤人,而是拿着铁锹追赶那头敢于偷吃麦苗的老母猪。在愤怒的时候,她敢把一个不三不四的男人赶到水沟里,往他身上吐唾沫。只是,作为女人,她们牺牲了自己的性别,青春的容颜是何时飘散的?她们就像豫西的花朵,最美丽的不是梧桐、月季,而是洋槐花。人们就着蒜汁、吃到洋槐花蒸菜时,才会仔细品味它的润泽、甘美。乳酪般的槐花蒸菜,来自干枯粗糙的枝干。

这又泼野又养人的“槐花”,是豫西到处生长的名字。

农人的单调,就是土地本身的单调。

农人的乐趣,是土地天然携带的乐趣。

农人的四季不可以没有秋天。他们的秋天,不是用来吟诗作画,而是为冬天筑起篱笆、为春夏修造枝条的过渡时刻。

在这个秋天,武占元看到的景象和他熟悉的过往没有什么不同。只是,他感受到了更多的趣味。现在,他更能明白,他是无论如何也离不开这样的生活的。

乘着一辆小马车,他看到:他的女人在远方姗姗而行,他的女儿跟在身后,她们正是那些懵懂无知的、颤抖在槐花里的姑娘。

他提醒了一下外孙,说:“我感觉快不行了!”

小和尚从座驾上看过去,问道:“这会儿赶紧回家吗?”

他说："不，你停下来就行。把帘子掀上去，我嫌它碍事了。"

田间的农夫们围过来。他们没有说话。

他们要说的话，都在眼眶里含着呢。

他们终归还是了解他的。

"回家……我要回家了！"

老人闭上眼睛，耗尽了最后一点气力。在墙上挂着的铜镜深处，他又一次看见那一串姗姗而行的身影：秋天，元气封闭了。他感到庆幸：和很多农人一样，他接受命定的一切，从未想过要向它宣战。为了这片古老的土地，他故步自封了一辈子。

镜子跌落在地上，破裂了。

带着奔马底座的西洋钟停止了敲打。

钟表里上了发条的小黄莺"嘀嘀"鸣叫。

他沉睡在梦里，梦见一匹老马。

在那短短一刻，他被秋天的悲凉统治了。

棋盘山下

棋盘山。半山腰里，阴冷的山风在穿行低吟。

野生的小杨树爬满山坡，把亮闪闪的嫩黄的秋色涂染到风里。在一干人马艰难地往高处攀爬的时候，白云似乎就在树梢缠绕着。林子边缘的荆棘丛里，顶在尖刺上的果子正由横眉立目的淡青色变得越来越红，在日益芳香的故事里沉醉。那火一样的红色照亮了鬼鬼祟祟的岩石。山路一侧的金黄色抹平了山谷，而夜间出行的鸟儿正在等待岩石上最后一只甲虫回巢。在龟壳般裂开花纹的岩石上，山鸡低低鸣叫，咏叹着饱食终日的生活。

人群绕过岩石的时候，只见麻雀直射渊谷。

山巅有一块群峰环绕的平地。

这里是农夫们熟悉的荒野世界。可是，又分明有哪里是不对的。

那些可怕的大鸟又飞起来了，盘旋在山顶。

在高高的天宇下，翅膀反射出利剑一样的光芒。

那时候，紫阳镇一直诞生着离奇的传说。其中有一个，是这样的：

有一条怪鱼，睡在棋盘山下。

它自西向东，纵贯了整个山体。它的身体呈现为刚脱壳的青白色，头部有两个凸起的硬结的肉瘤，粗大的筋脉和褐色的纹络清晰可见。这沉睡在岩石上的白鱼柔软的身体表面始终保持着干燥。它婴儿样娇嫩的身体随着呼吸一起一伏，抖动着鲜红色的火钳胡须。它的呼吸是岩石缝隙里的微风。在几千几万年的漫长时间里，它始终无知无觉，呼呼大睡。

终于，到了某一年，大鱼破坏了这里的时序。于是，人们便要杀它。

所用的刀，叫作“无影”。铸造这把刀的人，便是谁也没有见过的魔鬼。听说，他为了造出这把刀，以心口之血镌刻出一个复仇者的影子。

紫阳镇的巫师，用生、老、病、死作为材料，造出了一个能够掌握“无影”的人。一个带着黑色面具的怪人。

他的眼睛像大佛一样威严。

他举起了“无影”，仰面向天，祈祷一阵。他的下肢随着祈祷慢慢消失，舒展成蟒蛇那样的灵活扭曲的锥体，拖着一条尖利的尾巴。那铁锥般的尾巴深深刺入山岩，支撑着旋转、裂变的躯干。除了双手和头部，那黑褐色的躯干上布满了铁甲似的鳞片。面具上画着的形象在火光里异常鲜明，就像地狱中拘送灵魂的夜叉。两条极度夸张的赤眉，和大鱼火钳似的胡须一模一样。

身体逐渐围拢一层白色烟雾。

烟雾中的水汽、微尘清晰可见，其中卷带着数百条小船，船上有无数的小人，跳跃、呼号，犹如溺水的船夫。飞过白雾的修罗鸟成千上百，瑟缩成米粒大小。在接近消失的时刻，它们针尖大的头颅和灰褐色的翅膀吃力摇动，如旋涡激流中的毛发。等到怪人大喝一声，扬起刀，它们便隐没到虚空般的白雾里。

旋涡运动达到极致，整个坑道呈现为一个黑白交替、静止不动的水平面。水汽和尘埃闪射出枝状电光。闪电的蓝色裂纹伸延在黑白两色的坑道里，使万物粉碎。驾船逃窜的小人纷纷落水，同时，也就落在水下淡蓝色的火焰里。

在无数生灵化为齑粉的临界点上，乍然响起令人惊悚的超乎于听觉的呼救声。这个尖细有力的呼唤惊醒了大鱼。它觉察到危险，扭动身子，昂起硕大无比的头颅。

它想要跳起来了。

升到半空的蛇形怪人在等着这一刻，他手中的刀对准那个高高立起的头部，用力刺入。插进身体的疼痛使得它在疼痛中醒来。

可它无法逃脱。那是一把叫作"无影"的刀。

无影在它的身体里逆行，毁坏了脏器。大白鱼带着无法表达的愤怒，高高跃升在空中。无影在它的体内光芒闪烁，变成一枚绿色的锯齿状的叶片。无影融化在体内。

大白鱼的身体崩裂，变成无数的小小的白鱼。

那些小白鱼飞到姑娘们的脸上，发红了，变成讨厌的雀斑。

那些小白鱼飞到女人的肚子里，鼓起来，鼓起来，生出了孩子。

沿着孩子们出生的方向，紫褐色的桑葚一样的血液在最底层的岩石上汇成一条地下河，冲出暗黑。化生的水流喷射出来。洪水以爆炸性的速度横冲直撞，展开游行。在这红色的盛宴里，一切都向天边漂流。星辰如洗。水流黑得透明，驮着山岗，和山岗上翠绿的植物。

紫阳镇成为一个水下世界。